山浦玄嗣

北の英雄伝

紅の雪原を奔《はし》れ、エミシの娘

上の巻

ぷねうま舎

装画＝山浦玄嗣

装丁＝矢部竜二 BowWow

図　エミシの大地　004
主な登場人物　006

上の巻　目次

巻一　悪霊の呪い……009
1　捷報　010
2　斬首　018
3　暴かれた墓　024
4　毒蛇の呪い　030
5　素っ裸の戦士　037
6　腐臭の戎衣　046
7　ピタカムイの河原　052
8　摩沙利金　058
9　スンクシフルの森で　066

10 野盗 073
11 身売り 079

巻二 迫る暗雲…… 087

12 コポネの花 088
13 アーキップの出湯《いでゆ》 096
14 鬼の尻 104
15 暗殺計画 111
16 武蔵の国府 119
17 巨大な墓 128
18 レプンカムイ島 138
19 洞窟の秘義 146
20 踊る黒鹿毛 154
21 クンネチュップの歌 162
22 ウェイサンペの将軍 173

巻三　劫火……183

23 羊の王 184
24 将軍の庶子 191
25 鎮所の裏手 200
26 タコの族長 206
27 首の折れた亡霊 213
28 鍋墨の女 222
29 祓魔の笛 230
30 無鞘の剣 238
31 悪霊からの離脱 247
32 帝国軍襲来 255
33 オンネフルの死闘 263

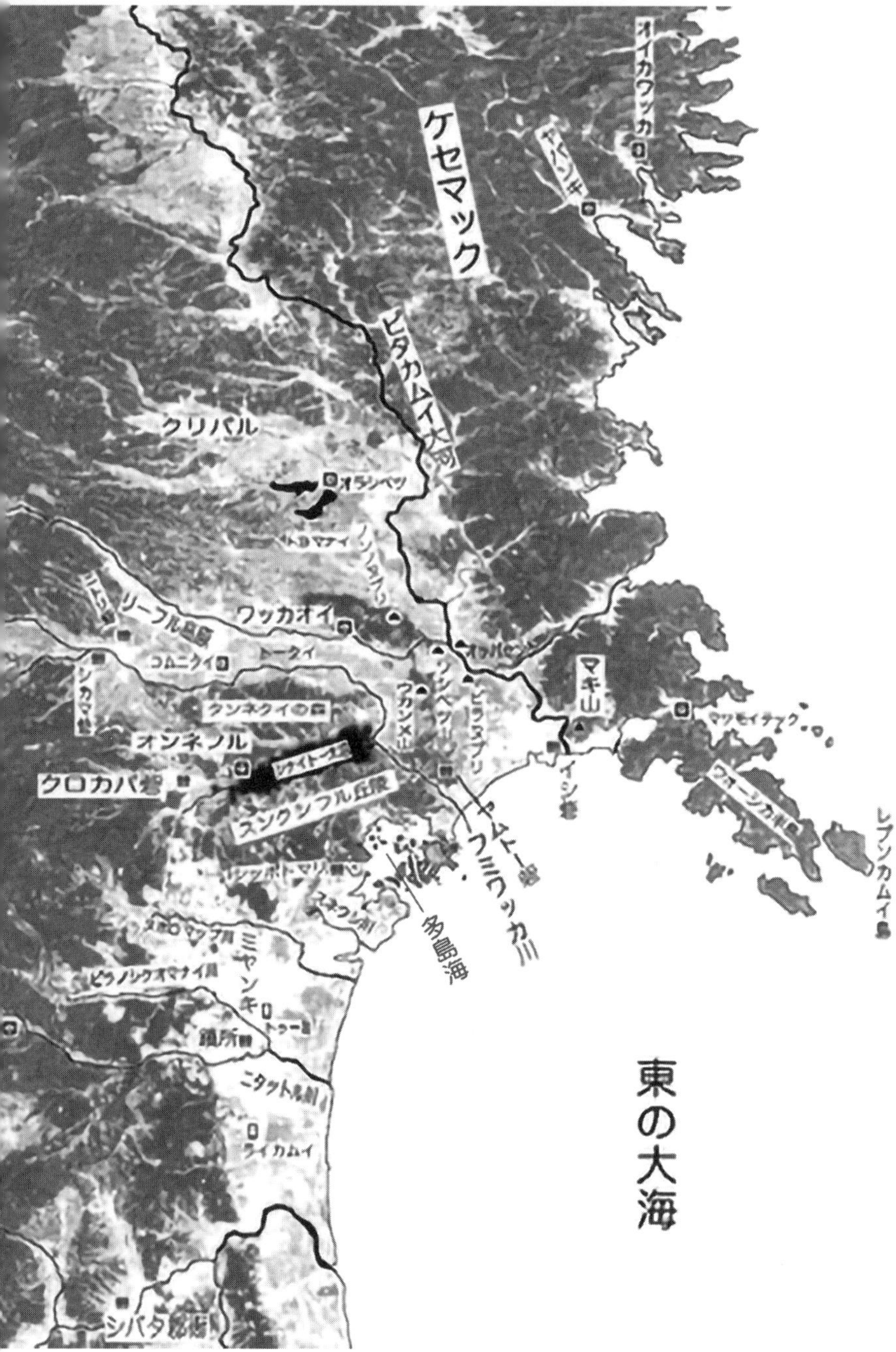
東の大海
ケセマック
ヒタカムイ大河
オイカワッカ
クリパル
オラシベツ
ワッカオイ
マキ山
クンネクイ
オンネノル
クロカバ砦
スンクシフル丘陵
ヤムトー
フミワッカ川
多島海
レブンカムイ島
ミヤンキ
ライカムイ

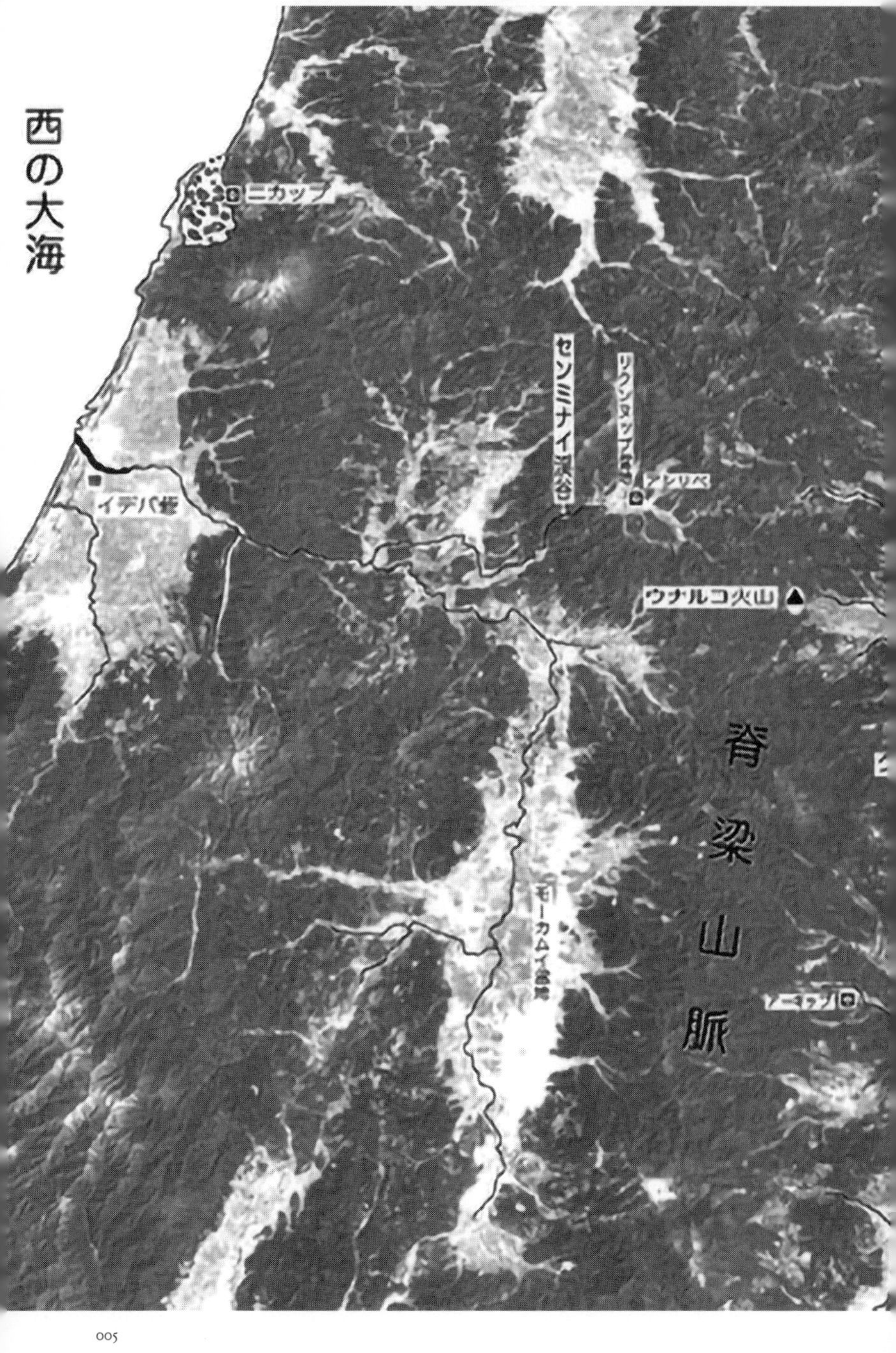
西の大海
ニカップ
センミナイ渓谷
ウナルコ火山
脊梁山脈

主な登場人物（エミシ側）

カリパ　オンネフルの女戦士。シネアミコルの妹。マサリキンの恋人。綽名《あだな》、クソマレ。

マサリキン　オイカワッカから来た遍歴修行の若者。名馬トーロロハンロクを操り活躍する。

レサック　元マルコ党のエミシ下人。禿げ頭の大男。豪勇無双だが、少し知能発達不全。

クマ　元マルコ党のエミシ下人。鉾の名人。

ヌペッコルクル　ウェイサンペ帝国の侵略に抵抗する、原住民エミシ族の武装自衛戦士団。

オノワンク　ヌペッコルクルの首領、通称オンニ。

ウソミナ　オラシベツのエミシの首長。オンニの片腕。

カオブエイ　渤海《ボーハイ》から亡命してきた将軍。ヌペッコルクルの軍師。医術にも詳しい。景教徒。

シネアミコル　オンネフルの戦士団の隊長。カリパの兄。綽名「赤髭」。

ラチャシタエック　呪術師。フミワッカ川下流域で名高い、正統派の癒し人《トゥスップ》。

セシリパ　脊梁山脈西側のリクンヌップ地方の首長。

トヨニッパ　盗賊団の頭。飛礫《つぶて》の名手。

アシポー　下毛野国の夷俘《イーブ》。カリパの従妹コヤンケの夫。

シピラ　ウォーシカ半島の付け根、マキ山に住むマキ族の女戦士。

主な登場人物（ウェイサンペ側）

マルコ党　ウォーシカ地方に盤踞《ばんきょ》するウェイサンペ族植民豪族。族長は通称ムランチこと、丸子連大国《クルコのムラジ・オボクニ》

イシマロ　丸子連大国の次男。残忍。

コムシ　丸子連大国の妾腹の子。マルコ党の砦ペッサム砦がエミシに襲撃された事件で、マサリキンの乗馬トーロロハンロクに首を噛み切られて討たれた。

セタトゥレン　呪い人《アントマップ》（妖術使い）。マサリキンに討たれた按察使《アゼティ》・上毛野朝臣広人《カミトゥケヌのアソーミ・ピロピト》の側女《そばめ》。復讐に燃える。コムシの妹。

オコロマ　セタトゥレンの伯母、凄腕の呪い人《アントマップ》。

アカタマリ　正四位下征夷将軍・多治比真人縣守《タディピのマピト・アガタモリ》の綽名。

ユパシル　従五位下征夷副将軍・下毛野朝臣石代《シモトゥケヌのアソーミ・イパシロ》の綽名。

カケタヌキ　従五位上鎮狄将軍《ちんてきしょうぐん》・阿倍朝臣駿河《アベのアソーミ・スルガ》の綽名。

コマロ　正七位下陸奥介《ミティノクのスケ》・小野朝臣古麻呂《ウォノのアソーミ・コマロ》。

カタモリ　従七位下左兵衛少丞《サヒョウエのスナイジョウ》・多治比真人潟守《タディピのマピト・カタモリ》。縣守《アガタモリ》の庶子。別名、壬生若竹《ミブのワカタケ》。密偵。

ミムロ　鎮所《ちんじょ》のシノビ。本名、難波御室《ナニパのミムロ》。顔が仏像に似ているので「仏の御室」の異名。

巻一　悪霊の呪い

1　捷報

「何かしら？」

船着き場に丸木舟の舫《もや》い綱を縛りつけ、竿櫓《さおろ》を担《かつ》いで下り立ち、大きな目をさらに大きくしてオンネフルの騒ぎを見詰めた。晩秋の日は天頂にあって暖かく、青空の下に、シナイトー大沼が静まり返り、燃えるような紅葉のタンネタイの森の丘に萱屋根が並んでいる。周囲には真新しい防柵《ぼうさく》、あちこちに頑丈な矢倉。昔と違い、今や、村《コタン》全体が砦だ。

駆け込んだ村では、熱狂した人々が広場に飛び出して、大声で叫び、歌い、踊り跳ねていた。何だろう。人々を掻き分けて広場の真ん中に出た。そこで、やはり嬉しそうに踊り跳ねているこの村の首《サ》長《パ》の袖を摑んで訊ねた。

「伯父さま、この騒ぎは何です？」

「おう、カリパ、どこへ行っていた」

「従妹《いとこ》のお産の手伝いで向こう岸に行っていたんです」

「そうか。で、無事に生まれたのか？」

「勿論、元気な男の子！」

「こっちも大喜びだ。たった今、知らせが届いてな、我が部隊が敵の大将を討ち取った！」

「すごい！　で、お兄ちゃんたちは無事？」

破裂する笑いが答えだった。

思わず跳び上がって吸い込んだ空気に、強烈な悪臭がした。目の前に凄まじい風体の人物が立っていた。半白髪の頭に貧乏髭、日焼けした肌は垢だらけ。まとっているのは雑巾にもならない汚い布きれを綴り合わせただけの代物。まるで蓑虫《みのむし》の化け物だ。

「サンケトモ殿《ニシパ》、これは我がオンネフル戦士団の隊長シネアミコルの妹、わたしには姪にあたるカリパです。この通り、村一番の――と、他の女たちに気を使って、ここだけ声を潜めた――器量よしですが、少々お転婆で、腕のいい狩人です。今は負傷者の看病で大活躍していますよ」と、村長《サパ》が紹介した。名を聞いてすぐ思い出した。器量よしって言われるのは嬉しいけど、お転婆は余計だわと思い、できるだけしとやかに挨拶した。

「いつも兄から伺っております。算術の名人で、戦士と馬、武器、兵糧の管理をなさっているお方でございましょう?」

頑丈そうな連れの男が笑いながら言った。

「この旦那《ニシパ》は枯れ木みたいな体の割に肝が太い。突撃となると真っ先に飛び出して殺されそうになる。人呼んで『突撃サンケトモ』。危なくてしょうがないので、今は陣地管理役だ。ある時、下の谷道を通る敵の隊長を上から大石を転がして討ち取った。大まぐれさ。褒美に俺たちの軍師カオブエイ将軍から立派な服をいただいたのだが、敵の大将を討つまではこの襤褸《ぼろ》を脱がぬと言い張ってな、鼻《はな》摘《つま》みされながらこの臭いのを着ている。今度ついにこの晴れ着を着る日が来たとはしゃいでいるのだが、着せる体が汚なすぎて、せっかくの衣装も台無しになる。まずは体を洗って進ぜようと、寄り道をしたのだ。年寄りなので冷水《ひやみず》はよくないだろう。湯を頂戴したい」

カオブエイ将軍というのは、エミシ族自衛戦士団ヌペッコルクル（光を掲げる者）の軍師をしている異国人だ。医術にも優れ、薬草や毒草についての膨大な知識を持っていて、医術見習い中のカリパにとっては憧れの大師匠だ。何でも遠い西の大海の彼方から流れて来たのだという噂だ。

爺さんを家に連れてゆき、裸にして、簀《す》の上に座らせた。頭から湯を掛け、垢と脂で餅のように固まり、毛虱《けじらみ》の巣になっている蓬髪を洗い、大量の垢をこすり落とした。その間に連れの男たちが虱《しらみ》の巣になっていた、猛烈な悪臭を放つ襤褸《ぼろ》を竈《かまど》にくべてしまった。

カリパはせっせと洗髪と垢こすりをしていたが、ふと涙ぐんだ。

「どうしたね。俺の垢がよほど臭くて、目に沁みたか」

「それもあるけど」と、洟を啜って笑った。「この垢で、大事なお友達のことを思い出したの」

「ほほう、余程汚い奴だったか？」

「ね、聞いて、お爺さん。桜吹雪が綺麗な日だったわ。黒い馬に乗った若い男の人《オッカイポ》がこの村《コタン》にやって来たの。遠い北のケセから来たんですって。背が高くて、鼻筋が通って、笑い顔が素敵なの！　瞳の色が深緑色で、優しくて、明るい人よ。一人前になるための遍歴修行の途中なんですって。額に菱形の入れ墨があるの。この辺ではもう廃《すた》れたけど、あれは北の部族の古いならわしですってね。そしてね、ね、すてきな声で歌うのよ。それにおかしな名前のあの馬、トーロロハンロク！　馬なのに踊るのよ！　その晩は村中の人が御馳走を持ち寄って、歌ったり踊ったり、それはそれは楽しかった！　でも、次の朝には旅発ってしまったの」

頬を染めて、夢見るように喋り始めた口が止まらない。おしとやかさも吹っ飛んでしまった。

「……で、夢見る乙女が恋をしたその若いの《オッカイポ》も垢だらけで臭かったのかね」

「初めから臭かったわけじゃないわ。垢だらけだったのはね、それからしばらくして、あの人が担ぎ込まれてきた時。紫陽花《あじさい》の咲く頃よ。体中青痣《あおあざ》だらけ、傷だらけ、顔も誰だかわからないほど腫《は》れて、死にそうだったの。ウェイサンペに捕まって、拷問を受けて、殺されそうだったんですって」

「ウェイサンベーは残酷だ。我々を人だと見做していない」と、爺さんが眉を顰《ひそ》めた。訛《なま》っている。

「わたし、一所懸命に看病したの。何日も何日も生き死にの間をさ迷って、やっと元気になった時に痩せた体を洗ってあげたら、ひどい垢だらけ。あなたの垢《ニシパ》で思い出してしまって……」

「ふむ、お前さん、よほど惚れているんだな、その臭い男に」

「やっと元気になったら、またウェイサンペと戦うって、兄さんたちと一緒に征《い》ってしまったの」

「で、そのいい男の名は?」

「マサリキン……」、蚊の鳴くような声で答えるカリパの顔が熱くなった。

「マサリギン!」爺さんが素っ頓狂な声で叫んだ。「知ってるぞ。わしが南の国から逃げて空きっ腹でさ迷っていた時、たまたま奴に会ってな、世話になった。親切ないい奴だった」

「まあ、そうだったの! それでね、おかしいのよ、あの人、子供の頃の呼び名はトゥルシ(垢だらけ)だったんですって!」

爺さんが歯の欠けた口を空けて笑った。幼児死亡率が高く、満一歳まで生き延びる子は三人に二人がやっとだ。それで、幼い者の命を狙う魔物が辟易《へきえき》するようにと、オソマ(うんこする)とかエトッチマ(鼻糞)とか、できるだけ汚い幼名《おさなな》をつける。子供が大きくなって、男の子なら弓矢で鴨を獲《と》れるようになり、女の子なら裁縫が上手になったら一人前の名前を付けてもらう。

「そうだったのか。で、お嬢ちゃん、お前さんのは何といったのかね」

「やだ！　そんな恥ずかしいこと、教えるものですか」

クィラッカ（小便臭い）なんていう恥ずかしい名前を教えるわけにはいかない。

「ハハハ、さぞ汚い名だったのだろう。お前さん、垢だらけ男に縁があるようだな！」

綺麗になった爺さんに、新しい褌《テパ》を進呈した。髪を調え、カオブエイ将軍からいただいた青い絹の衣装を着てすっくと立って見せた姿に、皆、感嘆の声を上げた。見違えるような『晴れ着のサンケトモ』だった。

「ありがとう、カリバァ。マサリギンに会ったら、お前さんのことをきっと伝える。早く帰って戦《いく》場《さば》の垢をお前さんに落としてもらえともな。きっと鼻が曲がるほど臭くなってるぞ」

爺さんがそう言って、カリパの笑窪を突《つつ》いた。

一行が赤紫色の萩《はぎ》の花の絨毯《じゅうたん》を分けて大沼の縁を駆け去るのを見送って、カリパはしばらくそこに立っていた。行きたくて行きたくて、いつの間にかじたばたと足踏みをしていた。

「そんなに行きたいのかい」

振り返ると、後ろで母が微笑《ほほえ》んでいた。

「明日《あす》の朝、補給部隊の男衆《おとこし》がウォーシカの戦場《いくさば》に向かうそうよ。お兄ちゃんの部隊は長いこと孤立した陣地で飢えに苦しんだし、武器も不足しているから、補給が必要なんですって。お前も一緒に行くといい。でも敵はまだヤムトー砦に立て籠もって鎮所からの援軍を待っているそうだから、油断しちゃ駄目よ。行ったら、まっすぐにお兄ちゃんのところへお行き。お兄ちゃんの指図《さしず》をよく聞いて、危ないことをしてはだめよ。邪魔にならないようにね。そして、早く帰っておいで」

村の広場では子供たちの元気な歌声が弾《はじ》けていた。

エック　エック　ポンモシルンクル
ラメトック　ラメトック　ヌペッコルクル
ウェイサンペ　ケサンパ　ケサンパ
クンネ　クンネ　クンネイワ

来い、来い、ポンモシルンクル
勇気凛々《りんりん》ヌペッコルクル
ウェイサンペを追っ払う
夜が、夜が、夜が明ける

「本当に夜が明けるのかしら」

捷報《しょうほう》に沸き立つ人々の間で、ふと不安な気持ちになった。大将が一人死んだぐらいであの大帝国が怯《ひる》むはずがない。むしろ、戦《いくさ》はますます大規模かつ陰惨になっていくのではあるまいか。

翌朝、明けきらぬ寒い時刻に、俵詰めの兵糧《ひょうろう》と弓矢と着替えなどを満載した駄馬を伴い、一団の人馬が出発した。総勢十五人。若い者は皆前線に行っているから、ごま塩頭の宰領《さいりょう》を初め、どれも年配のおじさんたちで、赤ん坊の頃からよく知っている人たちだ。

カリパは男と変わらぬ戦士の服装で、練革《ねりかわ》の甲《よろい》を着、長い黒髪を皆と同じ赤鉢巻で留めていた。これは義勇戦士団《ヌペッコルクル》の標識だ。二十四本の毒矢の入った箙《えびら》と短弓を背負い、手には愛用の二股杖《エキムネクワ》。頭が二股に枝分かれした樫の木の棒だ。

シナイトー大沼の縁を東に向かい、フミワッカ川に着いた時、東の空が朝焼けに染まった。幅四百メートル余の渡河地点《ペッチチャイ》を渡り、久しぶりのウォーシカの野の光景に驚いた。

かつてここは豊かな沃野だった。数世代前にこの地にやって来た異民族ウェイサンペの植民豪族マルコ党の開拓した水田が広がり、その間に雑木林や畑や牧野があって、高台には原住民エミシの村落《コタン》が点在し、小川と沼がたくさんあり、南には青い海がキラキラと光る美しい野だった。それが一月半《ひとつきはん》前に猛烈な台風と河川の大氾濫に見舞われ、今は一面の泥の野になっている。その中に紅葉のヤムトー連丘があり、連なる柵《キ》に囲まれた砦がある。一帯を支配するマルコ党の本拠だ。

「何時《いつ》見てもいまいましい」と、宰領が吐き捨てるように呟いた。この人は父の従弟《いとこ》だ。

「奴らは俺たちのモシリ（国）に踏み込んで来て、勝手に猟場を奪い、田畑を開き、貢ぎ物を要求し、従わぬ者を無理矢理ヤトゥコ（奴隷）にした。反抗しにくいように村落《コタン》を解体して配置替えし、刃向かう者を容赦なく殺す。やりたい放題のことをやって、純朴な俺たちの父祖を征服した。鎮所《ちんじょ》（帝国の出先機関）と結託して盗賊団を組織し、村《コタン》を襲って女子供を攫《さら》い、馬を盗む。一日も早く滅ぼして、昔の暮らしを取り戻したいものだ」

やれやれ、またか……。聞き飽きた年寄りの恨み節だ。そう思いながら歩いていると、不意に強烈な血の臭いがした。道端の藪の中に人が倒れていて、苦しげに呻いている。

「助けてくれ……」

若い男だ。左腿の傷から夥《おびただ》しい出血だ。見るなりカリパは駆け寄った。いつもトゥスップ（癒し人《いやびと》＝呪師兼医術師《まじないし》）のエーハンテ長老《エカシ》の助手をして、村落《コタン》の治療所で怪我人の手当てに従事しているから、こんな人を見ると、体がバネ仕掛けのように反応する。

「助けてくれ。俺はマルコ党の下人《げにん》（＝身分は奴隷《ヤトゥコ》だが、やや上級の部類で、主人の指揮のもと、部下の奴隷を指揮できる。奴隷頭《ヤトゥコガシラ》とも）だ。砦を脱走してきた」

「砦の中の様子はどうなっている」と、宰領《さいりょう》がカリパの肩越しに訊ねた。

「昨日《きのう》の負け戦で逃げ込んだウェイサンペ兵で溢れている。俺たちエミシ奴隷《ヤトゥコ》を見ると、負け戦の腹いせに乱暴狼藉を働き、女を見れば手込めにする。砦の中は喧嘩で大騒ぎだ。殺し合いまで始まっている。こんな有り様ではマルコ党も終わりだ。巻き込まれて殺されるより、若い者は今のうちに逃げろと親たちが言う。それで昨夜《ゆうべ》、砦の柵を乗り越えた」

「一人で来たのか」

「十三人だ。柵を越える時、犬に吠えられて見付かり、一人は柵のてっぺんで射殺《いころ》された。残りは逃げたが、俺はこの通り、手を負って動けない。助けてくれ」

宰領が駄馬に怪我人を乗せ、落ちそうになるのを支えてやった。野面《のづら》を伝い、陣貝《じんがい》が聞こえる。

「ヤムトー砦への攻撃開始だな。行こう。あの方角だ」

泥の野、はるかに味方の戦列が見えた。陣地と見える微高地に長い竿が立っていて、生首が突き刺さっていた。そうか、あれが昨日討ち取ったというウェイサンペ軍の大将の首か。

陣地には枯れかけた竜胆《りんどう》が生えていた。野営のための蓆《むしろ》や武器、食糧の類《たぐい》が山積みされていて、年配の男が数人と、あの『晴れ着のサンケトモ』があたりを睥睨《へいげい》していた。怖い顔がニッコリ崩れた。

「やあ、カリバァ。一足遅かったな。兄さんもマサリギンも、今は、ほれ、あそこだ。わしも行きたくてならないのだが、陣地管理が仕事なもんで、ここに縛りつけられている。実に残念だ！」

補給部隊の男たちが仕事をしている間に、汲んできたばかりの綺麗な水をもらい、怪我人の傷を洗った。若者は蒼白な額に脂汗を浮かべ、呻き声も立てずに歯を食いしばっている。マルコ党の奴隷《ヤトゥコ》とは言え、エミシの根性は失っていない。十六、七、まだ少年の面影の残る若者だった。

「父さんや母さんは元気なの？」

「殺された」

傷の痛みにはよく耐えたのだが、急に泣き出した。喋り出したら止まらなくなった。

「逃げようとして柵を越える時、腿を射られた。藪の中で夜明けを待った。明るくなったので、苦心して矢を抜いた。鏃《やじり》が鉄《かね》の腸抉《わたくり》だったので周りの肉を傷《いた》めて、かなり血が出た。血が止まるまでと思って寝ていた。柵の中で大勢の叫び声がした。縛られた二十人ほどが引っ立てられて来た。父ちゃんと母ちゃんもいた。そしてムランチの次男のイシマロ（石麻呂）が怒鳴っていた」

ムランチとはウェイサンぺ族氏族の身分や職業を示す称号（姓《かばね》）の一つ、「連《むらじ》」のエミシ訛りで、マルコ党の頭マルコのムラジ・オポクニ（丸子連大国）の通称だ。

「イシマロが『こいつらは、裏切り者の家族だ。よく見ておけ』と言って、命乞いをしながら逃げ回るのを長い剣《つるぎ》で突き刺した。血を流して死んで行く親に取りすがる子供らまで、みんな殺された」

「酷《むご》い！」

「母ちゃんが首の付け根を斬られて、血だらけで柵のところまで走って来て倒れた。俺が藪から這い出して、柵越しに『母ちゃん！』って叫ぶと、母ちゃんは、……早く逃げろ、早く逃げろ……」

サンケトモ爺さんが、涙をボロボロ流して叫んだ。

「オッカイボー、しっかりとその傷を治して、父ちゃん母ちゃんの敵《かたき》を討て！」

野面《のづら》を伝って戦闘の雄叫《おたけ》びが聞こえてきた。思わず宰領の袖を握り締めた。

2 斬首

「わたしもあそこに行きたい。お兄ちゃんにも会いたいし、オンネフル衆の働きも見たい。できたらわたしだって敵に一矢《ひとや》なりとも浴びせてやりたい。それに手負いの人のお世話も必要です」

「よかろう」と、宰領が低い声で答えた。「ただ、言っておく。離れて見ている分には構わないが、戦《いくさ》には参加するな。お前は頭も気立てもいい娘《こ》だが、時々突拍子もないことをする。勝手に飛び出さないと約束するなら連れて行く。ただ、流矢《ながれや》に気をつけろ。敵の矢は遠くまで飛び、強力だ」

兄シネアミコルが率いているオンネフル部隊がざっと二百人。砦の門の前に楯を並べ、両脇に近隣村落《コタン》の諸部隊が並んでいる。長年、マルコ党の虐待に苦しめられてきた人々だ。

砦側からは盛んに矢を射てくる。頭上に楯をかざしながら勇猛なエミシの戦士が門扉《もんぴ》に取りついているのだが、敵の矢に射られて倒される者が多く、明らかに寄せ手が不利だ。作戦を立て直そうと味方が敵の射程外へ退いた。

その時、正門の矢倉の上に豪華な甲冑《かっちゅう》を着込んだ大きな男が現われた。

「あいつが鬼のイシマロだ」、隣りにいた男が囁いた。その横に頭から黒い布を被り、目だけ覗かせた女が二人。身のこなしから見て一人は若く、一人は中年か。

「やあやあ、赤鉢巻のアカカシラ、赤頭賊《せきとうぞく》ども！」と、イシマロが叫んでいる。

「この砦はお前らごときの力で抜けるものではない。攻めたところで、死人《しびと》の山を築くだけだ。やがて帝《ミカド》の大軍が押し寄せて、お前らを根こそぎに滅ぼす。今のうちにさっさと逃げ帰れ」

矢倉の上に雁字《がんじ》搦《がら》めに縛られた中年の女と十四、五歳かと見える少年が引き出された。男が、必死でもがき叫ぶ少年の首を左手で手《て》摺《すり》に押しつけ、抜き身の太刀を後頸部に押し当てた。

「お前らは王化政策《ミオモムケー》に逆らう愚かな蛮族、まだ人にもなりきっていない猿の仲間だ。お情け深い帝《ミカド》がせっかくお前らを招いておられるのに、大御心《おおみこころ》に叛《そむ》き奉る賊だ。特にも、我らに重代の恩顧を忝《かたじけ》なくしながら、あるじに弓引く謀反人《むほんにん》、吉美侯部玖麻《キミコベノクマ》。いるなら出てこい。見ろ。ここにいるのは誰だ」

寄せ手の間からどよめきが上がった。

「これはお前の女房と息子だ。さあ、クマ。出てこい。恐ろしくて顔も出せないのか。出てこい、クマ！　ここに這い蹲《つくば》って赦しを乞うなら、この者どもを助けてやるぞ」

マルコ党の者どもが一斉に嘲《あざけ》りの声を上げ、柵《キ》の材木を打ち鳴らして囃《はや》し立《た》てた。

「クマ、クマ、出てこい、クマ！」

「臆したか、クマ。出てこい、クマ！」

「臆病者！　裏切り者！」

寄せ手の中から左手に小楯を結びつけた四十がらみの男が飛び出した。クマ・アチャ（父ちゃん）だ。いつもは沈着冷静な男なのに、狂ったように叫びながら駆けて行く。それを二人の仲間が追う。一人は背のひょろりと高い、見るからに敏捷な若者。胸の鼓動が速くなり、顔が火のように火照《ほて》った。久しぶりに見るマサリキンだ。そしてもう一人が禿頭《はげあたま》の大男レサック。二人が、半狂乱のクマを必死で引き止めている。

「クマ・アチャ！」と叫んで、思わず駆けだそうとしたのを宰領が帯を摑んで引き止めた。

「行くな」

矢倉の上ではイシマロが白い歯を見せて冷酷に笑い、矢倉の手すりに押しつけられて叫んでいる少年の首をザクリと押し切り、その生首を塵《ごみ》でも捨てるように矢倉の下に投げ落とした。

悲痛な叫び声を上げてもがくクマの女房の頭を、黒衣の女の若いほうが髪を摑んで押さえつけ、手にした短刀で首を抉《えぐ》った。首がバクリと切れて、血が噴き出した。手が途中で止まったのは女の力では一息に切断するのが難しかったからだ。血だらけの犠牲者が死に物狂いで暴れている。それを押さえつける首斬り女の頭巾が勢いで背中にまくれ、顔が剝《む》き出《だ》しになった。遠目にも色の白い、目鼻立ちの美しい女だ。一息ついて凄まじい叫び声を上げ、女房の首の硬い骨や筋《すじ》をグリグリと搔《か》き斬《き》った。熱い血が短刀を握る女に噴きかかった。痙攣して除脳硬直《じょのうこうちょく》する首なし胴体が丸太のように倒れた。女の左手には、まだ目と口を動かしている生首が残っている。

女は正気とも思われぬような叫び声を上げ、首を投げ落とし、母と息子の胴体を矢倉から蹴落とした。二人の体は首の切り口から血を噴きながら宙に回転し、鈍い音をたてて地面に落下し、門の前の急な坂道をゴロゴロと転がった。ヌペッコルクルの戦線から悲痛な怒りの声が上がった。

レサックが、手にした大楯で、雨のように降り注ぐ矢を防ぐ後ろで、マサリキンが箙《えびら》から長めの二本を取り出した。黒曜石の鋭い鏃《やじり》には矢毒《スルク》がたっぷりと塗ってあるはずだ。弦音《つるおと》が弾け、早矢《はや》はイシマロの胸に中《あた》ったが、頑丈な甲《よろい》にはじき返された。すかさず乙矢《おとや》を放った。予測していたように、イシマロが身を屈めた。射線の正面にあの若い女が入った。同時にもう一人の女が彼女をかばって飛び付いた。その背中に毒矢が突き立った。

「母《かか》さま！」

悲痛な叫び声がした。射られたのは、身を挺《てい》して娘を庇《かば》った首斬り女の母親だった。娘の首っ玉に両手を回してしがみついていたが、たちまち力が尽き、ズルズルと崩れ落ちた。

「あの首斬り女はセタトゥレン。マルコのムランチの妾腹《めかけばら》の娘だ。娘をかばって討たれたのがレアヌ、その母親だ」と、宰領が呟いた。

「挑発に乗るな。一旦退け」と、隊長の叫ぶ声が聞こえた。大きな楯を何枚もかざして敵の矢を防ぎながら、何人もの男たちがクマの妻子の死体を回収しに駆け出した。三人組がクマの妻子の死体を薦《こも》に包み、馬に乗せて、その儘、隊列を離れて行く。夢中で後を追おうとしたが、宰領が放さない。カリパは地団駄を踏み、喉も裂けるような叫び声を上げた。

「落ち着け、カリパ。わかっているはずだ。戦陣で女の金切り声を聞くと、男というものは理性を失い、何をやらかすかわからない。それにな、お前の好きなあの若武者の心は、昨日殺されたチキランケのことで今はいっぱいだ。知っての通り、あの娘は彼の恋人だった。敵に手込めにされて、絶望して首を括り、助けられはしたが記憶を失った。さらには敵将の子まで孕まされた。それが、マサリキンたちが死を決した最期の突撃の直前に敵味方の真ん中に現われて、味方を励ます歌を歌って、目の前で敵に射殺《いころ》されたのだ。記憶が戻っていたのだ。その時、奴の受けた衝撃を考えてみろ。あの若者《オッカイポ》はまだ若い。心がまだ十分に成長していない。今はお前のことを思い出すゆとりもない。そんなところに出て行ったところで、いいことは何もない。な、わかってやれ。今は遠くからそっと見守ってやれ。お前たちをずっと見てきたからよくわかる。お前がどんなにあの若者《オッカイポ》が好きなのか、どんなに奴のために尽くしたか、そしてあの若者《オッカイポ》もお前をとても好いていることなど、よくよく知っている。心配するな。奴にはお前が必要だ。奴を救えるのはお前しかいない。だが、今ではない。激情の嵐が鎮まった時、試練に耐えたあの男の心は大きく逞《たくま》しく成長し、必ずお前の許に戻ってくる。それまで待て。耐えろ」

きっとその通りなんだわ……。恋しさと嫉妬が交じり合って荒れ狂う自分の心は、かえってあの人を混乱させるだけだろう。目の前で妻子を斬殺されたクマ・アチャにまで心配をかけることになる。

あの男たちに今必要なのは静謐《せいひつ》なのだ。カリパは頷き、歯を食いしばった。体中が嗚咽に痙攣し、涙が溢れ落ちた。その背中を、おじさんの分厚い手のひらが優しく撫でた。

彼らが向かったのはヤムトー砦の北の丘、そこにマルコ一族の横穴墳墓群がある。

「祟《たた》り山《やま》に行くのか」と、宰領が呟いた。「あの丘はな、昔は我らエミシ族の聖なる墓地だった。それをマルコ党が奪った。我々の先祖の墓を壊し、遺骨を掘り出してフミワッカ川に棄て、奴らの流儀で、丘の裾に横穴をたくさん掘って自分たちの墓にした。人の出入りを禁じ、この丘に足を踏み入れる者はウェイサンペの神の祟りを受けると脅した。クマは敢えてあの禁断の聖地に女房と息子を葬ろうとしている。奴はこうして、殺された妻子には先祖の栄光の地を、我らを蛮族と卑しめるウェイサンペには侮辱を与えようとしているんだ」

宰領と一緒に藪陰《やぶかげ》に身を潜め、三人組が深い穴を掘り、遺骸を葬るのを見守った。遠くから見るマサリキンがまるで別人のようで、胸が裂かれるようだった。飢餓に苦しんだ長い滞陣のために頰は痩せこけ、鼻梁《びりょう》がそそり立ち、窪んだ双眸《そうぼう》には、かつての明るい輝きは影もなく、底知れぬ悲しみと憎悪と救いのない絶望の闇が覗いていた。クマも血だらけの妻と息子の亡骸《なきがら》を抱き、男泣きに泣いていた。その脇でマサリキンとレサックが黙々と墓穴《はかあな》を掘っている。

「連中、地獄を見たな」

宰領の呟く声を呆然と聞いて、ひっそりと陣地に戻った。あの脱走者は死んでいた。晩秋の寒い風に吹かれて、サンケトモ爺さんが黙々と穴を掘っていた。

3　暴かれた墓

朝霧が晴れた東の秋空の下にケセマックの山並みが輝いている。この広大な国土を護る生ける神として崇敬される聖なるピタカムイ大河が山裾を流れ、紅葉が盛りだ。美しかった田園風景は既になく、モーヌップの野は褐色の泥土に覆われて夥《おびただ》しい流木が散乱している。

その無慚な単色の野をカリパは軽々と駆けていた。自分が、秋風に吹き飛ばされる紅葉《もみじば》みたいに思えた。鍛えた四肢が疲れを知らぬ雌鹿のように弾む。生まれつき手足が長く、並の男より背が高く、近在では女は勿論、男衆でも彼女より足の速い者はいない。黒髪を赤鉢巻で止め、鹿革の筒袖の戦闘衣に、今日は特別お洒落《しゃれ》をして、お気に入りの幅広の赤い女帯を締め、細身の袴《はかま》を穿き、足は海豹《あざらし》の皮で作った沓《くつ》で固めた。防寒布を細長く畳み、肩に片襷《かただすき》に掛け、腰には頑丈な蕨手《わらびて》の太刀、背中に短弓と箙《えびら》、手に二股杖《エキムネクワ》。足元を一匹の大型狩猟犬が駆ける。

「マサリキン、待っててね、マサリキン、今行くわ、マサリキン……」

押さえ切れない微笑《ほほえ》みが口元にこぼれ、瞳は、恋しい人との再会の期待に、濡れて輝いているのが自分でもわかる。ひと足ごとにピラヌプリの丘が迫る。こんな大戦《おおいくさ》になる前に、兄と来たことがあった。急峻なピラ（斜面、崖）の上は平地《ひらち》で、材木を立て並べた防柵も今は黒焦げの残骸だ。そこから真っ直ぐに下りてくる坂道の、泥土の平野に接するあたりが微高地《びこうち》になっていて、あそこが、懐かしい、可哀そうな、美しい、そして妬ましい、あのチキランケを葬った場所に違いない。

昨日、輜重隊《しちょうたい》の宰領のおじさんに戒められて、一旦オンネフルに戻ったカリパは、その晩は両親の許で過ごし、今朝ウカンメ山の本陣に駆け付けた。だが、会いたい彼はいなかった。そのかわり、彼の相棒のクマとレサックが出迎えてくれた。

「俺たちは、今朝早くピラヌプリに行った」と、クマが悲しげに言った。「そこでチキランケを見つけて、葬った。上に茨《いばら》の藪がかぶさっていたので、野犬や鴉《からす》に食い荒らされることもなく、遺体は奇麗な儘《まま》だった。魂鎮《たましず》めの石を胸に抱かせ、弔いの歌も歌って、魂《ラマット》をカムイモシリ（天上にある神々の国）に送った。墓には野芥子《のげし》の花も飾った。安心しろ。あの娘《こ》は真っ直ぐに天に帰った」

「アチャ！」

溢れる涙でクマの顔がよく見えなくなった。妻と息子を目の前で殺されたクマは、どんなにか辛かろうに、そのことには触れず、一所懸命わたしを慰めてくれていると思うと、嬉しくて、思い切りクマに抱きついて、泣いた。

「心配するな、カリパ」

クマのどっしりとした冷静な声と、背中をさする優しい手のひらが、カリパをますます泣かせた。

「あの娘《むすめ》はウェンカムイ（悪霊）にはならない」と、レサックが間抜けた寝ぼけ声で見当違いのことを請け合った。この男は合戦となると鬼神《おにがみ》のように剛強かつ凶暴だが、少々智慧遅れなのだ。悪霊《ウェンカムイ》に対してひどい恐怖心を抱いている。

「そうね、レサック。でも、クマ父《アチャ》ちゃん。どうしてマサリキンがここにいないの？」

「わかってやってくれ」と、クマが静かな微笑を作って、言った。「奴はかなり堪《こた》えている。気持ちの整理をつけたいから、しばらく一人にしておいてくれと言うから、俺たちは奴を残して戻って来た。

今のあいつを慰めてやれるのはお前だけだ、カリパ。行ってやれ。きっと喜ぶ」

そう言われて、一も二もなく駆けた。ざっと七里半（四キロメートル。一里＝五百三十三メートル）の泥土の野を駆け通した。

「可哀そうなマサリキン。どんなにびっくりし、悲しかったかしら。でも、わたしがついている。あなたの傷ついた心をわたしが必ず癒す。待っていてね！　待っていてね！」

チキランケが殺されたという微高地を駆け登った。死臭と鴉《からす》の群れが、地面を覆っていた。敵味方の死体が散乱し、嘴《くちばし》に屍肉を咥《くわ》えた黒い鳥どもが、嵐のような羽音を立てて飛び上がった。

あるはずの墓がなかった。そのかわりに惨《むご》たらしいものを見た。小さな塚は掘り返され、泥の中にチキランケの死体が横たわっていた。そのすばらしい歌声から、迦陵頻伽《かりょうびんが》の生まれ変わりかと言われたあの美女の顔は、見るも無慚に叩き潰され、腹は裂かれて内臓が露出し、胸には鉾《ほこ》が突き立てられていた。ひどい腐敗臭がした。カリパは獣《けもの》じみた叫び声を上げた。

「誰がこんな酷《むご》いことを！」

泥の中の野芥子《のげし》の花を見たら、腰が崩れて、突っ伏し、声を上げて泣いた。惨《むご》たらしく突き刺さった鉾《ほこ》を抜き、もう一度、丁寧に遺体を葬った。

「可哀そうに！　でも、もう大丈夫、誓うわ！　こんな酷《ひど》いことをした悪者をきっと懲らしめてやる。確かにわたしはあなたにやきもちを焼いたわ。でもあなたは大切なお友達よ！　そして、わたしの恋しいマサリキンの大切な人だった。お願い、あなたは安心して幸せの神々の国《カムイモシリ》に戻ってね。おぞましい祟り神《ウェンカムイ》なんかになっては駄目よ！」

その時、はっと気がついた。どうしてここにマサリキンがいないの？　彼の愛馬、トーロロハンロクも。胸騒ぎがした。無鉄砲で、生真面目で、正義感の塊のようなあの若者が、何かとんでもないことに巻き込まれているのではないのか……。

地を舐めるように観察した。昨夜の雨で、激戦の後の人馬の足跡は洗い流され、その上に何人かの新しい足跡があった。男物の草鞋《わらじ》が二人分。並の大きさのはクマ父《アチャ》ちゃん、馬鹿でかいのがレサック、そして海馬革沓《とどかわぐつ》はマサリキンだ。その他に女物の藁沓《わらぐつ》の跡が二人分。三頭の馬の足跡。二頭はクマとレサックの乗馬で、ゆっくりと陣地のほうへ戻っている。もう一頭の並外れて大きいのはトーロロハンロク。やたらと動き回り、泥を蹴立てて、来たほうとは反対方向に駆け去っていた。

あたりを嗅ぎ回っていた猟犬が吠えた。藪の中に衣類が丸めて突っ込んであり、頭髪が髷《まげ》ごと落ちていた。元結《もとゆい》の青い布は、父が昔、旅回りの行商人から貂《てん》の毛皮と引き換えに手に入れた上等の絹布《けんぷ》で、出陣のはなむけにと、この手であの人の髪を結ってあげたものだ。魂《ラマット》の力は髪に宿るという。下手人がこれを切り落としたのは、彼の気力を衰えさせるために違いない。

熊の毛皮の上着、鹿革の衣服、海馬革《とどがわ》の沓《くつ》、肌着、太刀、そして何と褌《ふんどし》までも！　間違いない。すべて彼のものだ。ここで素っ裸にされ、髪まで剃り落とされた。衣服はズタズタにされ、太刀の刃は石で砕かれていた。これは出陣の祝いにと兄が贈ったモークサ鍛冶の業物《わざもの》だ。なぜ？　誰が？

猟犬がまた項《うなじ》の毛を逆立てて唸《うな》った。体長四尺ほどのフレトッコニ（赤蛇＝山棟蛇《やまかがし》）が三匹、体を縦に切り裂かれて死に切れずにのたうっていた。

裸足《はだし》の男の足跡がよろめいて続く。親指が長い。これはマサリキンの足だ。両脇に二人の女の藁沓の跡が並ぶ。足跡は東に向かい、ピタカムイ大河の岸沿いに南の河口に向かっている。対岸ではケセマックの山並みが終わり、オッパ川の谷間を挟んでマキ山が見えていた。

犬が嬉しそうに吠えた。一頭の放れ駒、四本の足首が白く、額に流れ星のある黒鹿毛《くろかげ》が、泥の中にわずかに見える草を食《は》んでいた。大柄だが痩せこけて、肋骨《あばらぼね》が浮き出ている。

「トーロロハンロク！」

馬は、自分を可愛がってくれた人の声を忘れない。両耳を立て、鼻を鳴らし、嬉しそうに駆け寄って来た。首には、元の色も定かでないほど汚れた赤い女帯が巻き付いていた。あの暑い夏の日、病癒《い》えたマサリキンが再び戦場《いくさば》に発つ朝、生きてまた帰って来るようにと、熱い祈りを込めて結び付けた自分の晴れ着用の腰帯だ。絶対に解けたり落ちたりせぬようにと鬣《たてがみ》を巻き込んで固く三重結びに結びつけた儘《まま》だった。女が男に帯を与えることの意味を、あの人が知らないはずはない。

「あの人は、わたしのことを忘れていないわ。誰にも渡すもんですか！」

沸き立つ血潮で顔が火照った。

足跡を辿ってやって来た船着き場に、丸木舟が何艘か岸に引き上げられていた。そこに、舟を河に押し込んだ真新しい跡があった。裸足の足跡は、そこで途切れている。彼はここで舟に乗ったのだ。両側には、藁沓《わらぐつ》の女が力をこめて踏ん張って、舟を水に押し入れた跡があった。

船着き場はマルコ党のものだ。危険な敵だ。どの舟にも櫓櫂《ろかい》がない。ウェイサンペ族には盗人が多いので、舟主が家に持ち帰る。筏《いかだ》もいくつかあった。丸太を四、五本、蔓《つる》で縛っただけの簡単なものだ。川漁ならこれで間に合う。丸木舟を所有するほど裕福ではない漁民が用いる。

「これを借りよう」

丸木舟の中にあった麻綱も拝借し、両端を馬の首と筏に結びつけた。

「トーロロハンロク、頼んだわよ。向こう岸まで泳いで！」

大河の幅は五百メートルほど。尻をぽんと叩くと、黒鹿毛《くろかげ》は嬉しそうに水に入った。馬は天性泳ぎが巧い。頭だけ水面から出し、四肢を側対歩の形で動かしながら巧みに泳ぐ。カリパと犬を乗せた小さな筏を引いて、河の流れに押されながら、対岸に辿り着いた。

「お疲れさま、ありがとう」

筏を岸に引き上げ、馬を労《ねぎら》った。何カ月も続いた籠城戦で食料補給の絶えたあの丘では、多くの戦士や馬が飢え死にしたそうだ。ソーゼンカムイ（驄騙馬神＝馬の神）の化身と言われるこの馬も、今は痩せ衰えてよたよたしている。

こちらの岸もあの大洪水で水辺の樹木はすべて押し流され、一面泥土に覆われていた。目の前はマキ山だ。灰色の粘板岩の崖が、木々の間に剝き出しになっている。あそこには呪術に優れたマキという部族が住んでいて、その首長《サバ》は、代々マキと名乗る女だと聞いていた。

犬が走り出した。一艘の丸木舟が岸に引き上げられていて、その近くに裸足の男と、藁沓履きの二人の女の足跡を見つけた。足跡を追って行くと、ピタカムイの河口になる開けた海岸に来た。夕陽は西の地平線にある。嗅跡は山の中に続く。昨夜は二十日宵闇《はつかよいやみ》だった。今夜はさらに月の出が遅い。闇の中の探索になろう。エミシといっても一枚岩ではない。この先はマルコ党と親しいエミシの部族、マツモイテック衆の領分になる。彼らはヌペッコルクルやマキ部族とは仇敵だ。

はっと気付いた。マツモイテックには、妖術を操る恐ろしい女のアシトマップ（呪い人《のろいびと》）がいると聞いている。部族の首長《サパ》の姉で名をオコロマとか。気が動転していて、そこまで頭が回らなかった。マサリキンを拉致したのはその呪い人《アシトマップ》ではないのか。相手は二人。墓を暴いたり、彼を裸にしたり、髪を切ったり、毒蛇の身を裂いたりという奇怪な行動は、妖術に関係しているに違いない。一体何をしようというのだろう。容易ならざる敵だ。総身に寒気が走り、負けず嫌いの血が沸騰した。

「負けるものか！　命に代えてでも助け出す！」

秋の虫が鳴いていた。

4　毒蛇の呪い

ひどく寒かった。意識を閉じこめている霧が、うっすらと晴れて行くのを感じる。だが、どこだ、ここは？　闇の中から無数の虫の声が聞こえる。おや？　小鳥が人の言葉を喋っている。耳元でチャッチャク（鷦鷯《みそさざい》）が人の言葉で嘲笑《あざわら》っている。そんな馬鹿な……。

「惨めだな、若造《オッカイポ》。人の心は記憶によって成り立つ。お前の記憶を今からわたしが支配する。お前はわたしの望む記憶以外は全て忘れる。かくてお前の総ては、わたしに支配されることになる」

糞、負けるか！　心が猛然と反発した。こんなたわけた妖術に負けてなるか。俺は鷦鷯《チャッチャク》ではない。俺はマサリキンだ。オイカワッカのマサリキンだ。正義の男、マサリキンだ。若者が一人前の男として認められるための、名誉ある部族の掟に従い、故郷を離れて、遍歴修行に旅立ったのだ。そして初めて足を踏み入れたこの地で、人間が人間を家畜のように酷使し、市場で売り買いするのが当然という悪行が平然と行われ、力ある者がない者を残虐にいたぶる世界に足を踏み入れたのだ。……コタンコルカムイ（産土の神《うぶすな》）助け給え。大河の神《ピタカムイ》、守り給え。……だが、祈る心が裏目に出た。自分の力不足に打ちのめされ、自分以外の存在に頼ろうとした心につけ込まれた。

「ふん、教えてやろう。わたしはセタトゥレン。こちらはオコロマさま。わたしの伯母さまで、お師匠だ。我ら呪い人《アシトマップ》の前では大河の神《ピタカムイ》もお前の産土の神《コタンコルカムイ》も、まるでアッコチ（魚の尻尾＝食用にもならず、鞣皮《なめしがわ》にもできず、何の役にも立たない屑の意味）だ。その証拠に、お前はこうして無様な裸で縛り上げられているではないか」と、小鳥が囀《さえず》った。確かに現実はそうだと思った途端に、術による緊縛がいっそう強くなった。今までの人生の全ての記憶が、掻き消されるように消えた。同時に五感の全てが機能停止し、恐ろしい静寂と闇の中に漂う自分だけしか自覚できなくなった。

「もうお前は自分の意思では指一本動かせぬ。お前の見るもの、聞くもの、思い、行いはすべてわたしの意の儘《まま》に動く。お前は死ぬまでわたしの僕《しもべ》だ。逃れることはできない。それ、見よ！」

不意に視覚が解き放たれた。目の前に焚き火が燃えていた。周囲は深い森で、ここだけが開けた草地だ。見上げる夜空に天の川が見えた。寒い！　素っ裸だった。褌さえ着けていない！　改めて己の裸身を見下ろすと、全身に血が塗りたくってある。格別傷はない。何だ、この血は？

「さて、若造《オッカイポ》」と、女が言う。「お前は、我が兄コムシの敵《かたき》、我が背の君の敵、我が母の敵だ。この恨みによって、お前を生きながらの地獄に堕《おと》す。言っておくが、簡単には死なせない」

女が何事かを呟きながら、右の人差し指をマサリキンの額に向けた。北方エミシ族のしきたりで、そこに部族の紋章が彫り込んである。縦長の菱形の入墨だ。

「産土の神《コタンコルカムイ》、護りたまえ！」と、心の中で必死に祈った。

呪文が次第に大きくなり、セタトゥレンの指先から閃光の発するのが見えた。額が、焼けた鉄棒を突き刺されたように熱くなった。その熱が全身に入り込み、目が燃え、鼻が燃え、喉が燃え、胸が燃え、内臓《はらわた》が焼け爛《ただ》れた。

カリパは月のない暗闇の山中を歩き回っていた。ここはマツモイテック部族の領分。隣り合うマキ部族とは犬猿の仲だと聞く。敵の侵入を阻止するために、至る所に仕掛け弓《アマッポ》が仕掛けてあるそうだ。アマッポというのは狩猟用の道具で、獲物の通り道に糸を張っておき、それに引っかかると超即効性の猛毒を塗った毒矢が飛んでくる。鳥兜《とりかぶと》の汁に毒茸や毒蛇の毒を混ぜた猛毒で、たとえかすり傷でも、毒が血中に入ると数分で心停止を起こす。

犬に嗅跡を追わせ、慎重に進んだ。頭からブカブカの毛皮の頭巾と防寒布を被って、万一毒矢が中《あた》っても貫通しにくいように用心をし、二股杖《エキムネクワ》の二股を前方に突き出して、闇の中では見えない仕掛け糸を探りながら進む。用心が幸いし、五本の毒矢を躱《かわ》した。弓の弾ける音と風を切る羽音を立てて、毒矢が腹の先を飛んで行った。道なき道を進み、いくつかの谷と山を越えた。真夜中、尾根から見下ろす水平線上に下弦の月が昇った。犬と馬とが急に興奮し、唸り声を上げた。谷底から微かにギャーッという声が聞こえてきた。苦痛に満ちた男の声……。マサリキンだ！

マサリキンの朦朧とした意識に幻が見えた。ペッサム砦が燃えている。この地方を支配するマルコ党の拠点の一つだ。それにヌペッコルクルが夜討ちをかけている。砦方が門を開いて逃げ出そうとしていた。率いているのは、甲冑に身を包んだ、見るからに獰猛そうな巨漢だ。その前に、初陣《ういじん》に逸《はや》り立《た》つエミシの少年戦士が、身の程知らずにも、太刀を掲げて襲いかかった。寄せ手の首領の息子ポーだった。危ない！　少年には戦闘の恐ろしさがまるでわかっていない。

「オマン・ロー（行くぞ）、トーロロハンロク！」

驄騚馬神《ソーゼンカムイ》の化身と謳われた希代の名馬が、凄まじい嘶《いなな》きを発し、大地を蹴って跳び、長い首を振り立てて敵の喉首を咥《くわ》えて宙に振り回した。ガキッという嫌な音がして頸椎が折れ、頸を半分食いちぎられた男が、傷口から大量の動脈血を噴き出し、地面に投げ出され、痙攣して死んだ。

「人殺し《イトゥイパップ》！　イトゥイパップ！」

繰り返す怒濤のような怒りの声が、マサリキンの心臓を締め上げる。

「お前はかくも惨たらしく我が兄《あに》コムシを殺した！」血を吐くような若い女の金切り声が耳元で鳴り響いた。全身の骨が砕かれるような凄まじい痛みが襲ってきた。

そして、場面が変わった。


数日前の朝だ……。ピラヌプリの陣地で糧食も尽き果てたオンネフル部隊全員が、今日を最期と覚悟を決め、モーヌップの野を埋める雲霞《うんか》の如きウェイサンペの大軍に向かって、突撃をしようとしていた。敵軍の中から、白馬に跨がった女が駆け出してくる。チキランケだ！　全ての記憶と共に魂《ラマット》が殺されたと思っていたチキランケが、雲間から差す一条《ひとすじ》の朝日に照らされ、右手に長剣を振りかざし、ヌペッコルクルを励ます壮烈な歌を歌う。

雄々しき戦士よ、我が恋人よ
何ゆえにその心は萎《な》え、その力はしぼみ
何ゆえにその魂《ラマット》は敵の前で怖《お》じる
聞きたまえ、モーヌップの野を満たす

ウェイサンペの咆哮を
罪なき者が虐げられ
自由は奪われ、誇りは地に墜ち
清らかな者が汚され
幸せな者が八つ裂きにされる
苦渋と嘆きが地を覆い
無辜《むこ》の血が国土《モシリ》を染める
産土《コタンコルカムイ》の神、聞きたまえ
たといこの身の力弱くして
太刀取ること思うにまかせず
この腕《かいな》あまりに細くして
弓引くことすらかなわずとも
願わくは我が心の思い
我が魂《ラマット》の叫び
産土《コタンコルカムイ》の神のみ胸に届き
矢一条《ひとすじ》なりと射させたまえ

不気味な音が朝の涼気を引き裂き、飛来した鏑矢《かぶらや》が胸を射貫く。チキランケが、宙に鮮血を撒き散らし、地に落下する。悲痛な怒りが爆発し、マサリキンは愛馬に飛び乗り、狂気の如く突撃する。襲い来る敵の軍勢を蹴散らし、敵の本陣に向かって駆ける、駆ける、駆ける。目の前には敵将。白粉《パプニ》を塗りたくった醜悪な顔に恐怖に見開く目玉が二つ。

「オマン・ロー、トーロロハンロク！」

驄騟馬神《ソーゼンカムイ》が宙を飛び、正五位下陸奥按察使《ミティノクのアゼティ》・上毛野朝臣広人《カミトゥケヌのアソーミピロピト》の首に喰らいつく。敵将は血飛沫《ちしぶき》と共に地に転がり、痙攣し、驚愕に引き攣った顔の儘《まま》、事切れる。その首をレサックが切り落とし、鉾に貫き、差し上げて叫ぶ。

「アゼティ・アライケ（我ら按察使《アゼティ》を討ち取れり）！」

味方全軍の喊声《かんせい》がモーヌップの野に轟きわたる。

「アゼティ・アライケ！」

「アゼティ・アライケ！」


そしてまた場面が変わる。昨日のヤムトー砦の矢倉門だ。

クマの息子の首をマルコのイシマロが、女房の首をセタトゥレンが掻き斬って、切り口から大量の血液を噴出する体を矢倉から蹴落とし、手にした首を塵《ごみ》でも捨てるように投げ落とす。イシマロを狙ってマサリキンが矢を射る。イシマロが咄嗟《とっさ》に身を屈めて矢を避けるところに、セタトゥレンの母親が娘をかばって飛び付く。その背中に矢が深々と突き刺さる。悲鳴を上げた母親がのけぞり、くずおれる。血を吐くような叫び声が耳を貫く。

「こうしてお前は我が母を殺した！」

また場面が変わった。チキランケの墓の前で、怒り狂う声が叫ぶ。

「この女は、我が背の君の子を腹に宿した憎い女だ。安らぎの神々の国《カムイモシリ》になど行かせてなるか。この戦場《いくさば》を永遠にうろつく、おぞましい悪霊《ウェンカムイ》にしてやる。さあ、この墓を暴け、マサリキン！」

「いやだ！　この女《ひと》は罪もないのに村落《コタン》の借米《しゃくまい》の形《かた》としてマルコ党に捕らわれ、貢《みつ》ぎのメヤトゥコ（女奴隷）として按察使《アゼティ》に差し出され、手込めにされて自害を図り、記憶を失い、敵《かたき》の子を孕《はら》まされ、殺された。もう魂鎮めもしたし、神々の国《カムイモシリ》へ送る歌も歌った。抜殻《ぬけがら》を辱めても意味はない」

「ふん。神々の国《カムイモシリ》は天空遥か彼方。こいつはまだ旅の途中だ」

体が二つに裂かれる激痛が襲った。自分からもう一人の自分が抜け出し、素手で墓を掘り返す。泥の中から現われた遺体は、腐り、変色し、髪は抜け、口は裂け、歯列が露出していた。その体が生腐れの赤目を剝《む》き、泥の中から立ち上がる。己の分身が奇声を発し、屍《しかばね》の顔を踏み潰し、腐った体に噛みつき、引き裂く。そのおぞましい分身が、ズルズルと自分の中に入り込んで合体した。

「赤蛇の神《フレトッコニカムイ》、出でよ！」

全身に奇妙な感覚が走った。皮膚の下を何かが動いている。全身に、赤と黒の斑模様《まだらもよう》の、太い蚯蚓《みみず》腫《ば》れが盛り上がり、蠢《うごめ》き始めた。四肢と胴体に、三匹の山棟蛇《やまかがし》が巻き付いている。腹に巻き付いている一番大きいのが、腹壁を破って潜り込んだ。激痛が全身を駆けめぐった。

ギャーッ！

己の声とも思えぬような絶叫が、闇に沈む山々に木霊《こだま》した。三匹の蛇が全身を食い破る痛苦が何時間も続いた。正常な理性は失われ、ひたすら死を願って泣き叫んだ。

「しぶとい奴だ」と、オコロマが忌忌《いまいま》しげに呟くのが聞こえた。「たいがいの奴はここまで来ると恐怖と苦痛で死ぬが、こいつはまだ頑張りそうだ。ま、こちらの楽しみもそれだけ長引く」

身体の全機能は限界に達していた。心拍数が猛烈な勢いで不規則に増加し、緊縛されている縄目に感じていた拍動が微弱化し、ついに感じられなくなった。ああ、心臓が止まるんだなと思った。全身から血の気が引いてゆく。体から力が抜け、意識が萎《しぼ》む。全ての感覚が消えてゆく。縛られている体が前のめりに崩れる。暗黒の中で聴覚だけが僅かに働いていた。これが死ぬということか……。

「どうする?」オコロマの声が別世界からのもののように聞こえてきた。「これほど痛めつけられてもまだ息をしている。驚くべき奴だ。とは言え、ここまで来れば、もう助からぬ。放っておいても、際限のない苦痛の中で死ぬ。この儘《まま》、死なせるか?」

「だめです!」と叫ぶセタトゥレンの声を、感動を失った心で聴いた。「最後はこの手で胸を切り開き、心臓を毟《むし》り取り、熱く生臭い大量の返り血を総身に浴びる心地よさで恨みを晴らします」

「それでこそ一人前の呪い人《アシトマップ》だ」

伯母がニタリと笑い、持っていた短刀の鞘を払って、姪の手に渡した。やっと死ねるのか……。

5　素っ裸の戦士

月のない暗闇の山中を必死に歩き回った。ここはマツモイテック部族の領分。隣り合うマキ部族とは犬猿の仲だ。

犬に嗅跡を追わせ、仕掛け弓《ママッポ》に用心しながら、慎重に進んだ。ブカブカの毛皮の頭巾と防寒布を被って、万一毒矢が中《あた》っても貫通しにくいように用心し、二股杖《エキムネクワ》の二股を前方に突き出して、闇の中の仕掛け糸を探りながら行く。用心が幸いし、五本の毒矢を躱《かわ》した。いくつかの谷と山を越えた。

真夜中、下弦の月が昇った。犬と馬とが急に興奮し、唸り声を上げた。谷底から微かにギャーッという苦痛に満ちた男の声が聞こえてきた。全身が反応した。あれはマサリキンの声だ！

体中の毛が逆立った。彼が苦痛に対して如何に我慢強いかはよく知っている。それがあんな悲鳴を上げている。余程のことが起きているに違いない。急ぎに急いだ。悲鳴は次第に弱まり、そして消えた。夜の静寂《しじま》に聞こえるのは、遠い潮騒と梢を渡る秋風の音だけだ。そして、見付けた。闇の中、森に囲まれた窪地に焚き火が見える。頭髪を剃り落とされた裸の男が立ち木に縛られていた。その前に黒衣の女が二人。若いほうの振り上げた右手に短刀が光る。危ない！

「オマーン（行け）！」

犬が吠え、猛烈な勢いで駆け出した。距離は三十メートル。弓を取り、猛毒の矢を射た。矢は短刀を持つ女の背中に命中したが、手を振り上げた勢いで風を孕んだ防寒布に阻まれた。駆けながら二の矢を射た。敵が身を屈《かが》めて振り向き、飛んでくる乙矢《おとや》を払った。もう一人の女が叫んだ。

「キラ（逃げろ）！」

二人の呪い人《アシトマップ》が黒衣を翻して暗い森に消えた。その後を猟犬が追撃する。

「マサリキン！」

気を失っている裸の男が、木の幹を背負って手首を後ろに、足首を根元に縛りつけられていた。首をガクリと前に落とし、全身紫藍色。息も浅い。いけない、この儘では死ぬ。

冷えきった体を抱きとめながら、縄を切った。焚き火のそばに運んだ痩せた体は、悲しいほど軽く、皮膚が紐状に膨れ上がり、赤や黒の斑模様《まだらもよう》までできていて、毒蛇が巻き付いているような形に見えた。驚いた。これは話に聞く赤蛇《フレトッコニ》の妖術だ。やられたら最後、犠牲者は苦しみ悶えて死ぬという。

「死なせるものか！」着ていた防寒布を脱いで、裸の体を包んだ。一刻も早く逃げよう。暗い森から猟犬の声が聞こえる。魔女どもに襲いかかっているのだ。戻ってこいと、鋭く口笛を吹いた。

手負いの戦士を背中に縛りつけ、暗い森に分け入った。知らない山地を行く時には見晴らしの利く尾根を行け、という兄の教えを思い出した。二股杖《エキムネクワ》に縋《すが》り、急斜面を登った。犬が追いついて来た。後ろからついてくる馬も鼻息が荒い。ずり落ちる男の体を揺すり上げながら、汗だらけで登った。這うようにして進んだ。冷たい風の吹く尾根から見下ろす海は、月光で一面銀色に光っていた。

「マサリキン、しっかりしてね。大丈夫よ。わたしがついている。死んではだめよ」

何度も声をかけた。左の肩に彼の顎が乗っていて、微かな息が首筋に感じられる。尾根を西に辿《たど》れば、平地だ。マキ山の裾まで辿り着けば、追っ手は来《こ》まい。絶対にこの人を助ける！

明け方、小川の側に辿り着いた。ここから先はマキ部族の領分だ。川を渡ると高台に家が六軒並ぶ小さな集落《コタン》があった。一番大きな家で助けを求めた。声を聞きつけて人々が出て来た。

「これがあのマサリキンか」

その体に巻き付く蛇の形の腫れ物を見て、老人が叫んだ。

「これは蛇腫《くちなわば》れ、赤蛇《フレトッコニ》の妖術だ。この儘では命が危ない。早速、マキさまにお知らせしろ」

全身が冷えきり、意識も朦朧としているマサリキンの頭を膝に載せて叫んだ。

「マサリキン、しっかりして！　わたしよ、カリパよ！　目を覚まして！」

土器《かわらけ》にぬるま湯を貰い、干涸びた口を湯で塗らした指で撫でた。何度もそうして唇を濡らし、舌を濡らし、口の中を濡らした。その温かい湿り気が彼を呼び覚まし、瞼が動き、舌が動いた。

「マサリキン！　しっかりして！　さあ、口を開けて！　水よ、水を飲むのよ！」

湯を口に含み、彼の口に自分の口を押し当てた。濡れた舌先を相手の唇の間に挿し込み、ほんの少し流し込む。相手の舌が動き、こちらの舌に絡みついた。唇が強く吸い付き、ゴクリと咽が動いた。口に含んだ残りの湯を少しずつ入れた。溢れた湯で口のまわりが濡れた。

自力で身を起こせない若者が、懸命に唇を動かして、湯を求める。その口に何度も口移しで飲ませた。冷たかった唇が次第に温かくなり、彼の唇と舌が激しく動いて自分の唇と舌と唾液交じりの湯を求める。愛おしさに急に体中が火のように熱くなり、息が弾んで止めようがなくなった。思わず口を放し、彼の頭をしっかりと抱きしめた。涙が際限もなく溢れてきた。頬に滴るしょっぱい涙を、朦朧としたマサリキンが夢中で舐《な》め啜《すす》った。

生命力の回復と共に、一旦鎮まった蛇腫《くちなわば》れが蠢《うごめ》き出し、若者はまたも悲鳴を上げてのたうち始めた。もうどうしていいかわからない。この人はこの儘、狂い死ぬのだろうか。それならばせめて母親の膝に抱かれた気持ちにしてあげたいと、悶え苦しむ毬栗頭《いがぐりあたま》を掻き抱き、幼い時にむずかる自分を宥《なだ》めるために母が歌った子守歌を、泣き泣き歌った。

ララ、ララ
ララ、ララ
ゴレ・ガンドム

ロクサーナ
ララ、ララ
ララ、ララ
ゴレ・ゲルドー
ロクサーナ

ラーラィ、ラーラィ
アンガロース
パスバーナッタスト
ラーラィラー

意味は知らない。エミシ語でもウェイサンペ語でもない。繰り返し繰り返し歌い続けた。

「この儘では命が危ない」背後で女の声がした。振り向くと三十代半ばの美しい女が座っていた。裾長の青い衣服を纏い、マキ部族の紋章二重丸（◎）を刺繍した青い鉢巻で長い黒髪を留め、物静かで冒しがたい気品が漂っている。族長マキだ。兄から聞いた話では、若い時に夫に死別した後家だそうだ。その後ろに、もう一人の若い女が座っていた。どこにいてもやたらと存在感があるとからかわれるカリパと違い、ひっそりとした雰囲気の娘だ。族長と同じような青い衣服を纏い、長い黒髪を青い鉢巻で留めていた。肌が抜けるように白く、赤く魅力的な唇に微かな微笑を絶やさない。女ながらも戦袴《いくさばかま》を穿《は》き、腰には太刀《たち》、背中に短弓と箙《えびら》を背負っている。箙に入っている二十本ほどの矢の羽が真っ赤に染めてある。その中に三本、黒い羽の矢が混じっていた。

「これは恐ろしい術です。すぐに警報を出し、敵の襲来に備えなさい」

女族長が後ろの娘にそう命じた。娘は微笑で応え、一礼してその場を去った。その身のこなしには一分の隙もなく、春風のように軽やかで、足音も立てない。立ち去った後に、安らかな温かさを残して消えた。思わず見惚れていると、マキが小声で呟いた。

「あれはシピラと申す者です。マキの十二人娘の一人です。お見知りおきください」

兄から聞いた話を思い出した。マキ部族には「十二人娘」と呼ばれる娘たちがいて、常に族長の身辺を警固し、その命令を伝える役をするという。不思議な術を使うという噂もある。十二人と決まっているわけでもなくて、その時々で五人、七人、十人娘になったりするそうだ。

マキが薬湯を差し出した。強烈な辛味と苦味がするのを、口移しに飲ませた。若者の喉仏が動いて、その湯を飲み込むと、苦悶が止まった。マキが訊ねた。

「カリパ、あなたの本性《ほんしょう》は何ですか?」

「丹頂鶴《サロルンチカップ》です」

「よかった。安心したわ。この若者《オッカイポ》はきっと助かりますよ、あなたさえついていれば」

本性……。幼い時、繰り返し聞かせられた母の言葉を思い出した。

「人は生まれる前は天上のカムイだったの。世の中で何かのお役に立つものや、人の力も及ばぬ強いものにはみな魂《たましい》が宿っています。それがカムイです。カムイは人の目には見えません。美しい地上を見て、わたしも行ってみたいなと思うと、カムイはこの世にやって来ます。その時、この世の人に見えるように、好みの衣装を着ます。それがこの体なの。どんな着物を着るかは、そのカムイの『本性《しょう》』によります。人の子となる時には、人の体で生まれますが、人以外のものに生まれる時には、それぞれの『本性』によって纏う体がきまります。人に生まれても『本性』は変わりませんから、犬の『本性』を持つ人は犬みたいな性格になるし、亀が『本性』の人はゆったりした性格になります」

以前見た光景を思い出した。シナイトーの大沼のほとりで鶴が泥の中の山棟蛇《やまかがし》を突《つ》つき、頭から丸呑みにしてしまった光景だ。鶴は蛇より強い。マキが口を寄せ、誰にも聞こえないように囁いた。

「あなたは、この青年《オッカイポ》が好きなのね？」

カリパは目を大きく見開き、まっ赤になって頷いた。

「よかった！　では心を込めて、口を吸ってておあげなさい。恥ずかしがることはないわ。丹頂鶴《サロルンチカップ》が口を吸えば、赤蛇《フレトッコニ》の毒も吸い取られます。どんどん吸い取ってておあげなさい。あなたがこの人を愛《いと》しく思う心が魔物の毒を消します。憎しみは愛には勝てません」

マキが、彼の体を撫でながら呪文を繰り返し唱えた。

「エラムホラライセ、トッコニカムイ（鎮まりたまえ、蛇神《へびがみ》よ）！」

体が薬湯で温まってくると、手足が動くようになった。だが物も言えず、言葉を理解しているとも見えず、まわりの状況もわかっていない。

そんな彼を抱きしめ、口を吸い、子守歌を聞かせた。すると震えが止み、昏々と眠る。半時《はんとき》（一時間）ほどして朝日が昇る頃、苦痛に叫んでまた跳ね起きた。裸身に赤蛇が巻き付いて、うごめいていた。マキの呪文とカリパの口吸いと子守歌で蛇の動きが止まると、朦朧状態の儘、鍋に手を伸ばし、獣《けだもの》のように喰らい始める。その浅ましい姿には、あの古風で行儀のいい若者の面影は、どこにも見えなかった。食うだけ食うと、またもぶっ倒れるように眠りこむ。

「この人は本当に狂ってしまったのかしら……」、見ていて涙が出てきた。

「ここまで深く心身に入り込んだ呪いを駆除するのは難しい」と、マキが溜め息を吐いた。

「この儘、狂い死にするのですか？」

「あなた、オンネフルの人ね。ならフミワッカ川の岸に住むラチャシタエックさまを御存知ね？」

勿論、よく知っていた。あのあたり一帯に並ぶ者のない癒し人《トゥスップ》として、人々の尊敬を集めている。痩せて腰が曲がり、見た目は貧相だが、諧謔《かいぎゃく》に富む楽しい老人だ。

「あの長老《エカシ》ならこの人を救えます。あの方の所に連れて行きましょう。お手伝いします」

「それにしても」と、脇にいた年配の男が言った。「いくら何でも、いい若い者がこう素っ裸ではな。まずは褌ぐらい締めてやらないと、女子衆《おなごしゅ》の目の毒だ」

まわりの者が思わず笑った。カリパは頬と首筋が火のように熱くなった。介抱に夢中で、そこまで気が回らなかった。慌てて防寒布を拾い上げ、彼の裸を隠した。

「あら、みそさざい《チャッチャク》まで笑っている」

マキがおかしそうに含み笑いをした。家の外で、微かな鷦鷯《みそさざい》の地鳴きが聞こえたような気がした。

さっきのおじさんが白く長い布を持って来た。

「若い衆《オッカイポ》、褌を持ってきたぞ。さあ、これを締めろ。ウェイサンペの頭目を討ち取った正義の英雄が、へのこ丸出しでは様にならない」

その言葉が予想もしない反応を引き起こした。若い戦士の表情が一変した。緑色の瞳が俄《にわか》に爛々と光りだし、弛緩していた全身の筋肉がギリギリと引き締まるのが見えた。

「ウェイサンペ？」と、素っ裸の若者が叫んだ。

「そうだ、若い衆《オッカイポ》。あの非道な連中を、この神聖なモシリ（国土）から追い払え。お前はヌペッコルクルの輝く星、正義の戦士、俺たちの英雄だ。赤蛇《フレトッコニ》の妖術などにたぶらかされている場合ではない。さあ、正気に戻れ。この褌を締めて、俺たちの国《モシリ》を取り戻せ！」

その言葉がとんでもない反応を引き出した。どんよりしていたマサリキンの瞳が急にキラキラと輝き出した。あっ、あの目だわ！　と、カリパは胸を衝かれた。彼が初めてオンネフルの門を潜った時の、あの輝く美しい目。生きる力と勇気に満ちて、はてしない憧れに燃える輝く双眸《そうぼう》だ。ああ、この輝く瞳を、どんなにか見たかったことだろう。

「うおーっ！」

雄叫《おたけ》びが上がり、裸の若者が仁王立ちになった。その顔が朝日のように輝き、痩せてはいるが、鍛えられた筋肉が破れんばかりに盛り上がった。彼は狼の遠吠えのような声で吼《ほ》え、裸の儘、家の外に飛び出した。

「オマン・ロー、トーロロハンロク！」

広場の片隅で飼い葉をあてがわれていた黒鹿毛《くろかげ》が、雷のような声で嘶き、竿立ちになった。

「ブヒヒヒヒ！」

その背中に、裸に蛇を巻き付かせた若者が飛び乗った。あっという間だった。若者を乗せた裸馬《はだかうま》はその儘、晩秋の谷間を疾駆し去った。それを追ってカリパも走った。

「待って、マサリキン！　どこへ行くの、マサリキン！　待って、待って、待って！」

泣き泣き駆けた。行く手にピタカムイ大河が見えた。だめだ、あんな姿で冷たい河に飛び込んだら、死ぬ。だめ、だめ、だめ、止まって、マサリキン！　だが、その叫び声は、狂った耳には届かない。若き戦士は、全力疾走する馬と共にその儘、真っ直ぐ土手から河に飛び込んだ。水飛沫《みずしぶき》が上がり、その姿が消えた。

6　腐臭の戎衣

人が馬か、馬が人か、人馬の感情と意志は一つに融合していた。両方とも疲れ切っていたが、行かねばならぬ！　神聖な祖国を異民族の侵略から守る。圧政と奴隷化から救う。先祖伝来の猟場と田畑を奪い、村々を襲っては住民を奴隷として売り払う。従えば、口分田《くぶんでん》に縛りつけて重税で苦しめ、兵役に駆り出して同族と戦わせ、逆らえば容赦なく殺す。この非道から同胞を救うのだ。マサリキンは馬の鬣《たてがみ》を摑み、両膝で馬体を挟み、大きく跳んだ。衝撃と共に河の深みに飛び込んだ。冷たい水に体温が奪われ、意識も朦朧《もうろう》としていたが、正義感と義務感が自殺的な渡河を敢行させた。

現実と想念とが区別を失い、幼い日のふるさとの牧場が目の前に見えている。海を望む広い草原《くさはら》に駿馬《しゅんめ》が群れ、叔父のシッポリが、少年の自分に馬術の稽古をつけている。

「これはすごい馬だ。お前も筋がいいし、馬との相性が抜群だ」

黒鹿毛《くろかげ》は生まれた時から彼と共に育った。一人と一匹は兄弟のようだった。成長すると、どの馬よりも背が高く、俊足だった。百年に一度の名馬だと叔父は言う。名調教師の叔父は、この馬にすばらしい調教を施した。乗り手の微妙な体重の移動、馬体を挟む脚の筋肉のわずかな変化、息遣いなどを馬は敏感に感じ取り、乗り手の感情と意志を己のものと同化する。馬は、彼が嬉しい時には飛び上がって踊り、怒ると猛獣と化した。

「マサリキン、怒るなよ。お前が怒ると、こいつは虎にも獅子にもなる」

それを初めて体験したのは、遍歴修行のためにモーヌップの野に足を踏み入れた時だ。飢饉の年にマルコ党からした借米《しゃくまい》の形《かた》に身売りされる女奴隷《メヤトゥコ》を見て義憤に駆られ、無鉄砲にもマルコ党のペッサム砦からチキランケを助け出そうとした。そこでヌペッコルクルが砦に夜討ちをしかけた合戦に巻き込まれ、燃える砦から脱出するマルコ党の戦士と激突した。馬は左右の敵を蹴倒し、蹴殺し、指揮官らしい戦士の頚に嚙み付いて食いちぎった。それがこのあたりのエミシに対し暴虐の限りを尽くした、マルコのコムシという男だった。こうして彼はヌペッコルクルの一員となったのだ。

疲れ切っていたのに、馬は懸命に泳ぎきった。だが乗り手は休もうとしない。めざすは十九里（約十キロ）先のヤムトー砦。砦に立てこもる鎮軍の残兵とマルコ党を殲滅し、同胞を救う。正常な思考能力を失っている脳髄の中で、正義の雄叫びが雷鳴のように轟いていた。

「オマン・ロー、トーロロハンロク！」

馬は身震いし、全力疾走に移った。だが如何《いか》に名馬であっても既に疲労困憊していた。たちまち速度が落ち、喘《あえ》ぎ、ヨタヨタし始めた。無茶を続けたら泡を吹いてぶっ倒れる。狂ったとは言え、愛馬との一体感は本能として生きていた。馬から飛び下り、激しく喘ぐ愛馬の首を何度も抱きしめ、囁いた。

「ありがとう、トーロロハンロク。お前は本陣に戻れ。あそこでゆっくり俺の帰りを待て」

馬は苦しそうに何度も頷き、首をうなだれ、あるじの示す方角によろよろと歩み去った。

急にひどい寒さを覚えた。晩秋の冷たい風の中で素っ裸、ずぶ濡れだ。唇も爪も紫色で、震えが止まらない。この儘では凍える。第一、寸鉄も帯びぬ身では戦うこともできない。だがここは新戦場だ。あちこちに戦死者の骸《むくろ》が転がっている。そのうちの一体、ウェイサンペ兵の死骸に取り付いた。甲冑と着物を剝ぐと、中の腐乱死体を無数の蛆虫《うじむし》が食っていた。腐汁にまみれた麻服と甲冑から蛆を払い落とし、身に纏い、落ちていた鉾《ほこ》を杖に歩き出した。

「殺せ、マサリキン。殺して、殺して、殺し続けろ」、全身に纏《まと》いつく毒蛇が囁き続ける。……そうだ、俺は殺さねばならぬ。ウェイサンペを殺し尽くす。俺はそのために生かされている……。心に繰り返し、よろめき歩いた。だが体力は限界を超えていた。若き戦士はガクリと膝を折り、乾いた泥の上にうつ伏せに倒れ、その儘、動かなくなった。

光が存在しない世界に漂っていた。長い時間がゆっくりと過ぎてゆく。心臓が動いているのはわかった。湿った空気が鼻腔を通る感覚も自覚していた。だがそれだけ。手足がどこにあるのかわからない。現実世界から切り離された、奇妙な乖離感《かいりかん》が極限まで来ていた。

不意に目の前に故郷の山々が見えた。頂《いただ》きに雪を戴く早春のカムイヌプリ（神の山）だ。それを背景に父と母が笑っていて、幼い自分が立っていた。まだ前髪に魔除けの貝殻飾りを付け、幼名《おさなな》を「垢だらけ《トゥルシ》」と呼ばれていた頃の自分だった。母の子守歌が聞こえた。

トオプ・テエタ
オッ・テエタ

空一面に光の粒が
パラパラパラパラ飛び散って

ヌペックペー・ランラン・ピシカン
ヌペックカウカウ・ラン・ピシカン

光の雨が降り注ぎ
光の霰《あられ》が降り注ぎ

トオプ・テエタ
オッ・テエタ

ケセの大地《モシリ》に降り注ぎ
ケセの山々《ヌプリ》に降り注ぎ
チュップ（日）は暗くなりました
すっかり暗くなりました
暗い《クンネ》チュップ（月）になりました

懐かしさと恋しさで、胸がいっぱいになった。

「アチャ（父ちゃん）！　アッパ（母ちゃん）！」

叫ぼうとするが、声が出ない。幼いトゥルシは楽しそうに笑っているのに、日《チュップ》のように輝いていた父母の顔が暗く俯《うつむ》いて、もうこちらを見なかった。悲哀が心を覆い、蛇が嘲《あざけ》る。

「殺せ、もっと殺せ！　お前はその手で沢山の人を殺したのだ。お前は芯まで腐った人殺し《イトゥイパップ》だ」

たくさんの父と母の膝で可愛い子供たちが笑っていた。それはすべて自分が殺した敵兵だった。それに重なって、累々と転がる敵味方の死骸が見えた。「人殺し《イトゥイパップ》！」どの顔も憎悪に満ちて、そう叫んでいた。やがて一切が、寂寥《せきりょう》の闇に消えた。憎しみと絶望、恐怖と罪責感が全身を食い尽くし、果てしない時間が過ぎた。鳶《とび》の群れに生身を食い破られる幻覚が襲って来た。

闇の中に小さく見えていた光がゆっくりと大きくなり、朧《おぼろ》な女の顔になった。彼の分身が墓から暴《あば》き出した醜く腐った顔が、ピタカムイの渡し場で初めて会った時のチキランケの美しい顔に変わった。

名を呼ぼうにも、声が出ない。女はチラリとこちらを見た。悲しそうな目が泣いていた。

「ありがとう、でも、さようなら、マサリキン。騙されてはだめよ。あなたはわたしの墓を暴《あば》いてもいないし、わたしを踏みつぶしてもいないわ。あれはみんな呪い人《アシトマップ》の作り出した偽りの幻よ。騙されてはだめ。わたしはもうそっちの世界にはいないの。わたしを呼んではだめ！　来ようとしてもだめ！　わたしの復讐のために人を殺そうとするのもやめて！　わたしはもうあなたに何もしてあげられないけど、大丈夫、優しいカリパがあなたを待っているわ！」

柔らかく微笑んだ顔がぼやけ、闇の中のしみになり、消えた。

突然凄まじい落下の感覚が襲って来た。深い闇の底に向かって、彼は石のように落ちて行った。

「おい、こいつはまだ生きているぞ」

誰かが足でマサリキンの体を仰向けにひっくり返した。十人ほどの男が覗き込んだ。凶悪な人相の者ばかりだ。ウェイサンペ語はよくわからないが、所々知っている単語が聞き分けられた。

「おい、これを見ろ」一人が彼の額を指さした。「これはこのあたりのエミシではない。北の蛮族は部族の紋章を額に刻む。こいつは、北から来たアカカシラの援軍に違いない」

「この紋章はケセのオイカワッカ部族のものだ」と、年配の男が言った。「ずいぶん遠いところから来たものだ。おい、こいつはひょっとしたらアゼティ（按察使《あぜち》＝律令制で国司を監察する令外《りょうげ》の官）を討ったあの男ではないのか」

「それが何でこんな所に倒れている？　それにひどく臭い。髪を剃っているが、なぜだ？　坊主とも思えねえが。ややっ、何だ、これは！」

一人が着物の襟をはだけた。胸と腹に赤黒斑《まだら》の蛇が蠢《うごめ》いていた。男どもが飛びすさった。

「よく見ろ」と、年配の男が言った。「これは本物の蛇ではねえ。蛇腫《くちなわば》れといってな。こいつの皮が蛇の形に膨《ふく》れあがり、皮の中に血と水が溢れて斑模様《まだらもよう》になるんだ。蛮族から聞いたことがある。赤蛇《フレトッコニ》の呪いといってな、凄腕の呪い人《アシトマップ》の仕業だ。この呪いをかけられたら最後、死ぬまで猛烈な苦しみに苛《さいな》まれて、絶対に助からねえそうだ」

「恐ろしや！　なぜこんなことになっているんだ？」

「蛮族にもいろいろあらぁ。帝国に尾を振るだらしねえ連中だの、あのアカカシラみたいな威勢のいい奴らだのな。これが本当にあのマサリキンなら、こりゃ拾い物だぜ。放れ駒の捕獲も一区切り付いた。マルコ党に見付からねえうちに、こいつを連れて引き上げよう。お頭《かしら》に見せて、お指図を貰うんだ。ま、役に立たねえんなら、一思いに殺して、捨てるさ。……待て、素手で触るな。呪いを受けた者の体にじかに触ると、毒蛇がこちらの体にまで乗り移るというぞ。筵《むしろ》を持ってこい。ぐるぐる巻きにして、馬の背に積もう」

連中の言っていることが何となくわかった。そうか、こいつらは馬泥棒かと、朧げな意識の中で思った。体中が痛く、ひどく寒かった。意識がまたも霞んでいった。

7 ピタカムイの河原

カリパのために、マキが丸木舟を用意してくれた。朴訥《ぼくとつ》で、見るからに力のありそうなクメロックという男を護衛に付けてもらい、対岸に戻った。

「この足跡を見ると、マサリキンは真っ直ぐにヤムトーを目指しているが、モーヌップの野を行くのは危険だ。まず北のワシベツ山の味方砦に行くのがよかろう。そこで応援を頼む。あそこに見えるペッサムの丘にあったマルコ党の砦は、焼かれて今は無人だ。あの裾を行くのが安全だ」

それが誤算だった。その日、焼け跡に放置されている仲間の戦死者を葬るため、マルコ党の者どもがピタカムイ河口のイシ砦から出張《でば》って来ていた。前方の林から五、六人の男が出て来た。

「何、あの男たちは?」

振り返ると、後ろからも五、六人が飛び出してくる。

「マルコ党だな。お前の赤鉢巻で、俺たちがヌペッコルクルだと見たようだ。これは無事には済まない。いいかね、真っ直ぐに走れ。ワシベツ山に逃げ込もう」

二人は走った。彼女の俊足にクメロックが遅れた。六人の男が行く手を遮《さえぎ》った。

「女、止まれ！」

横列に並んだ男ども六人の左から二人目、一番弱そうなのに突進した。抜刀した相手の右手首を二股杖《エキムネクワ》の腰（二股に分かれる箇所の外側）で強打した。男が悲鳴を上げ、刀を落とした。隣の男が鉾《ほこ》で襲って来た。鉾の穂先は、幅広で平らで縁が刃になっている。これで横薙《よこな》ぎにされると首も吹っ飛ぶ。柄《え》を摑んで引き寄せ、腹を蹴り上げた。

悶絶した男の横から、背の高いのが、刀を抜いて飛びかかってきた。クメロックの放った矢が男の腿に突き刺さった。ガクリと傾く男の横鬢《よこびん》を、杖の石突きで強打して飛び退いた。乱戦になった。

クメロックが六、七人を相手に奮戦しているが、多勢に無勢だ。大勢に斬りかかられ、全身に重傷を負い、とうとう刺し殺されてしまった。脇にいた猟犬も勇敢に戦ったが、棍棒で頭を殴られ、悲鳴を上げて動かなくなった。これを見たカリパは、怒りに我を忘れ、猛烈な勢いで暴れ回った。

必死に戦ったが、如何《いかん》せん多勢に無勢だ。周囲を取り囲まれ、四、五人の男が二股杖《エキムネクワ》の股を前後左右から突き出して、胴を挟まれ、足を払われ、尻餅を搗《つ》いた。男どもが折り重なって飛びついた。力の限り暴れたが、そこまでだった。大勢に押さえつけられ、身動きができなくなった
「とんでもねえ女だな」男どもが荒い息を吐《は》いた。「男みてえに体はでけえし、並はずれた力持ちだ。この鉢巻を見れば、アカカシラの女戦士に違《ちげ》えねえが、一体何者だ」

「憎たらしい女だが、若くてなかなか別嬪《べっぴん》だぜ。裸に剝《む》いてゆっくり楽しもう」

「それがいい。思い切りいたぶってやらねえと気が済まねえ。お楽しみが終わったら、この手で縊《くび》り殺す。苦しさに目玉をひん剝《む》いて、涎《よだれ》を流して、赤いべろを吐き出して、ブルブルビクビク震えながら、この両手の中で死んでいくのを楽しんでやらねえことにゃあ気が済まねえ」

殴られ蹴られて痛い目に遭った男どもに体中を撫で回された。凄まじい叫び声を上げて反抗し、呪《のろ》った。これからこの身に受けるであろう陵辱《りょうじょく》を思うと、怒りと絶望で気が狂いそうだった。

「フォーッ、ホイ！」声を限りに叫んだ。誰かが聞きつけてくれないかと、思い切り叫んだ。「ピタカムイ（大河の神）、聞きたまえ。このろくでなしどもを滅ぼしたまえ、フォーッ、ホイ！」

「うるせえ！」横面を思い切り殴られた。口の中が血腥《ちなまぐさ》くなった。目も眩《くら》む怒りで、吠えて吠えて吠え続けた。その口に汚いぼろ切れがねじ込まれた。手拭いで口から後頭部をきつく縛られた。

「こうしておけば、嚙みついたり、舌を嚙んだりもできなかろう」と、男どもが笑った。

「裸に剝《む》け。棒縛《は》りにしろ。マルコ踊りだ」と、頭分《かしらぶん》の奴が言った。

たちまち衣服を剝がれ、裸にされ、二本の丸太に縛りつけられた。背中に回した一本には大きく広げた両手首を、もう一本には股を広げた形で両足首を、荒縄でぎりぎりと縛りつけられた。恥辱の限りだ。ただ「う〜う〜」と呻き、悔し涙が溢れた。

「朝っぱらから辛気臭い仕事ばかりだ。まずは景気付けに一杯やろうや」と、頭分が言った。

一人が丘の麓から濁酒《どぶろく》の瓶《かめ》を持って来た。回し飲みして、気分をよくしたマルコ党の男どもが舌なめずりをして取り巻いた。必死にもがく女体を眺めて、興奮の度を高めている。

「いい眺めだ。久しぶりだな」

「じゃあ、頭《かしら》。そろそろお楽しみを始めましょうぜ」

「まずはポトの滑りをよくしてやろう」

一人がそう言って、口に含んだ濁酒をブーッと陰部に吹きつけた。

「ところで、このじゃじゃ馬を誰だと思う？」と、頭《かしら》と呼ばれた男が言った。「男勝りで柄《がら》はでけえが、こんな別嬪はそうざらにはいねえ。名は知らねえが、オンネフルの隊長、赤髭シネアミコルの妹に間違《まちげ》えねえ。ピラヌプリに立て籠もって抵抗し、按察使《アゼティ》さまを討った悪党どもの組頭分《くみがしらぶん》の野郎の妹だ。奴のために仲間が大勢討死《うちじに》した。あの赤髭に、俺たちの恨みを思い知らせてやろう」

目玉をギラつかせた頭が着物の前をはだけ、両手で彼女の両膝を摑んで恐ろしい力で押し広げ、臍の下一面に生えた陰毛の中から、勃起したへのこを屹立《きつりつ》させて、のしかかって来た。

按察使に手込めにされたチキランケのことが脳裏に浮かんだ。どんなに悔しかったことだろう。必死の抵抗の末に犯され、怒りと悔しさと絶望のうちに首を括ったのだ。自害は未遂に終わったものの、その後の惨たらしい体験が、今、自分の身に降りかかる。チキランケ、助けて！

マサリキン、マサリキン、御免なさい。わたし、一所懸命戦ったの。でも、駄目だったの。綺麗な体の儘で貴方のお嫁にしていただきたかったのに、もうお終いよ。何もかもこれで終わりだわ。こんなおぞましい連中にこの身を汚され辱められて、最後は縊《くび》り殺される、御免なさい、御免なさい、愛しいマサリキン。この怒りと悲しさと絶望の中で死ぬわたしは、きっと、恐ろしい、醜い悪霊《ウェンカムイ》になってしまうんだわ。そして、必ずこいつらを取り殺す。その後は貴方からも嫌われて、とこしえに闇をうろつくことになるのね……。

風を切る唸りが顔をかすめ、何かが激しくぶち当たる音がした。

「ギャッ！」

叩き殺される猪のような悲鳴がした。自分の体の上にのしかかろうとしていた男が、弾かれたように反り返り、両手を広げてバタバタと奇妙な動きをした。砕かれた額が鮮血を噴き出し、突っ立っていたへのこがぐにゃりと垂れ下がると同時に、重い男の体がカリパの上に倒れた。熱く生臭い動脈血が裸の体に脈打って降り注いだ。重い飛礫《つぶて》が続けざまに周りの者どもを襲った。一人は、鼻と口を砕かれて昏倒即死し、もう一人は、胸の真ん中を強打されてぶっ飛び、心臓震盪《しんとう》を起こして絶命した。

「逃げろ!」

逃げ散る男どもの一人の後頭部に、おまけの石飛礫《いしつぶて》が命中し、脳髄が宙に砕け散った。

仲間の死体を残して暴漢どもが逃げ去った河原に、大きな男が姿を現わした。深い頭巾の下の顔は黒い布で隠され、榛色《はしばみいろ》(黄褐色)の筒袖に括り袴。ウェイサンぺだ。今度はこの男に犯されるのか。もがいたが、縄は緩む気配もない。男が太刀を抜き、縄を切った。それから死んだ男の襟首と腰帯を摑んで脇に放り投げた。剝き出しになった裸の膝を急いで閉じ、血だらけの胸を手で隠した。目の前に大男が蹲《うずくま》った。覆面の隙間から、大きな目玉と、眉間で一本に繋がった太い眉毛と、巨大な鼻が見えた。男は手を伸ばして、猿轡《さるぐつわ》を解《ほど》いてくれた。何人もの敵を殺したばかりの凄まじい殺気が残る両目に、ふと優しさがのぞいた。

「カタジケナシ」

覚束ないウェイサンぺ語で礼を言った。体中が歯の根も合わぬほど震えていた。

「ひどい目に遭ったな。まずその汚い血を洗ってこい」と、男が低い声で囁いた。

「コプゥ。ナァ・ミ・ソ(乞ふ。な見そ=お願い、見ないで)」

急いで河に走った。冷たい水に飛び込んで、体中についている大量の血糊を洗い落とした。男は大きな背をこちらに向けて、河原石に腰を下ろしている。その背に優しさが溢れていた。

「これを使え」

男は振り向きもせず、肩越しに手拭いを投げてよこした。濡れた体を拭き、衣服を拾い集めて、大急ぎで身に着けた。男がゆっくりと振り向き、静かな声で言った。

「ここは危ない。お前はよく戦ったが、女一人で、あんな荒くれ者ども大勢を相手では敵《かな》うはずがない。悪党どもが戻って来るぞ。今の内に早く逃げろ」

頷いて走り出そうとする袖を摑んで、男が訊いた。

「お前、女ながら惚れ惚れするような武者ぶりだったぞ。名は何という？」

ひどく優しい声だった。怒りと恐怖に冷たく引《ひ》き攣《つ》っていた心が、一瞬、温かく和《なご》んだ。思い切りアッカンベーをし、笑って答えた。

「クソマレ！」

男が声を立てて笑った。その目がかわいい。

馬蹄の音がした。丘の裾を二騎の赤鉢巻が駆けてくる。男がはっと中腰になり、反射的に腰の太刀に手をやった。その顔が突然苦痛に歪み、痛む左の肩を右手で庇《かば》いながら、目玉を剝《む》いて宙を見据えた。まるでそこに恐ろしいものを見ているようだった。

「やめろ、アンガロス！　約束する。俺はあいつらとは戦わぬ」

アンガロス？　何のことだ？

男が走り去った後に、駆けつけたのはレサックとクマだった。

「大丈夫か、カリパ。何があったんだ」

8　摩沙利金

「それは危なかったな！」

クマとレサックが目を丸くした。それを見たら、八つ当たりの怒りが爆発した。

「あんたたち、ひどいじゃないの。わたしがマサリキンを探しに行って、戻らなかったのよ。それも一晩中よ。あんたたち、探しに来てもくれなかった。薄情者！　馬鹿！　想像力不足！　わたしがひどい目に遭っているかも知れないなんてことを考える頭なんか、まるっきりないのね」

嵐のように喚いた。両目から涙がほとばしった。クマの胸を両方の拳で思いっきり叩き続けた。喋る舌が痛かった。殴られた時に噛んだらしい。右の口角から血が流れてくる。

「すまん、すまん。申し訳ない。お前が怒るのももっともだ」と、クマがカリパの肩を優しく抱いて謝った。ますます大声で泣いた。

「そんなひどいことが起きていたなんて、夢にも思わなかったんだ」

「御免な、カリパ。でも俺たち、少しは想像力もあったんだ」と、レサックも神妙に弁解を始めた。

「カリパが遅いな、何しているんだろうって、俺、とっても心配したんだ。そうしたら、父ちゃん《アチャ》が言うんだ。マサリキンは前はチキランケに気があったが、あの娘は死んでしまった。カリパはマサリキンに惚れている。今はカリパにぞっこんだ。カリパにはそれはそれは世話になったし、あれはほんとにいい娘だからな。それがこの戦《いくさ》で長いこと会えなかったし、お互い生き死にの狭間《はざま》を潜《くぐ》ってきたんだ。あの気性の激しいカリパのことだ。ものすごい勢いで走って行ったあの走りぶりを見ればわかるだろう。恋人に会いたくて、会いたくて、夢中だったのさ。そんな二人が久しぶりに出会ったらどうなるか、お前だってわかるだろうって、そう言うんだ。

俺がぼんやり考えていたら、父ちゃん《アチャ》がニコニコ笑って、丸めた左手の中に右手の人差し指を突っ込んで、出し入れして見せたので、俺もやっとわかった。それで俺もすっかり嬉しくなって、ああそうか、俺は頭が悪くて、想像力ってのが不足だから、思いつかなかったけど、父ちゃん《アチャ》は利口だから、すぐに思いつくんだ。当然だな、二人はオチューと二人でオチューに夢中なんだ。戦《いくさ》も区切りがついたし、急いで帰ることも無いから、昨夜《ゆうべ》、カリパはマサリキンと二人でオチューしまくっていたんだ……」

顔が夕焼け雲のように赤くなった。バネのように跳び上がったカリパの拳骨が、大男の禿げ頭に炸

裂した。ボカッ、ボカッ、ボカッ！

「ばか、ばか、ばか！　なんてことを考えてるのよ。とんでもない想像力だわ！」

苦しいほど胸が騒ぎまくった。

「それどころじゃないわ！　事もあろうに、マルコ党の獣《けだもの》みたいなごろつきどもに、無理やりオチューされそうになったのよ。あんたたちが、見当違いの空想を楽しんでいる間に！」

しゃがみ込んだ禿げ頭を散々に殴りつけた後、カリパは駄々っ子のようにわんわん泣いた。

「すまなかった、すまなかった」

クマが何度も繰り返して詫びながら、泣きじゃくる背中を撫でさすった。

「御免なさい、アチャ、レサック。折角探しに来てくれたのに、わたし、馬鹿ね。八つ当たりしてしまって……」

「いいんだ、いいんだ。そこまで気が回らなかった俺が悪いんだ。ひどい目に遭ったな、可哀想に。それにしてもその石飛礫《いしつぶて》の巧い大男って、ぜんたい何者だ?」

物知りのクマにも見当がつかないらしい。カリパはしょんぼりした声で言った。

「そんな恩人に、わたし、とんでもないことを言ってしまったの」

「何を言ったのかね」

「いきなり名前を聞かれたので、思わずクソマレ! って怒鳴ってしまったの」

「クソマレ!」

今度は男どもが涙を流す番だった、ただし爆笑で。クマが腹筋を痙攣させながら言った。

「それでいい、それでいい。初対面の娘にいきなり名を訊ねるなんてのは、とんでもない不作法だ。ましてそんな恥ずかしい目に遭った後だからな。上等、上等。そのぐらいで丁度いい」

男が女に直接名を訊ねるのは、いきなり求愛するに等しく、甚だ無礼なこととされている。

「それにしても、お前、そんな下品な言葉、どこで憶えた?」

「まる」とは「(大便または小便を) 排泄する」という意味だ。クソマレとは「糞しろ」という意味である。淑女の口にすべき言葉ではない。

カリパの住むオンネフル村落《コタン》は、この戦《いくさ》の兵站基地兼野戦病院だ。大勢の負傷者が担ぎ込まれ、カリパは毎日その治療で大忙しだった。負傷兵の中には、帝国の苛烈な支配を嫌って脱走し、エミシの保護を求めて来たウェイサンペも大勢いる。彼らは自分たちで田畑を耕し、エミシに同化して暮らしている。ウェイサンペとは「邪悪な心」という意味なのだが、こうしてエミシの仲間になった者はピリカサンペ(善良な心=エミシ同化民)と呼ばれていた。

そうした男たちの治療をするうちに、必要に迫られて覚えたウェイサンペ語だ。女のウェイサンペを見たことのないカリパの憶えたのは、下層階級の粗野な男言葉だった。「クソマレ！」とは、連中が愛用濫発する罵り言葉だ。耳にこびりついているその言葉が、つい出た。だが覆水盆《ふくすいぼん》に返らず。

三人はワシベツ山で少し休息し、そこから、ヌペッコルクルの本陣ウカンメ山に向かった。

「クマさん、ヤムトー砦はどうなっているの」

この男は血筋はエミシだが、生まれた時からマルコ党の下人《げにん》だった。砦には友だちも多い。時々、夜陰に紛れて密かに連絡を取り合っていて、砦の内部事情にある程度通じている。

「鎮軍は、按察使《アゼティ》を討たれ、主立った将校も多くが討死《うちじに》して、軍隊の体《てい》をなしていない。無統制な雑兵《ぞうひょう》と下士官が千人もヤムトーに逃げ込んだが、官軍面をしてのさばり、マルコ党を半蛮族だと見下し、エミシ族出身の奴隷《ヤトゥコ》を苛《いじ》めたり、はては女を強姦しまくる。遂にはマルコ党の米蔵を引き渡せと言い出した。マルコ党が激怒して大喧嘩となり、敗残兵どもを砦から叩き出した」

「追い出されたほうはどうなったの？」

「砦を包囲するヌペッコルクルの餌食《えじき》さ。刃向かう奴は殺され、降参した奴らは丸裸にされて鎮所に追い払われた。褌まで外されたそうだ」

「まあ！」

「マルコ踊り」で裸に剝《む》かれる恥辱を経験したばかりだ。恥ずかしい握《にぎ》り金姿《きんすがた》の何百人もの素っ裸の男どもが、この寒空にミヤンキの野を鎮所に向かって落ちて行く姿を想像して、思わず吹き出した。

「兎に角、我らがオンニは全く愉快なお方だよ」と、クマがゲラゲラ笑い出した。クマさんがこんな笑い方をする時は、きっと品のない話に落ちるのね……と、カリパは鼻白《はなじろ》んだ顔をした。「裸で落ちて行く敵兵を眺めながら、ヤムトー砦の前で、みんなで例の『ムランチ音頭』を歌ったんだ」

オンニは、ふざけるのが大好きな陽気なおじさんだ。笛の名手でもあるのだが、兎に角いつも冗談を言っては周囲を笑わせる。この『ムランチ音頭』も彼が歌いだしたものだ。「ムランチ」という名前を「ムル・アン・チィ」と分解して、「糠《ムル》（＝恥垢の別称）の溜《たま》っている、臭くて汚いへ・の・こ」の意味にして、散々虚仮《こけ》にする歌だ。マルコ党との戦闘の前には必ずこの歌を歌う。それでヌペッコルクルは大いに元気づき、ムランチは怒り狂って理性を失い、しばしば無茶苦茶な攻撃をしかけて、ヌペッコルクルの格好の餌食《えじき》になる。

「さすがにマルコ党も力尽きてな、しょんぼり和睦を申し入れて来た。この際、マルコ党そのものを皆殺しにすべきだという意見も多かったのだが、我らがオンニ（首領）は根が優しい。これからはエミシを苛《いじ》めず、その臭いチィをよく洗って周りに迷惑をかけないようにし、共に仲良く暮らそうという条件で和睦を受け入れた。その証しに、ムランチの次男イシマロを人質として要求した。あれは冷酷残忍な男だ。本当は殺したいのだが、オンニは無闇に人を殺さない。人質として要求した」

「マルコ党が、うんと言うわけがないでしょうに」

「それを言わせた。言うことを聞かなければ、ウォーシカやモーヌップ中の人間が迷惑しているその臭いチィを切り取ってやろうと脅したのだ。頑丈なあの砦でも、今の我々なら落とせる。ついにムランチが折れた。ただし、チィは自分で洗うから勘弁してくれ、秘蔵っ子も人質に出すと言って来た。実は、こちらにも余裕がない。冬が迫っているし、洪水で田畑は流され、冬を越す食い物が足りない。沢山の男が戦死したり、負傷したりした。一日も早く戦士たちを帰して、冬支度をさせないと、家族が飢える。マルコ党を滅ぼし、米蔵を奪うとなれば日にちもかかれば、手負い、討死《うちじに》も増える」

「で、戦士たちは、これからそれぞれの村落《コタン》に帰るのね、手ぶらで」

「消耗戦で草臥れ儲け。辛いところだな。遠方から来た援軍から、帰還が始まっている」

ウカンメ山の野戦陣地では、赤髭の異名のある兄が待っていた。オンニもいた。赤覆面から覗く目が相変わらず優しい。クマとレサックは、その場で任務を言いつけられた。イシマロを山奥の谷間に掘られた土牢に入れようとしたら、こんなひどい待遇をされるなら死んだほうがましだと怒り狂って、手が付けられない。お前たちで人質を牢にぶち込めという指令だ。

オンニの横に十三、四の少年が甲冑を着けて控えていた。背丈は大きいが顔はまだ幼い。オンニの長男で、名はポー。初陣のペッサム砦襲撃で、無経験ゆえの無鉄砲さを発揮し、マルコのコムシに襲いかかって、殺されそうになった。それを、マサリキンが飛び込んで助けた、あの少年である。

そばにはヌペッコルクルの軍師カオブエイ将軍もいた。この人物は、西の大海の彼方にあるポーハイ（渤海）という国の将軍だったが、故国での政争を逃れて、亡命してきたのだという。医術にも詳しく、マサリキンが死なずに済んだのは、将軍の適切な医術指導のお陰だった。カリパとはその時から親しい。その他、ケセのヤパンキ軽騎兵の隊長と、沿岸ケセマック地方全域を束ねる大首長《サパ》、オイカワッカのコカシがいた。この人は、マサリキンとは同郷の親戚だそうだ。

兄のシネアミコルは、妹の無事な顔を見、とんでもなく危ない目に遭った報告を聞いて驚いたが、まずは無事を喜んだ。その上で、「実は困ったことが起きた」と言った。

「つい先程、陣営にこの鏑矢《かぶらや》が射込まれた。矢柄《やがら》にこんな文字が書いてあった」

差し出された矢柄には漢字が小刀で刻んであり、《摩沙利金在我手中若慾獲金即放虜》とあった。

だが、カリパは文字を知らない。ここでまともに字が読めるのは、カオブエイ将軍ぐらいだ。

「マサリキンが敵に捕らわれたらしい。彼の命を守りたかったら人質を釈放しろと言っている。人質とはイシマロのことだ」

驚きと心配で、五体が裂かれるような気がした。彼は呪い人《アシトマップ》の拷問で弱っている。やっと助け出したのに正気を失っていて、敵のうろつく戦場に素っ裸で駆けて行った。敵に捕まるのは当然だ。

「で、マサリキンは今どこにいるの、兄さん？」

「あそこだ」

夕焼けに赤く染まった泥の野に微高地があり、十人ぐらいの男と馬が屯《たむろ》している。ここからの距離は三百メートルほど。矢はあそこから射られたという。カリパは鏑矢《かぶらや》を見て、言った。

「これはマルコ党の矢ではないわね」

あの連中は、必ず、矢柄の中ほどに墨で印をつける。そうすることで、この矢で射られた者は、マルコ党の標的だということを示し、敵に恐怖を与える。

「マルコ党でもない者が、何故イシマロを欲しがるのか、我々も首を捻《ひね》っている」

「鎮軍がそんなことをするわけがないわね。素っ裸で追い出されたんだから」

「実は、もう一つ面妖《めんよう》な問題がある」と、兄が矢柄に刻まれた文字を指し示した。

「マサリキンを《摩沙利金》と書いている。将軍によると、これが大問題なのだそうだ」

「どういうことです？」

「文字とは、単に言葉の音を表わすだけのものではない。それぞれに意味がある」と、カオブエイ将軍がいつもの温厚な顔で説明した。「この文字はマサリキンと読めるが、『沙《いさご》を摩《さす》りて金《こがね》を利《もう》く』という意味に取れる。『お前たちが砂金を浚って儲けていることを、我々は知っている。その秘密を護りたければ、人質を釈放しろ』という意味だ」

「で、マサリキンはどうなるんです?」カリパの気になることはそれだけだ。

「返事はこれだ」

ケセマックの大首長《サパ》が差し出した別の鏑矢には《莫詐離金》と刻んであった。読みはマサリキン、意味は「作り話をするな。金から離れろ」だ。マサリキンから離れろ、という意味も重ねている。

「取引には応じない。弓矢にかけて奪い返す」

いきなり雷のような大声で、オンニが叫んだ。

「わしが助けに行く! あいつは息子の命の恩人だ。そればかりではない。壊滅寸前のピラヌプリから死を決して飛び出し、敵将を討った英雄だ。ポー、お前も父に従え。行くぞ!」

オンニはそう叫びざま、側に控える愛用の白馬に跳び乗った。いや、乗ろうとした。

「お待ちください!」シネアミコルとカオブエイが飛びついた。「今、オンニが動いたら敵の罠に嵌《は》まる。この大事な時に全軍の束ねを誰がします。お気持ちはわかりますが、お止《とど》まりください!」

脇にいたケセマックの大サパ(大首長)コカシも、断固として言い放った。

「あの若者《オッカイポ》は我が一族のかけがえのない一員だ。姑息な取引で、マルコ党の悪党と等価に扱われたとあっては我らの名誉に関わる。ケセウンクル(ケセ部族の者)が命賭けで奪還する」

「そんなことをしたら、あの人が殺されます!」

「だからこちらも命を賭ける。奴らを皆殺しにする!」

コカシは《莫詐離金》の四文字を刻んだ矢を強弓につがえ、宙に放った。宣戦布告だ。

「オマン・ロー(行くぞ)!」

雄叫びを上げてコカシが馬に跳び乗った。同時に、脇に控えていた二十騎ほどのヤパンキ軽騎兵が、喊声《かんせい》を上げて突撃に移った。敵が一斉に逃げ出すのが、はるかに見えた。

9　スンクシフルの森で

「あいつらは、ヤムトーには向かっていないわ。どこに逃げるのかしら」
「鎮所だな」と、兄が答えた。「文字を書くのだ。只者ではない。鎮所の介《スケ》（陸奥介《ミティノクのスケ》、国司二等官）の手の者かな」

ゾッとした。鎮所に連れて行かれたら、マサリキンは今度こそ殺される。今も鮮烈に思い出すあの日、瀕死の彼を迎えに、雨でぬかるんだ道を、泥を撥ねながら走った。必死に看病して、やっと意識が戻り始めた時、たった一度だけ「チキランケ」と、女の名前を譫言《うわごと》に呟いたのを聞いた。その後それとなく問い糺《ただ》したが、彼は辛そうに心を閉ざし、二度とその名を口にすることがなかった。後でこの事件は、按察使《アゼティ》に献上された女奴隷《メヤトゥコ》チキランケを救い出そうと、彼が無鉄砲にも単身鎮所を狙って捕らわれたのだと知った。あの時の落胆と嫉妬！　大好きな彼の心には別の女がいたのだ。だが、その女は按察使《アゼティ》に強姦されて首を括り、死にかけて一切の記憶を失ったと聞いた。だからマサリキンにとってチキランケは、生ける屍《しかばね》、殺されたも同然だった。

瀕死の重症だった彼が、カオブエイ将軍の処方薬とカリパの懸命な看護で死の顎門《あぎと》を脱し、日に日に快方に向かった。痩せ衰えた体を鍛え直すために、毎日、彼に肩を貸して村落《コタン》の中を歩き回ったあの嬉しさ、誇らしさ。そして感謝に溢れて注がれるマサリキンの視線と微笑。自分の献身に全身で応えようとしていると確信した時の嬉しさ。何としても彼を、この手に取り戻す！

「おい、カリパ、どこへ行く。やめろ！」

制止する声を尻に聞かせ、ひた走った。……チキランケ、あなたはもうこっちの世界の人ではないけれど、でも、わたしを応援してね。わたしは彼を助ける。あなたにとってもあの人は大事な人だったけれど、わたしにとってもそうなの。だから、お願い。わたしを助けて！　土埃を蹴立て殺到して行く騎兵部隊の後ろから、二股杖《エキムネクワ》を小脇に、飛ぶように駆けた。

駆けに駆けた。丘の裾をまわると、フミワッカの河口だ。西から来るシナイ川を合わせて、幅は三百メートル。逃走者が、人は舟に乗り、馬は泳がせて、川を渡って行く。騎兵隊が駆けつけた時には、盗賊は既に川幅の半ばだった。追っ手は追跡を諦めた。だが、カリパは絶対に諦めない。上流にマルコ党の船着き場があり、舟が五、六艘、舫《もや》っていた。物置の戸を蹴破り、櫓《ろ》を担ぎ出し、舟に飛び乗った。だが、対岸に着いた時には、敵は夕日とともに、スンクシフルの連丘の向こうに消えていた。

原生林の中の小道は藪に覆われ、月のない夜を松林がますます暗くしていた。昨夜来、寝ていない。疲れきっていた。毛皮の防寒布に包《くる》まって横になった。耳元の鈴虫の声と梢を渡る風の音を聞きながら、たちまち深い眠りに落ちた。

目が覚めたら、東雲《しののめ》の空が薄桃色になっていた。下弦の月が、梢の隙間に心細く懸かっていた。腹を満たし、海辺の道を急いだ。多島海《ポロノシラトゥイ》。大きな湾の中に数えきれない小さな島々が浮く、夢のように美しい海だ。水面は静かで、岸打つ波も小波《さざなみ》だ。

男が一人、小川の岸にしゃがんで、奇妙なことをしていた。浅い木の盆に川底の砂を浚《さら》い、水の中でしきりに揺すりながら、熱心に砂粒を眺めている。砂の中に何かを探しているようだ。何をしているのだろう。不審に思って、足を止めた。男が振り向いた。

「よう、ポンメノコ（姉ちゃん）」

エミシ語だ。中背《ちゅうぜい》で肩幅の張った中年男。髪は鬟《ミドウラ》、薄汚れた麻の上着の筒袖を肘のところで括り、細い袴も膝の下で括っている。腰には蕨手《わらびて》の太刀。下膨れの丸顔で、鼻が低く、つるりとした顔に貧弱な泥鰌髭《どじょうひげ》、細い冷たい目。薄気味悪い微笑を湛えた薄い唇。茫洋とした顔に似ず、鍛えられた五体に殺気が漲《みなぎ》っている。ドキッとした。あの顔だ！　恐ろしい記憶が鮮烈に蘇った。


七年前。まだ初潮を迎えたばかりの少女だった。

彼女の住むオンネフル村落《コタン》の南に、シナイトーという、長径が十三里（七キロ）、短径が七里半（四キロ）もある大沼がある。沼の南は、今いるスンクシフル丘陵だ。この岸辺にアクンナイ村落《コタン》がある。そこの漁師に叔母が嫁いでいた。子供は女ばかり四人。カリパにとって仲良しの従姉妹《いとこ》たちだった。小舟を漕いで沼を渡り、しょっちゅう行き来した。

ある晩、アクンナイで一日楽しく遊んで、炉端で叔母さんの歌う面白いユーカラ（エミシ族の神話、伝承、歴史などを語る長篇叙事詩）を聴き、女の子たちが枕を並べて眠った。真夜中、不意に奥の囲炉裏のあたりから猛烈な炎が吹き出し、反対側の入り口から見知らぬ男が二人飛び込んで来た。一人は鉾《ほこ》を持っていた。跳ね起きた叔父の腹に侵入者が無言で鉾を突き刺した。鮮血が飛び散り、叔母が悲鳴を上げて、夫にしがみついた。

男が、一番年嵩の、近々お嫁に行くことになっていた従姉《いとこ》のコヤンケに目をつけ、泣き叫ぶのを引きずり出した。懸命に抵抗した叔母が、もう一人の鼠のような顔をした男に蹴飛ばされて、囲炉裏の中に倒れ込み、大火傷を負った。叔母の左手には今でも醜い瘢痕《はんこん》がある。これらの犯行の間、賊は一言も口を利かず、黙々とこうした犯罪を行ない、仲間同士の連絡は、手真似か口笛だけというのが特徴だった。

　惨劇は村落《コタン》の至る所で起きていた。四十人ほどの盗賊団が村落《コタン》を襲い、抵抗する男たちが大勢殺され、大怪我を負わされ、何軒かの家は焼き払われた。泣き叫ぶ年頃の娘たちが七人ほど、馬の背に括りつけられ、拉致されて行った。ウェイサンペ盗賊団の女奴隷《メヤトゥコ》狩りだった。事件の後、残された者たちが身を粉《こ》にして働いたが、男手不足で暮らしは逼迫し、村落《コタン》は火の消えたような有り様になった。

　鎮所から官人《クワンニン》がやって来て、帝国に服属すれば村を保護し、盗賊団から守ってやると約束した。拒否も抵抗もできなかった。盗賊団は来なくなったが、さまざまな義務が押しつけられた。口分田《くぶんでん》開拓の労働力として酷使され、道普請や砦増築にこき使われた。すべて無報酬だった。シナイトーは豊かな淡水魚の宝庫だ。しかし、漁獲量の三分の一を献上させられた。従わぬ者は鞭打たれ、奴隷として連行され、二度と戻らなかった。盗賊よりも酷《ひど》かった。貧困と絶望が村を覆った。

　あの時、叔父ニブセを殺し、仲良しのコヤンケ従姉《ねえ》さんを拉致して行った盗賊の顔は、生涯忘れることはない。それが目の前にいる男だった。

　本名、難波御室《ナニパのミムロ》。鎮所に巣くうシノビと呼ばれる隠密集団の頭だということを兄が突き止めた。顔が仏像に似ているので、ポトケのミムロと呼ばれている。ポトケもいい迷惑だろう。

　コヤンケの許嫁《いいなずけ》、トモリッキという青年とシネアミコルとが探し回り、鎮所の牢に捕らわれていることを突き止めた。彼女を買ったのは、鎮所に出入りする奴隷商人だった。二人はコヤンケを救い出そうと山道で待ち伏せた。そこでトモリッキはシノビに斬られて重傷を負い、死んだ。赤髭が武術の稽古に打ち込むようになったのは、そのことがきっかけだ。

少女時代の悲惨な思い出で、全身が震え出した。鎮所でマサリキンを拷問したのも、この男だ。手のひらと脇の下にじっとりと汗が浮いてきた。殺気は汗の臭いとして感得されるという。いけない！相手は練達のシノビだ。身内に湧き上がる怒りと殺気を必死に鎮めた。

「旦那《ニシパ》さん、何をしているの？」できるだけ無邪気な笑顔を作り、目を丸くして訊ねた。

「ふん」と、男は鼻先で笑った。だが、その目は冷たい刃《やいば》のようだ。「お前、確かオンネフルの赤髭シネアミコルの妹だな。人は『お転婆《てんば》の大女』と呼んでいたようだ」

「まあ、驚いた。でも、わたし、旦那《ニシパ》さんを知らないわ」

「知らなくて結構。お前こそ、こんな所で朝っぱらから何をしている」

「鹿を追っていたのよ。でも、だめね。なかなかつかまらなくて」

「鹿など見かけなかったな。だが、女が狩りをするとは珍しい。なるほど『お転婆』か」

「旦那《ニシパ》も狩人？」

「そんなもんだ」

「ここはエミシの猟場よ。ウェイサンペの狩人には遠慮していただきたいわ」

「狩りは狩りでも、俺は獣《けもの》を獲るわけではない」

カリパはわざと脅えた顔を作り、声を震わせて訊ねた。

「まさか、女奴隷《メヤトゥコ》狩りじゃないでしょうね」

「それがな、その通りなのだ。お前はなかなかの美女《ピリカメノコ》だ。高値で売れそうだ」

「いや！」泣きそうな声を上げ、手を振り、顔を歪め、尻込みした。

「逃げられると思うな。さあ、こっちへ来い」

飛び跳ねて逃げた。相手はシノビだ。すばしこく、足も速かったが、こちらは若い上に無類の俊足。よし、ニブセ叔父さんとコヤンケ従姉《ねえ》さんの敵《かたき》を取る。勿論、マサリキンの分もだ！

武術は兄からしっかり仕込まれていた。わざと悲鳴を上げながら、林の中を逃げまわった。目の前の太い朽ち木を飛び越えようとして、わざと盛大に転倒した。男が倒木を飛び越え、大手を広げて、倒れたカリパの体の上に跳躍した。

今だ！　仰向けに寝ころんだ姿勢で二股杖《エキムネクワ》の端を地面に固定し、杖の二股を飛びかかる敵に向けた。首を狙ったつもりだったが、狙いが逸れた。大きく開いた股間に、下から突き出された杖の股が激突した。寒さで硬く締まっていた陰嚢の中に固定された睾丸が、硬木の股と恥骨に挟まれてグシャリと潰れた。強烈な手応えと共に、ギャッという悲鳴が上がり、男は地に転がった。

逃げようとする男の後ろ首を折れるほど踏みつけた。この悪党のために、どんなに大勢の人々が苦しめられてきたことか。今こそこの男の息の根を止めてやる。太刀を首に押し当てた。

「ポトケのミムロ。訊きたいことがある」

「俺を知っているのか」

「七年前にお前は、アクンナイで叔父を殺し、叔母を囲炉裏に蹴り込んで大火傷をさせ、従姉のコヤンケ従姉《ねえ》さんを攫《さら》った。わたしはあの場にいたのだ」

「お前も殺せばよかったたな」

「従姉《ねえ》さんをどこに連れて行った？」

「さて、憶えていないな」

「歳は十八で、もうすぐお嫁に行く奇麗な娘だった。思い出せ」

睾丸を潰された激痛で、男の顔は蒼白だ。大量の冷や汗を流し、呻きながら答えた。

「かどわかしは俺の商売だ。大勢の娘らを女奴隷《メヤトゥコ》として売った。いちいち憶えているものか」

「思い出せるようにしてやろうか」

左手を伸ばして右の鬟《ミドゥラ》を摑み、ざくりと切った。左の鬟《ミドゥラ》も同様に切り取った。

「耳も鼻も削《そ》いでもいいのだぞ。ついでに目玉も抉ろうか」

太刀の刃で鼻を撫でた。鼻先が少し切れて血が出た。男が苦痛に掠《かす》れる声で叫んだ。

「思い出した。アクンナイの女どもはなかなか美女《ピリカメノコ》ぞろいだったのでな、人買いが高値で買って行った。プンディパラ家のどなたかが、よい値で買い上げたという話だった。それ以上は知らぬ」

嘘に決まっている。首が折れるほど強く踏みつけた。シノビが苦痛に呻いた。

「買った旦那《ニシパ》というのは誰だ」

「知らぬ」

「では鼻を削《そ》ごうか」

さすがのシノビも観念したらしい。苦痛にもがきながら、掠れる声で叫んだ。

「本当に知らないのだ」

股間を押さえて苦しそうに呻いた。袴に鮮血が滲み出ていた。

「苦しい。頼む。殺してくれ！」

だが、殺せなかった。戦闘力を失った相手に刃《やいば》を突き立てることができなかった。

「わたしはお前とは違う。人殺しは嫌いだ」

無様なざんばら髪の男の肩を思い切り蹴飛ばして、跳びすさった。真っ青な顔でよろりと立ち上がる男の股間に、赤い染みが見る見る広がって行くのを見、その儘、風のように走り去った。

10 野盗

「クソマレか。名前もそうだが、おかしな女だったな」

アカカシラどもが追ってこないのを確かめて足を止め、ふっと、笑った。素っ裸に剝かれた全身は血だらけでおぞましいまでに汚れていたが、女の裸身を白日の下であんなふうに見るのは初めてだった。雪のように白い肌、スラリと伸びた手足、豊かな胸、よく発達した臀部と腿。そして、大きな目と高い鼻梁。美しい女だ。ウェイサンペにも美女はたくさんいるが、あんな型の容貌を見ることはない。エミシでも稀だ。故郷の多胡《タコ》には時々いる。多胡というのはもともと西の大海の彼方からはるばるとこの列島世界に渡って来た胡人が住み着いている地方なのだが、ひょっとしたらエミシの中にもそういう異民族の血が混じり込んでいるのだろうか。そういう自分もパーシー（波斯）の血を引いている。この列島は、実に多様な人種が交じり合ってできているようだ。

彼の名は多胡豊庭《タコのトヨニッパ》。盗賊だ。一応ウェイサンペ社会の者だが、ウェイサンペは大嫌い、はみ出し者だ。といってもエミシにはなれない。ろくでなしの盗賊の分際で、あんな馬鹿正直で気のいい連中の仲間に入れてくれなどというのは、畏れ多いと思っている。彼らとは喧嘩したくない。だから、赤鉢巻の男が二騎駆けて来たのを見て、さっさと逃げたのだ。幸い連中は追ってこなかった。どうやら連中は、あの娘を探すのが目的だったらしい。三人で、ワシベツ山のほうに去って行った。

それから彼は本来の仕事に戻った。ここは激戦場だ。乗り手を失った放れ駒がさまよっている。ウェイサンペの馬は貧弱で、彼にいわせれば、うすのろの山羊を少し大きくした程度のものだ。馬はエミシ馬に限る。馬格が大きく、蹄が頑丈で、馬力があり、粗食によく耐える。これをミヤコに持って行くと、貴族どもが目の色変えてやって来て、途方もない高値で買ってくれる。だから、激戦の終わったばかりのこの戦場《いくさば》は、彼のような盗賊にとって宝の山なのだ。

広いウォーシカの野をあちこちさまようちに、見事な連銭葦毛《れんせんあしげ》の駿馬を見付けた。腰に付けた太い麻綱を輪にして忍びより、投げ縄を飛ばして捕縛する。口で言えば単純だが、そう容易《たやす》くはない。馬は神経質で、大きな耳は些細な物音にも敏感だし、長い頭の左右に飛び出ている大きな目は、立体視は得手ではないものの、身の回りほぼ全周を隈なく見ることができる。見えないのは尻の真後ろと顎の下ぐらいだ。これに近づくのは至難の業だ。不意の出現も馬を驚かせる。遠くからゆっくり近づく。その際、決して馬の目を見てはならない。低く優しい声で鼻歌を歌いながらゆっくり近づく。ちょっとでも急な身振りをすると、馬はたちまち逃げ出してしまう。

何度か逃げられた。根気よく接近を繰り返した。四時間近くかかって、やっと馬の警戒心を解くことに成功した。十五分ぐらいは馬の至近距離に蹲《うずくま》り、穏やかに鼻歌を唄い、囁《ささ》やきかけ、すっかり安心させた上で、最後に馬の胸にピッタリ身を寄せ、優しく優しく声をかけながら平首に抱きつく。ここまでくれば大丈夫。首に優しく縄をかけた。太陽は真南にあり、集合の時刻だった。

約束の場所に行くと、子分どもが待っていた。彼らも戦場の放れ駒を四頭、捕獲していた。

「お頭《かしら》、相変わらず見事な腕でござんすね。こんな上物を一人でつかまえなさったか」と、手下どもが目を丸くした。

「お前たちも今日はいい仕事ができたな。なかなかの上物ではないか」と、褒め返してやった。

「実は」と、手下どもの中で一番年かさの小頭《こがしら》が言った。「こんなのを拾いやした。すっかり弱っていて、気も振れてるようでがすが、ひょっとして商売物になりゃしめえか。ならなきゃ殺す」

薦包《こもづつ》みにされて地面に横たえられている若い男だ。臭い。それも腐肉の臭いだ。頭髪が無様に剃り落とされていて、衰弱しており、目は虚《うつ》ろで、正気とも思われない。額に奇妙な入墨がある。下に長い変形菱形だ。部族の紋章を額に彫る蛮族の古い風習だと思うが、この近辺では既に廃《すた》れていて、北方の部族にたまに残っていると聞いた。思い出そうとしていると、小頭が言った。

「オラシベツで、ケセから来たという馬商人《うまあきんど》に会ったことがありましたな。あの男の額にあったのと同じですぜ。確か……。オイカワッカというポロコタン（主邑）から来たとか」

思い出した。二年ほど前の夏だ。オラシベツはトヨマナイ地方の北にある大きな村落《コタン》で、北方から交易に来る蛮族の集合地になっている。馬匹は勿論、高価な海獣の毛皮、若布《わかめ》、昆布、金海鼠《きんこ》、鯣《するめ》、魚の干物などの海産物、鷲の羽、琥珀《こはく》、水晶など多種多様な産物が集められ、それをオラシベツの首長ウソミナが取りまとめて、ウェイサンペのクロカパ砦まで持って行き、鎮所の官人と取引する。それと交換に蛮族が手に入れるのは、米、絹布、金属製品、鏡、瑠璃《るり》や玻璃《はり》などの宝物。

「ケセか！」

それは伝説の地、未踏の秘境だ。北国にありながら気候温暖で、年中花が咲き乱れ、無数の海獣が岸に遊び、入り組んだ入江が重なる美しい所だという。盗賊仲間の間で囁かれる噂では、ケセの山々がどうやら黄金《こがね》を産出するらしい。ケセにはヤパンキという通商部族がいる。駿馬に乗り、軽騎兵部隊を組織して、エミシモシリ（エミシの国）中を旅して廻《まわ》る。ケセの特産品である海産物や海獣の皮革、水晶、塩などを携えて、内陸の米などと交換する。ケセには稲田が少なく、平地はほとんど牧野で、優駿を産出するそうだ。ヤパンキはこの駿馬群を駆使して、通商を行う。馬そのものも高価な商品だ。旅の途中、盗賊と遭遇することも多いし、部族間の反目もある。だから常に武器を携行し、恐ろしく戦《いくさ》慣れしている。ピカピカに磨き上げた銅板製のカパッチリ（鷲）の紋章を竿の先に掲げ、その剽悍さはエミシモシリに鳴り響いていた。トヨニッパもヤパンキとは三舎を避け、なるべく出会わないようにしている。男前の奴が多く、エミシ女の憧れの的でもある。

はるかに続く、あのケセマックの山並みのどこかに金鉱脈《かねづる》が眠っている。それを見つけたら、と考えると胸が躍る。だが、ヤパンキ部族という厄介な連中に近寄るのは危険だった。

彼は常に幅一尺、長さ二尺ほどの黒漆塗りの木の盆を持ち歩き、川底の砂を浚《さら》い、水で揺らしながら砂金を探すのが趣味だ。残念ながら、まだ一粒も見つけていない。エミシがあれほどの駿馬を所有しているのは、匈奴《きょうど》の汗血馬《かんけつば》を買って来たからだという。その対価は大量の砂金だそうだ。噂の出所は、西の大海を越えて渤海《ポーハイ》あたりからやって来る貿易商人だ。

それにしてもさっきは驚いた。あの時、彼はピタカムイ大河のほとりで砂を浚っていた。この河に砂金がないことは承知していたが、数カ月前の大洪水で、上流の奥山の川砂が大量に流れて来ているから、ひょっとしたらと淡い期待を抱いていた。

そうしたら、あの騒ぎに遭遇した。大勢の男どもが、男女二人のエミシを集団で襲っている。二人ともなかなかの手練《てだ》れだが、多勢に無勢。まず男のほうが殺された。残った女が暴れていたが、これが驚くほど強い。背が高く、実に俊敏だ。二股杖《エキムネクワ》の扱い方も見事で、その華麗な技に驚嘆した。だが、多勢に無勢、ついには押さえつけられ、素っ裸に剝かれて丸太に縛りつけられ、男どもが集団で強姦しようとしている。これを見て、猛烈に腹が立った。

悪党だが、相手が蛮族だからといって、人間としてやっていいことと悪いことがある……ぐらいの倫理観はある。だから、盗賊の自分は死んだらゲーヒンノム（地獄）に墜《お》ちると覚悟していた。地獄《ゲーヒンノム》。大地は燃え、海は凍り、恐ろしい悪鬼《ダイバ》が残虐に亡者をいたぶる。世界は阿鼻叫喚に満ち、ここに落ちたら永遠に救いがない。まだ髭もろくに生えていない頃から武術に執心し、《鬼殺しのトヨニッパ》という異名を持つに至ったのは、地獄《ゲーヒンノム》に墜《お》ちたら悪鬼《ダイバ》どもを征伐して、その王《シャー》になってやろうと思っているからだ。それだけの覚悟もなくて、衆を頼んで女を輪姦しようなどという輩《やから》を見ると、我慢がならない。

それで先程、あの女を助けてやった。美しい女だったが、奇妙な女だった。身のこなしや衣服はどこから見てもエミシだが、あんな顔つき、体つきのエミシは見たことがない。何者だろう。

「実はね、頭。さっき別の盗人どもの組がうろついてましてね、ありゃあ《上毛野組《カミトゥケヌ》》の連中だ。マルコ党と同郷なのをいいことに、近頃この辺に縄張りを広げようとしている。『ここは昔から俺たちの縄張りだ、お前らの頼りにしているマルコ党は、蛮族に負けてあのざまだ、この縄張りが欲しけりゃ、《鬼殺し》の旦那に皆殺しにされる覚悟で来い』って追い払っておきゃした」

「上出来だ」と、笑って答えた。「奴らは奴隷狩《ヤトゥコ》りを常習にするろくでなしだ。いずれ皆殺しにするか、追い払うかするつもりだ。いつも言うように、俺はエミシの衆には恩義がある。勿論エミシにもろくでもないのがいる。ウェイサンペに尻尾を振る、だらしのねえ奴、同族を裏切って俄《にわか》ウェイサンペ面《づら》をして、征討軍のお先棒担ぎをする奴ら。だから俺は、狙う相手はウェイサンペに媚《こび》を売る腐れ根性の連中の牧場だけと決めている。真っ当なエミシに手を出す奴は赦さねえ」

「ところで頭、こいつはどうします？」と、小頭が足下に転がっている男を爪先で示した。「こいつは先日の大戦《おおいくさ》で按察使を討った、あのオイカワッカのマサリキンですぜ。間違いねえ。俺は遠くからだが、こいつの面《つら》を見ている。今や蛮族どもの英雄だ。思ったより若造ですな」

「人の面《つら》を一度見たら絶対に忘れねえのがお前の特技だ。そのお前が言うことだ、信用しよう。しかし、臭いな。どうやらこいつの着物は、腐った死体から剥ぎ取ったもののようだ」

「これを御覧なせえ」と、手下が薦《こも》を払いのけ、腐汁に汚れた衣服をはだけた。胸、腹、腕、首に見るもおぞましい山棟蛇《やまかがし》が三匹蠢《うごめ》いていた。一目見て、悲鳴を上げて飛びすさった。

「何だ、これは！」地獄《ゲーヒンノム》の悪鬼《ダイバ》も殺そうという男が、蛇だけは大の苦手だ。

「頭《かしら》、よく御覧なせえ。これは本物じゃねえ。皮が膨れ上がって蛇の形になる蛇腫《くちなわば》れってもんだ。見るのは初めてだが、話に聞く蛮族の妖術に違《ちげ》えねえ。髪には魂の力が宿るそうだ。それで髪を剃られて、術をかけられたのでがしょう。ウォーシカ半島の先っぽにレプンカムイという島があって、恐ろしい鬼婆が棲んでいる。妖術を使って簡単に人も殺すそうだ。こんなことをやれるのは、そいつぐらいでしょう。それにしても恐ろしいや。この術にやられると、ものすごい苦痛で命も吸い取られるそうだ。こいつも弱り果てている。だが、この若造があのマサリキンなら、頭、使い道がありませんか？」

「あるな」と、片頬を歪めて笑ったが、反対側の頬はまだ恐怖に震えている。「いい拾い物をした。

一つ、博打《ばくち》を打ってみよう。うまくいけばマルコ党に恩を売り、大儲けができる。更には、ケセにあるという黄金《こがね》の山が本当かどうかもわかるかも知れねえ。その前に、手配りが肝心だ。おい、ちょっと集まれ」

手下どもに細々とした指図を与えた。それから、一本の鏑矢《かぶらや》を取り出し、茶色にいぶした矢柄《やがら》に小刀《がたな》の先で次の文字を刻みつけた。

《摩沙利金在我手中　若慾護金即放虜》

その矢を手下の一人に手渡して命じた。

「おい、お前は強弓《つよゆみ》が得意だ。この鏑矢《かぶらや》をアカカシラの陣地に射込め。お前ならできるな」

「易いことだ」

手下は自慢の強弓を引き絞って、ウカンメ山の山裾に展開するヌペッコルクルの陣地に向けて矢を放った。ヒョーッという音を立てて、矢は空高く飛んだ。

11　身売り

男の睾丸を潰すのがいかなる苦痛を与えるものか、女の身には想像もできないが、ちょっと蹴られただけで大の男が悶絶するぐらいだから、想像するに余りある。股間が血だらけだったのを見れば、陰嚢《ふぐり》が裂けて、睾丸《たま》も潰れているのかも知れない。苦痛を忍ぶことについて超人的な訓練を受けていると聞く練達のシノビが、「殺してくれ」と哀願したぐらいだから、その痛みは、はしたなものではなかったはずだ。気の毒な気もしたが、これまで奴のやってきた数えきれない略奪、殺人、強姦、奴隷狩り《ヤトゥコ》などの悪行の報いとしてはまだ軽すぎる。でも、いくらお転婆でも、根は優しい娘だ。抵抗力を失った者を殺すことはできなかった。

ともあれ、何としてもマサリキンを見つけ、助けたい。森を抜け、海岸沿いの村落《コタン》を片端からまわり、会う人ごとに「十人ぐらいの男が、縛られた男を連れて、通りませんでしたか」と、尋ねた。多島海《ポロノシラトゥイ》の西端にあるシッポトマリの湊を過ぎ、スネウシ川に差し掛かったあたりで、それを見た老婆に会った。示された方角を目指して走った。夕方、ヌポロマップ川に行き当たった。かなり水量のある深い川だ。上流に行けば渡河地点《ペッチチャイ》があるかも知れない。渺々《びょうびょう》と打ち続く葦原を分け進んだ。やがて日が沈んだ。夕闇の中に焚き火を囲む一団が見えた。獲物を狙う狩人の技、気配を殺し、物音を立てず、冷たい川風にそよぐ枯れた葦の中を忍び寄った。

いた！　焚き火のそばに薦《こも》に包《くる》まれて縛られたマサリキンが転がされている。焚き火を囲んで、悪党どもが飯を食っている。頭《かしら》とおぼしき奴は目深に頭巾を被った大男で、手下どもよりも頭一つ背が高い。一通り食い終わると、彼らは虜に飯を食わせた。彼は差し出された椀からおとなしく飯を食っている。何の反応もなく、魂の抜殻みたいだ。あの呪いはまだ解けていないらしい。

辛抱強く待つうちに男どもは防寒布に身を包《くる》み、焚き火のまわりで眠り始めた。月はなく、満天の星が恐ろしいほどに輝いていた。冬がすぐ近くまで来ている。真夜中、男たちの熟睡している輪にそっと近づいた。薦に包まれて眠っているマサリキンに匍い寄り、小刀で縄を切った。あの時は素っ裸だったのに、汚い衣服を着ていて、吐き気を催すような腐敗臭がした。

「モシ（目を覚ませ）、マサリキン！」臭いのを我慢して、耳元で囁いた。

若者が目を開けてぼんやりとこちらを見たが、相手が誰だか、まるで認識していないようだ。

「わたしよ。さあ、逃げましょう」

何度か囁くうちに、やっと言葉の意味がわかったらしい。のそりと体を起こした。

「さあ、立って。そう、歩けるわね？　音を立てないように、わたしと逃げるのよ」

そうか、赤蛇《フレトッコニ》の毒がこの人の中にまだ居座っているのね。それなら丹頂鶴《サロルンチカップ》のわたしが吸い取ってあげるわ。負けるものですか！　カリパはマサリキンの顔を両手で挟み、思い切り口を吸った。体中が火のように熱くなり、相手への愛おしさで吸った口を放せなくなった。思い切って口を放すと、ぼーっとしていた相手の目に精気が戻って来た。よろよろしている彼に肩を貸し、足音を忍ばせて、その場を離れた。少し離れた所に、盗賊どもの馬が繋いである。弱っているこの人を走らせるのは無理だから、馬を盗んで逃げよう。

「残念だったな。そう旨くは行かないぜ」

野太い声が闇の中からした。驚いて足を止めた。馬の後ろからぬっと現れた盗賊の頭《かしら》に、右の手首を摑まれ、グイと捩じり上げられた。強烈な痛みで身動きができなくなった。

「泥棒のものを泥棒しようとは、とんでもねえ姐ちゃんだ。命はないと覚悟の上だろうな。ま、こっちへ来い。殺す前に面《つら》ぐらいは見てやろう」

聞いたような声だと思ったが、手の痛みと失敗の落胆で、思い出す余裕もなかった。手下どもが驚いて飛び起きた。マサリキンは魂の抜殻のように突っ立っているだけだ。松明《たいまつ》を突きつけた盗賊が叫んだ。

「こいつは驚いた。また遭ったな、クソマレ！」

驚いたのはこちらも同様である。目の前にいるのは、ピタカムイの河原で危ないところを助けてくれた、あの黒頭巾の大男だった。しかもこいつには、裸に剝《む》かれた自分の恥ずかしい姿を見られている。羞恥心で全身が真っ赤になった。男は大きな目玉を剝いて笑いだした。

「性懲りもないメノコ（女）だ。こんな所で何をしている」

「マサリキンを助けに来た」

「こいつはお前の……、弟か？」

「そうではない」と、カリパはたどたどしく言った。「これは俺の、何というか、その、つまり、……セノキミ（背の君＝恋人、夫）だ」

相手が吹き出した。手下どももゲラゲラ笑いだした。

「恐れ入ったな。このひどく臭い男がクソマレの背の君か。お似合いだわい」

「何としても取り返そうと、追いかけて来た。お前たちはこの人をどうするつもりだ」

「お前の背の君はだな」と、頭が笑いながら説明した。「知っての通り、陸奥《ミティノク》の按察使《アゼティ》を殺した大罪人だ。俺たちは馬泥棒だ。ウォーシカの戦場《いくさば》で放れ駒を追っていた時に、たまたまこいつを捕えた。お前らアカカシラがマルコ党から人質に取っているイシマロと交換すれば、ムランチからたっぷり謝礼をふんだくれると踏んだのだ。ところがとんだ見込み違いさ。アカカシラは取引を拒否して、問無用に攻めて来た。相手はあの恐ろしく剽悍《ひょうかん》なヤパンキ軽騎兵だ。これは敵わぬと、尻に帆掛けて逃げた。それで今度は商売相手を鎮所に変えることにした。この罪人を差し出せば、介殿《スケ》の手柄になる。たんまり褒美が貰えよう。

そういうわけで、お前の背の君は返すわけにいかない。それに、見ろ。こいつはどこかの呪い人《アシトマップ》の妖術で、体中に蛇腫《くちなわばれ》が巻き付き、完全に気が振れている。お前を見ても、まるで憶えている様子がねえ。魂が死んでいる。いくら恋しい背の君でも、これじゃ何ともならねえ。お前とは知らぬ仲でもねえから、今度だけは大目に見てやる。諦めて家に帰れ。女が一人でこんな所を歩いていてはろくなことにならねえぞ。敗残兵だの盗賊だのがうろついている。またあんな目に遭いてえか」

「あのことについては礼を言う。お前は盗賊だが、根はいい奴だ。頼む。セノキミを返してくれ」

「だめだ。こいつは商売物だ。命賭けで攫《さら》ってきたのだ。いくらクソマレが泣いて頼んでも、渡すわけにはいかねえ」

カリパは本当に泣き出した。大粒の涙をボロボロ流し、肩を震わせてしゃくり上げた。

「頼む。セノキミを放してくれ。何としても助けたい。命に代えても助けたい。頼む、頼む」

「断る。俺が優しい面《つら》をしている間に、家に帰れ。でないと、お前も女奴隷《メヤトゥコ》にして売っ払うぞ」

涙に濡れた顔が、その一言でパッと輝いた。

「そうか、その手があるか!」

「何を考えている?」

「なるほどこの人は、頭《かしら》にとっては大事な商売物だ。せっかく命賭けで手に入れたのだから、ただで手放すわけにはいかなかろう。それなら、俺を女奴隷《メヤトゥコ》にしろ。聞けばエミシ奴隷《ヤトゥコ》の値段は、女のほうが男よりもよほど高いと聞く。男は反抗心が強くてなかなか馴らせないからな。大罪人で、気が振れていて、首を斬るしか使い道のないこんなのよりも、女だがこの通り、体も大きく力もある俺のほうがよほど高く売れる。俺が身代わりになる。だからこの人を放してやってくれ、お願いだ!」

「呆れた奴だ」盗賊の頭は心底呆れ返った顔をした。「お前はまだ若い。こんな気の振れた男に操《みさお》を立てて、一生を棒に振る気か。ウェイサンペ内国のどこぞの旦那に買われて、牛馬《うしうま》並に扱《こ》き使われ、私生児《てなし》を産まされて、しかもその子とて少し大きくなれば母親の手からもぎ取られ、奴隷《ヤトゥコ》に売り飛ばされる。お前はお前で年を取ればお払い箱。最期は野山に捨てられて野垂れ死ぬ」

「いや、それは大丈夫だ」と、自信たっぷりに胸を張った。「俺を売れば、頭《かしら》はその値を受け取る。それで頭と俺とは貸し借りなしだ。俺は次の日には、俺を買った旦那の許から逃げて、家に帰る。俺は狩人だ。水だけ飲んでいれば三日ぐらいは食わなくても耐えられる。その間に弓矢を作り、矢毒《スルク》を作れば、野山で食い物には困らない。だから俺のことで心配は要らぬ」

「ま、お前ならやりかねねえな……」と、盗賊は息を呑んだ。

「勿論だ。だから、頼む。セノキミを放してくれ。赤蛇《フレトッコニ》の呪いと言っても、そういつまでも効いてはいまい。何しろ俺の本性は丹頂鶴《サロルンチカップ》だ。鶴は蛇の天敵、丸吞みにしてしまう。今たっぷりセノキミの口を吸ったから、毒はかなり吸い取れたはずだ。この人は必ず元に戻る。エミシモシリをウェイサンペの牙から守る強い戦士に戻る」

「とんでもねえ女だ」頭は腕組みをして、カリパの顔を穴の開くほど眺めた。「よかろう。確かにこの頭のおかしい若造よりお前の方が売り物になる。ただし、クソマレ。お前はたった今から俺の商品だ。生かすも殺すも俺の勝手だ。勝手に逃げ出さねえと誓うか」

「エミシが約束を破らないことはお前も知っているだろう」

「よく言った。手下を一人つけてこの男をアカカシラの支配しているどこかの村落《コタン》に送り届けよう。俺たちは明日の朝、ここを出発し、鎮所に向かう。暫くそのあたりで寝ていろ」

足首を縛られ、両手を後ろ手に縛られ、葦原の中に転がされた。魂の抜けたマサリキンを連れ去る馬蹄の音が遠ざかり、盗賊どもはまたも鼾《いびき》をかき始めた。

マサリキン、マサリキン、マサリキン……。待っててね。必ずあなたを助け出す！

盗賊の頭《かしら》は妙に親切で、夜は冷えるからと防寒布で全身を包《くる》んでくれた。頭の上には無数の星がギラギラと光り、枕元では瀬音が高い。耳の側では蟋蟀《こおろぎ》が盛んに鳴いていて、遠くで狼の遠吠えが聞こえた。


鎮所は初めてだった。見渡すかぎり碁盤の目状に畔《あぜ》で区切られた口分田《くぶんでん》地帯の真ん中に、巨大な建造物の群れが周囲を威圧している。まるで悪霊《ウェンカムイ》の城だ。頭《かしら》は話好きらしい。道中の徒然《つれずれ》の説明では、七十五年前、帝《みかど》カル一世がエミシモシリ侵略拠点として建てた。建物は掘立柱だから、五十年も経つと柱の根元が腐る。それで二十五年前、サラーラ女帝の時に建て直した。今の帝はその妹アペー女帝の娘ピータカだ。帝国は、数代続く女帝の時代だった。

周囲を外郭の柵《キ》が取り囲む。各辺が四百三十メートルの正方形で、東西南北の線に沿い、直径一尺ほどの丸太を地中深く突き刺し、立て並べている。高さは四、五間。外側に幅二〜五間の空堀が巡る。外郭南辺の真ん中に、幅三間、奥行き二間の堂々たる八脚門《はっきゃくもん》がある。甍《いらか》を載せた大屋根を太い朱色の柱が支えている。柱と柱の間の漆喰の白壁とは、目の醒めるような対照をなす。

馬泥棒一行は外郭西側の脇門に回った。鉾を構えて警備している兵士に頭《かしら》が耳打ちして、しばらく待った。やがてその男が戻って来て、「入れ」と、言った。広い構内にはさまざまな施設があった。種々の野菜や穀物を植えている農業試験場や、騎兵調練用の馬場、竪穴式住居の兵舎群、高床校倉《あぜくら》造《づくり》の巨大な正倉《しょうそう》群。この中には莫大な米が収納されている。今は戦時なので、特に糒《ほしいい》が多いという。

そんな兵糧《ひょうろう》が何千俵も詰まっているそうだ。

「えらく閑散としているな」と、盗賊の一人にそっと声をかけてみた。

「あの戦《いくさ》で討死《うちじに》、逃亡が多かったからな。何せ総大将まで討たれたのだ。今、生き残っている国司（帝国の広域行政単位「国《クニ》」の政治、軍事、司法を司る官吏）は介《スケ》の小野古麻呂《ウオノのコマロ》さまと下っ端のサクァン（目《さくわん》＝国司四等官）が二人だけという体《てい》たらくさ。国守《クニトゥカミ》不在の今、指揮官はスケさまだが、兵はせいぜい三百。こんな様《ざま》で今、攻められたら、一日も持たねえ。ウェイサンペ帝国七十五年間のエミシモシリ侵略事業は炎の中に焼け落ちるな」

別の若い盗賊仲間が口を挟んだ。若い女との会話に混じりたいらしい。

「その通りだが、エミシ側にしても冬を控えてそれどころじゃねえだろうさ。冬越しのためにこれから釈迦力《しゃかりき》に働かねえと、己《おのれ》も家族も飢え死にだ。戦などやってられる余裕はねえ」

悔しいけど、その通りだわ……、と思って頷いた。

内郭の脇門から立派な装束のクァンニン（官人）が供《とも》を従えて出て来た。背の低い、凹凸の少ない顔に細い目が光る初老の男だ。深緑色の官服は六位の官位を表わすそうだ。盗賊どもが一斉に地に這いつくばった。そんな作法など知らないまま、突っ立っていたら、袖を頭《かしら》に強く引っ張られた。

「這え、クソマレ。頭を地につけろ！　あれは正六位下陸奥介《ミティノクのスケ》・小野古麻呂《ウオノのコマロ》さまだ。粗相のないようにしろ。御機嫌を損ねてはいかん」

「コヤンケとトモリッキの敵め！」と、心中に罵った。仕方なく、仏頂面《ぶっちょうづら》で地に這《は》い蹲《つくば》った。

巻二　迫る暗雲

12　コポネの花

「面《おもて》を上げよ、トヨニッパ」

頭上でスケの声がした。耳障りな甲高い声だ。それにひどく横柄だ。ふん、この盗賊の名はトヨニッパか……と、その時、初めて頭《かしら》の名を知った。

「これが、そのほうらが売りたいと申す馬か」

「然様《さよう》でございます。戦場《いくさば》で放れ駒となっておりましたエミシ馬を、命賭けで集めて参りました」

「近頃、エミシ馬がなかなか手に入らぬ。都のお歴々も喜ばれるであろう。買い取ってつかわす。ところで、トヨニッパ、ちと話がある。ついて参れ。馬の値《あたい》もあちらで取らせよう」

「有難き幸せ」と、頭《かしら》は立ち上がり、カリパを手招きした。「お前はわしの供をせよ」

頭《かしら》は頭巾と顔の覆いをはずした。初めてこいつの素顔を見た。かなり異様な面相だ。まずやたらと鼻がでかい。こいつの顔は鼻の土台のためにあるようだ。太い眉毛が眉間《みけん》で一本に繋がっていて、その下に大きな目玉が光り、髪も髭も少し縮れて茶色がかっている。その色が「赤髭」と綽名《あだな》のある兄に似ていた。ただし、妹の目から見ても兄はなかなかの男前だが、こいつは猪が人間になり損ねたような面《つら》だ。

小野古麻呂は小男だった。這い蹲るのを止めて立ち上がると、びっくりして見上げた。

「これがお前の従者か。とんでもない大女だな」

「恐れ入ります。力持ちですので、重宝しております」

「お前も並外れた大男だが、この女のでかさは、お前の妹といっても通りそうだ」

……ふん、一本眉毛の猪男《いのししおとこ》と一緒にされてたまるか……。

「名は何と申す」

「クソマレ、と申します」

古麻呂が雨蛙のような声で笑った。

「これは恐れ入った。ひどい名ではないか」

「なにぶん蛮族でございますゆえ」

外郭の内部に、もう一つの柵を巡らせた内郭があり、その西側通用口を潜ると、目を見張るような壮麗な建築群が目に入った。正面に政庁。白壁に朱の柱、重々しい甍《いらか》の大屋根。その前は玉砂利を敷き詰めた広庭。庭の左右にも同様の建物がずらりと並ぶ。要所要所に衛兵が鉾《ほこ》を持って不動の姿勢で警備していた。選り抜きの衛士《えじ》であろう。立っているだけで、すごい威圧感がある。

古麻呂は、トヨニッパとカリパを従えて正殿正面の階《きざはし》を上がった。だだっ広い広間だった。正面に赤漆塗りに螺鈿《らでん》で飾った立派な机と椅子があり、按察使《アゼティ》や陸奥守《ミティノクのカミ》がそこで部下に指示を与えたり、エミシの首長たちを引見したりするのだという。広間の横にあるいくつかの部屋の一つ、陸奥介《ミティノクのスケ》の執務室に導かれた。真ん中に火鉢があり、炭火の上の鉄の瓶《かめ》に湯が沸いていた。奥に介《スケ》の仕事机があり、硯と墨と筆が置いてあって、たくさんの木簡《もっかん》が整然と積んである。壁際の棚の陰に、女が一人控えていた。小柄な女で、顔立ちからして、エミシ女だ。橡《つるばみ》の衣といって、団栗《どんぐり》の笠で煮染めた黒っぽい紺色の衣服を纏っている。これは奴隷《ヤトゥコ》の衣服の色だ。

「ま、御苦労であったな。白湯《さゆ》でも飲んで落ち着くがよい。ハル……」と、介《スケ》が合図した。

そうか、この人がハルか。名は兄から聞いていた。鎮所に忍ばせたヌペッコルクルの女間者《おんなかんじゃ》だ。年の頃は四十位。今でも十分に美人だが、若い頃はさぞ美しかったろうと思われる顔立ちで、肌が白く、薄茶色の瞳とやはり薄茶色がかった髪をしていた。床に座ったトヨニッパにハルが白湯を酌んで、須《す》恵器《えき》の茶碗に入れて差し出した。ハルも、チラチラとこちらを眺めている。

「ではまず馬の代金を支払おう」

介《スケ》が手を打つと、いかにも重そうな木箱をウンウン言いながら抱えた官人が入って来た。中でたくさんの金属片の触れあう音がする。開けると、大量の銅貨が入っていた。従来、物の流通は物々交換が主で、米や絹布が貨幣代《が》わりにもなっていた。帝国は、先進諸外国に倣って、富本銭《ふほんせん》という銅貨や無文の銀貨などを作ったものの、その量も少なく、慣れぬこととてさっぱり流通していない。二年程前、バンドー大平原の西端ティティプ山系で銅《アカカネ》の豊かな鉱脈が発見され、銭を大量に造れるようになったそうだ。朝廷は目下、銭の流通を奨励しているが、エミシモシリでは鎮所ぐらいでしか見られない。直径が親指の先の一節《ひとふし》ぐらいの薄い円盤で、真ん中に四角い穴が開いており、そこに紐を通して連ねることができる。穴の周囲に《和同開珎《わどうかいちん》》という四つの文字が鋳込んである。馬一頭分の銭を長々と紐で連ねたものがぎっしり。盗賊の猪面《いのししづら》が嬉しさに輝いた。

「ところで介《スケ》さま、もう一つ商談がございます」

「申してみよ」

「このエミシ女。御覧の通り、体も大きく、女ながら実に力持ちでございまして、丈夫です。蛮族の男は凶暴で、慣らすのに手を焼きますが、この女は従順で、よく働きます。おそばの女奴隷《メヤトゥコ》として、如何《いかが》でございましょう。お安く致します。馬の半値で如何でございましょう」

ここならオンネフルも遠くはないし、警備も手薄だ。逃げ出すのにも楽だろう。金さえ貰えば後のことはどうでもいい猪男の思いやりか。だが、スケは笑って相手にしなかった。

「今の鎮所に女は要らぬ。男がいい。どうだ、お前の手下を半分ほど、わしの衛士《えじ》として売らぬか。それなら馬の半値で買ってもよい」

「これは御冗談を。では諦めましょう。やつがれは、これにてお暇《いとま》を申し上げまする」

「いや、待て。少し話がある。ハル、その大女を控え所に連れて行き、暫く相手をしておれ」

ハルが立って、無言で招いた。スケと頭《かしら》の話を聞きたかったが、仕方がない。裏口から正殿を出て、広場の横に並ぶ建物群の端にある、衛士の休憩所に行った。今は誰もいない。ハルは白湯《さゆ》をカリパに勧め、自分も啜った。寂しげだった顔が別人のように輝き、エミシ語がその口から出た。

「あんた、どこから来たの？　クソマレなんて名は嘘でしょう」

「わたしはカリパ、赤髭シネアミコルの妹です。兄のことは御存知でしょう？　あなたのことは兄からも、チキランケからも、よく聞いています。お会いできて嬉しいわ」

「やっぱり！」ハルの顔が輝いた。鎮所の情報は、彼女によってあらかた筒抜けだ。チキランケを助け出そうと鎮所を窺ってシノビの者に捕まったマサリキンが、半殺しの拷問の末に処刑されそうになったのを救い出させたのも彼女の手配だったし、按察使《アゼティ》出陣のどさくさ紛れにチキランケを脱走させたのもハルの細工だったという。

「あのトヨニッパは変わった盗賊でね。エミシ馬を盗むのが商売なんだけど、狙うのはウェイサンペにへつらって庇護を受け、それを笠に着て同族を見下す腐れエミシとか、ウェイサンペの植民村の牧場《まきば》ばかりなんだ。ヌペッコルクルの仲間みたいな骨のあるエミシ村落《コタン》には手を出さない。でも、この辺を荒らし回る強盗団の中では一番手ごわい相手よ。そんな奴に自分を売るなんて、よくもそんなことができるわね。チキランケもそうだったけど、あんた、よほどあの青年《オッカイポ》に惚れてるのね。ま、誠実だし、情熱的だし、思い込んだら脇目も振らない男だし、その上、詩人で歌が巧くて、何てったってあの男前だからね。いい年をしたあたしでさえも、年甲斐もなくうっとりするんだから、若い娘《こ》が夢中になるのもわかるけど、先が思いやられるわ。今なら逃がせる。ついておいで！」

腰を浮かせたハルに、カリパは断固として言った。

「ありがとう、ハルさん。でも、わたしもエミシ女《メノコ》。約束は破りません。必ず逃げ出して戻って来ますから、兄にも心配するなと言ってやってください」

「驚いた人ね。さすがは赤髭隊長の妹さんね。肝っ玉が据わってるわ。でも、よくよく気を付けるのよ」と、言っているところに、猪面の盗賊がやって来た。両手に重そうな銭函を持って御満悦だ。

「待たせたな。行くぞ。これは重くてかなわん。お前、持て」

渡された銭函はひどく重かった。人間一人分ぐらいはある。そんなのをいくつも盗賊の手下どもがフーフー言いながら運んでくる。これを馬の背に付けたのだが、それもまた大仕事だった。

トヨニッパは、太刀も弓矢も取り上げなかった。エミシは嘘を吐《つ》かないと言った言葉への信頼の証しだろう。進む東山道は帝国の誇る高速道路の一つだ。鎮所から帝都に向かって整備された道路で、地方からの貢ぎ物を届けるための輸送路、情報や命令伝達のための馳駅《ちえき》（早馬）を走らせる道、反乱鎮圧や辺境異民族征伐のための軍用道路でもある。

「俺たちはこれからバンドーへ向かう」小休止の時に頭が言った。この男はカリパが気に入ったと見え、いつもそばに置きたがる。手下どもには決して見せない磊落《らいらく》な笑顔を、彼女にはよく見せる。

「珍しいな。普段、商売物には手を出すなと厳しい頭《かしら》が、あの大女にはちょいと気があるらしい。本気で売る気があるのかね」などと、手下どもが囁いているのが耳に入ってきた。

「頭、バンドーと言っても広いぜ。どこへ行くのだ」と、手下どもの中でも最も重んじられている小頭《こがしら》が尋ねた。悪党らしい危険な凄みを内に秘めた年配の男である。

「やがて俺たちは都からの馳駅《ちえき》に出会う筈だ。それを取っ捕まえろ。殺すなよ。行く先はそいつの持っている木簡を見て決める。中身を読んだらすぐ返し、その儘、走らせる。わかったな」

一人がそっとカリパに訊いた。

「おい、クソマレ。お前、字が読めるか」

「俺はエミシだ。一晩も二晩もかかる長い長編叙事詩《ユーカラ》を幾つもそらんじている。頭《あたま》で憶えればよいものを、わざわざあんな印で書く必要はない。あれはよほど頭の悪い奴のためのものだろう」

「違《ちげ》えねえ！」盗賊どもがドッと笑った。文字を読めるのは、どうやら頭《かしら》だけのようである。

「それじゃあ、誰が頭《かしら》の書いた矢文を読み、その返事をよこしたのだ。エミシにも文字の読み書きのできる奴がいるということか」

ニコリともせずに答えた。

「どこにでも頭《あたま》の悪い奴はいるものだ」

この一言で、盗賊どもにすっかり気に入られた。

何日目かのことだ。一行は街道脇の葉の落ちた雑木林で野宿をした。まだ日はあったが、早めに荷を解き、厚い蓆《むしろ》で簡単な仮寝の宿を作る。近くの小川から水を汲んで炊事するよう言いつけられた。体中が汗と埃で汚れている。水汲みのついでに少しさっぱりしようと思い、手ぬぐいを冷たい水に濡らして絞り、肌脱ぎになって顔、首、肩、腋、胸を拭いた。だいぶ垢がたまっている。思わず「垢《トゥ》だらけ《ルシ》……」と呟き、ああ、これはあの人の幼名《おさなな》だったと思い出した。

「俺、子供の頃はトゥルシって名前だったんだ……」

マサリキンがシノビに捕らえられて残酷な拷問を受け、処刑場から救出されて、瀕死の状態でオンネフルに担ぎ込まれて来た。必死の看護の甲斐あって、やっとのことで生き延び、床上げをした時、体中垢だらけでひどく臭かった。湯で洗ってやると驚くほど大量の垢が落ちた。その時、彼が感謝に満ちた目を向けて、ぼそりとそう言った。二人は久しぶりに笑い転げた。

「今頃どうしているかしら……」と、切ない思いが込み上げた。

そっと剥き出しの左肩を見た。上腕三角筋の上の白い肌に刻まれた入墨に手を触れた。真ん中に小さな丸があり、そこから四枚の細長い花びらが出ている。先が少し凹んで丸みを帯びた浜大根《コポネ》の十字《じゅうじ》花《ばな》の入墨だった。両親を思い出した。この頃、急に老けて、腰痛に悩んでいる父も母も、無鉄砲なことばかりしているわたしをきっと心配していることだろう。じわりと涙が溢れた。

「泣いているのか、クソマレ」

いきなり太い声がした。飛び上がるほど驚いた。気配すら悟らせず、一本眉毛、ギョロ目玉、でか鼻の猪男が、左後ろにしゃがんでいた。慌てて衣服を前に引き合わせ、肌を隠した。

「遅いから見に来た」

「俺は逃げたりはせぬ」急いで頬の涙をぬぐって、負けず嫌いの目を相手に向けた。

「ああ、それは信用している。エミシは嘘を吐《つ》かない。だが、日が沈む。寒くなるぞ」と、猪の声が優しかった。気になっていることを訊ねてみた。

「頭《かしら》、お前は時々、肩を痛そうにさするが、寒いと痛むのか」

「つまらぬことに気のつく女だな。案じるな。餓鬼の頃からの癖だ。ところで……、今ちらりと見えたのだが、お前の左肩にある入墨、それは何だ。お前の部族の紋章か？」

「いや、そんなものではない。俺だけの入墨だ」

「何か謂《いわ》れでもあるのか」

「俺は赤ん坊の頃、病気がちだった。これではとても育つまいと両親が心配して、村落《コタン》の癒し人《トゥスップ》に呪《まじな》いをしてもらっていたが、効き目がなかった。俺が二つになった頃、旅の商人《あきんど》がやって来て、魔除けの入墨を彫ってくれた。お陰で俺は風邪一つ引くこともなく、丈夫に育った。しかもお呪《まじな》いが効き過ぎて、こんなお転婆の大女に育ってしまった、これでは嫁の貰い手もないと、母がよく笑う」

「そうか……」その時のトヨニッパの顔は、何とも形容し難いものだった。夕焼け雲のせいか、真っ赤に染まった顔が急にグニャグニャと歪み、まるで巨大な駄々っ子のような泣きべそ顔になって立ち上がった。慌ててカリパも立ち上がった。頭《かしら》は鬼が泣いているような顔を震わせ、大きな両手を突きだして、彼女の両肩をむずと摑んで抱き寄せた。

13　アーキップの出湯《いでゆ》

「おや、気がついたかの、マシャリキン？」

　柔らかな声がした。全身が暖かく、体に重さを感じない。濛々と湯気が立ち、どうやら湯の中だ。周囲を岩で囲まれた池で水面に枯れ葉が浮き、その中に自分がいる。振り向くと、湯の中に見知らぬ中年の男がいた。聞き慣れぬ訛りだ。マサリキンの名をマシャリキンと発音する。文末にやたらとのをつけたり、サをシャと発音するのは、脊梁山脈西側のエミシの訛りだと、誰かに聞いたことを思い出した。

「あなたはどなたです。ここはどこです。わたしはなぜ、こんな所にいるのです？」

「ふむ、やっと正気に戻ったかの。ゆっくりと体を動かせ。この岩に手をかけての、この出っ張りに腰をかけろ。それでよし。湯に倒れ込まないように気を付けろ、の」

　髪と髭に白いものが混じり始めた精悍な面構えだが、情愛に満ちた一本気な感じの眼差しだった。真っ先に目に付いたのは、顔の左半分を覆う大きな赤紫色の痣《あざ》だった。凹んだ眼窩《がんか》の奥に光る目は眉毛で半分隠れ、鋭くそそり立つ鼻梁、手斧《ちょうな》で削ぎ落としたような頬、薄い唇、飛び出た喉仏。体中を濃い体毛が覆い、余計な皮下脂肪のない体に鋼鉄のような筋肉組織が浮き彫りになっている。やや甲高いが優しく嬉しそうな声が、耳から心に染み込んできた。

「やっとまともな口を利いたか。今日で三日目だの。わしはイレンカシ。脊梁山脈の西側、リクンヌップの者だ。オノワンクとは若い時からの友人での、お前さんを預かったなだ」

「オノワンク…… あ、オンニのことですか?」

驚いたわけは、ヌペッコルクルの仲間内では、首領の本名を口にすることが禁忌だからだ。それは鎮所のシノビの者どもの襲撃から、彼の家族とヌペッコルクル一統を守るためだ。このために、彼は常に首領《オンニ》とだけ呼ばれ、その本名を知る者は僅かしかいない。常に目だけ出した赤い布で顔を覆っており、素顔を人に見せない。鎮所はオンニの名と在所を知るために血眼《ちまなこ》になっている。それなのにこの人は気軽に「オノワンク」と呼び捨てる。不審を宥《なだ》めるような声で、赤痣の男が言った。

「安心しろ、の。お前のことはオノワンクから聞いてよく知っているなだ」

「ここはどこです?」

「鎮所の南側を流れるニタットル川の上流、アーキップ。この湯はカムイウセイ(神の湯)。お前と果たし合いをして深手《ふかで》を負ったレシャックとかいう男が、傷の療養をした所だそうだの」

はっきりと思い出した。マルコ党のペッサム砦で、夜陰に紛れて貢ぎの女奴隷《メヤトゥコ》チキランケを救い出した時、ヌペッコルクルが夜討ちをかけた事件に巻き込まれた。燃え落ちる砦から脱出してきたマルコのコムシに挑戦した身の程知らずの初陣《ういじん》の少年、オンニの息子ポーを助けようとして、コムシを討った。それでマルコ党の刺客レサックとクマが仇討ちにやって来た。追いつめられて、ピラノシケオマナイ川の断崖の縁で決闘に及んだ。互いに手傷を負いながらレサックと激しく戦い、もう一太刀で刺し殺されそうになった時、巴投げで彼を断崖から蹴落とした。大男は蔦《つた》に摑《つか》まって落下を免れたものの出血が多く、放置すれば力尽きて断崖から落下する。

気の毒に思い、崖の上に引きずり上げて、逃げた。あの後、クマがレサックを山中の出湯《いでゆ》で養生させたと聞いた。彼らはこのことに深く恩を感じ、……その後の仔細は思い出せない。自分が鎮所に捕らわれて処刑される寸前、刑場にあの二人が飛び込んで、ヌペッコルクルの仲間と協力して自分を助け出してくれたのは憶えている。以来、三人は親友だ。

「その他に何を憶えておるかの？」

思い出せたことは少ない。ピラヌプリの丘の前でチキランケの遺体を見つけ、仲間三人で葬ったこと。女呪い人《アシトマップ》に襲われ、裸にされて髪を剃られ、恐ろしい責め苦に苛《さいな》まれたこと。全身を三匹の赤蛇《フレトッコニ》に食い荒らされる苦痛と、チキランケの墓を暴いた幻覚。思い出した途端、体中の皮膚が毒蛇の形に膨れ上がり、あの痛苦が再発した。彼は自制心を失って、泣き叫んだ。イレンカシが強い力で彼を押さえつけ、湯の中に頭まで沈めた。死ぬかと思う、窒息の苦しさにもがいた。溺れる寸前に引き上げられた。その苦しさで、心に仕込まれた呪いを忘れた。すると赤痣の男が、喉の奥から「キキーッ、チチーッ」という鋭い音を発した。サチリ（鼬《いたち》）の威嚇声音そっくりだった。

「わしの目を見ろ！　わしの『本性』は鼬《シャチリ》、山棟蛇《フレトッコニ》の天敵だ。わしに睨まれると、お前の心に巣くっている蛇は脅えて身動きもできなくなる」

気がつくと全身に巻き付いていた蛇腫《くちなわば》れが消えていた。だが、長くは続かない。やがて魔物が息を吹き返し、再び彼を苦痛と狂気に引きずり込む。体中に醜い蛇腫《くちなわば》れが盛り上がる。

「負けるな！　大丈夫だ。わしがついている。戦え！」

慈愛に満ちた言葉が萎える心を鼓舞し、死に物狂いの戦いが始まる。そして十日。毒蛇の呪いが襲う度に湯に沈め込まれ、鼬《サチリ》の叫びを浴びせられた。一日に七、八回もこれを繰り返した。

「食い物は十分ある。こんな肋《あばら》の出た痩せ体では力も湧かぬ。この妖術を破るためだ、食え。力をつけろ。必ずお前を救い出す」繰り返してそう言われた。毎日、肉だ魚だと美味いものを食わせられ、温泉に浸かる。体力と気力が回復し、呪いの力も次第に衰え、恐怖も薄れて行った。

「素晴らしいお方に救っていただいている！　このお方の側にいれば、あの呪いから解放される」

という感謝と確信が育って来た。あの赤痣を思い浮かべるだけで、毒蛇の呪いが弱まる。ただ、彼が近くにいないと、不安で居ても立ってもいられない。そして赤蛇《フレトッコニ》が暴れ出す。そんな自分をこの旦那《ニシパ》は辛抱強く励まし続ける。その声には力と誠実さが溢れていた。さすがオンニの名を呼び捨てるだけのことはある、全く特別のお方なのだと、最初の違和感が納得と深い敬服に変わった。

「お前に取り憑いている三匹の赤蛇《フレトッコニ》は、いずれも呪い人《アシトマップ》セタトゥレンの恨みの産物だ。一匹はあの女を側女《そばめ》にした按察使《アゼティ》・上毛野広人《カミトゥケヌ・ピロピト》、もう一匹は兄のコムシ、そして母親のレアヌだ。最も強いのは按察使についての恨みだろ、の。あの女に初めて愛欲の喜びを味わわせた男だからの。次は兄のコムシだが、お前にとってこいつらは正々堂々の戦いの相手だ。敵《かたき》呼ばわりされる謂《いわ》れはない。母親のレアヌについては、お前がイシマロを狙った二の矢から娘を庇《かば》おうと我が身で矢を受けた予期せぬ偶発事故だ。……お前は何も悪くない。心配するな」と繰り返し、力強く励ましてくれた。

そうとも。無闇に脅《おび》えることはない。このお方についていれば、自分は助かる、という熱い感謝と信頼が若者の心を満たした。だが……。イレンカシの姿が見えないと、またあの呪いが襲ってくる。悶え苦しみながら必死に思った。何とか自力でこの呪いを断ちたい。これでは、母親がちょっと離れただけで火のついたように泣き叫ぶ赤ん坊と同じだ。

前にクマが言っていた。「本当に必要なことを人に頼るな。自分で会得しろ」と。

呪いの本質は脅《おび》えだ。イレンカシの『本性』が鼬《サチリ》であろうとも、自分の『本性』は熊だ。熊の強力な一撃で蛇などは叩き殺せる。

ピラヌプリの陣地で飢えに苦しんだ辛い日々に、クマがこうも言っていた。

「静かに座り、目の前の木の葉を見続ける。力を抜き、腹で息をする。心の思いは流れる雲、自分は風だ。風が体を通り抜け、心の雲を吹き払う時、本当の己が見えてくる」

クマはよく林の中で瞑想に耽っていた。目を半眼に閉じ全く動かない。風が吹いて枯れ葉が嵐のように散り注ぐと「ハーッ」という気合いを発し、跳びあがる。傍らの鉾を摑み、降り注ぐ葉を次次と刺し、切り払っていく。その迅速さ、精妙さは人間業とも思えぬものだった。

「精神の集中に慣れると、今のようなことができる。俺は鉾の名人と言われるが、俺より巧い奴はいくらもいる。俺は心を集中させ、時の流れを遅く感じる修練を積んだ。降り注ぐ枯れ葉がゆっくり舞い落ちるように見えるから、俺でも貫ける。戦《いくさ》のさなかでも、敵の動きがひどく緩慢に見えるから、簡単に刺せる。俺が速いのではない。相手が遅いのだ」と、クマが言っていた。

湯に浮かぶ枯れ葉を眺めていたら、突然その枯れ葉を中心にして、周囲の景色が渦巻き模様のように溶け合い、回り始めた。心が無になり、平安が訪れた。驚いた途端に幻は消えた。繰り返すうちに、持続時間が長くなった。やがて呪いが薄れ、敗北感が勇気に変わった。それでも、赤蛇《フレトッコニ》は執念深く彼を襲う。激烈な痛みと共に体表に三匹の毒蛇が浮かび出て、這いずり回る。歯を食いしばり、耐えに耐えた。やがて一匹が消え、二匹が消え、最後の一匹も現われなくなった。

「よく頑張った。これなら大丈夫だの」と、イレンカシが太鼓判を押した。

「貴方様《ニシパ》はあの呪いから解き放ってくださった恩人です。弟子にしてください！」と、申し出た。

「その言葉を待っていた」と、温かい声が彼を包んだ。「お前は見どころのある男だ。わしはいつだってお前の味方だ。同士として共にウェイシャンペの侵略からこの国土《モシリ》と民《ウタラ》を守ろう、の」

イレンカシが二本の木太刀を持って来て、一本をマサリキンに渡し、こう言った。

「お前は狩人で、獣《けもの》との格闘には慣れていようが、戦士として、人間相手の戦い方は未熟だろう。侵略者ウェイシャンペと戦うには対人戦闘の訓練が必要だ。この俺を敵と思ってかかってこい」

実戦の経験はないわけではない。だが、その自信は微塵に砕かれた。普段は春日のように温かい師匠が、木太刀を手に取ると苛烈な戦士に一変した。襲いかかるマサリキンの太刀を苦もなく躱《かわ》し、次の瞬間には木太刀の切っ先がこちらの急所にピタリと吸いつく。側頸部、腕の付け根、鼠蹊部《そけいぶ》、肘関節の内側、鳩尾《みぞおち》……。いずれも太い動脈が走る急所だ。

「やはりまだだの」と、師匠が笑った。「力を抜け。太刀は手入れを怠らなければよく切れる。切っ先で撫でるだけで太い血の管が切れ、敵は血と力を失う。手首を柔《やわ》らかくするほど刀はよく切れる。腹を刺したら、存分に抉《えぐ》れ。内臓《わた》を裂き、背骨の左側を走る太い血の管を断て」

イレンカシの教えは、あくまで実戦的だった。

「相手を殺すために効果的な動きをしろ。お前は敏捷だが腕力はない。力任せに腕を叩き斬ろうとか、首を刎《は》ねようとするな。手首の筋や関節を痛め、体力と武器を損耗する。体を柔くし、急所だけを狙え。舞うように斬り、踊るように刺せ。太い血管を切っても出血で相手が弱るまでには暫く時間がかかる。その間は逃げ回れ。相手が自分より強そうならさっさと逃げろ。死なければならないのは敵であって、お前ではない。一瞬のためらいが命取りになる」

まず、相手の攻撃をいかに逃げるかを徹底的に教え込まれた。攻撃法は最後だった。合理的で凄《すさ》まじい剣法だった。若い上に運動神経は抜群だ。どんどん上達した。

「貴方《ニシパ》はどうやってこんな素晴らしい技《わざ》を身に着けられたのですか。師匠がいたのですか」

「いない。敢えて言うなら、数々の戦場《いくさば》でわしが戦ってきた敵が師匠だの」

訓練の合間にイレンカシは、十二年前に経験したウェイサンペとの激戦の話を語って聞かせた。

「思えばあの戦《いくさ》こそがわしの出発点だの……。ウェイシャンペのイデパ砦に支配されている地方でひどい凶作がおきた。官人《クァンニン》は容赦せず、支配下の民から規定通りの年貢を厳しく取り立てた。飢えに耐えかねた植民者数百人が、帝国の支配の及ばぬモーカムイ盆地に逃げた。

モーカムイ・エミシは彼らを温かく迎えた。食料を与え、住まいも作ってやった。官人《クァンニン》が帰村を説得に来た。租税も減らすと約束した。だが、嘘は官人《クァンニン》の常道。誰も信じなかった。冬、豪雪で身動きもとれず食料確保が困難な時期に、エミシは無理算段して逃散農民を援助した。雪解けを待って帝国は討伐軍を派遣した。正五位下左《さ》大弁《だいべん》・巨勢朝臣麻呂《コセのアソーミ・マロ》が陸奥《ミティノク》鎮東将軍、正五位下民部大輔《ミンブのオポスケ》・佐伯宿禰石湯《サペキのスクネ・イパユ》が征越後《セイウエティゴ》蝦夷将軍《エミシショウグン》。大軍で攻めこんだ。越後《ウエティゴ》エミシは全滅し、イデパ周辺のエミシも人口が半分になる大敗北を喫した。モーカムイ盆地にも大軍が攻めこみ、虐殺の限りを尽くした。

わしらリクンヌップ衆も脊梁山脈東側のエミシも、援軍に加わった。官人《クァンニン》は甘言を弄して千数百人の逃散農民を調略した。彼らは、飢えて苦しんでいた時に救ってくれたエミシを裏切り、官軍についた。我々は敗れ、わしの父と妻と三人の子も殺された。わしはその後、各地を転戦し、十数回の戦闘に参加した。西の大海の岸辺、ニカップで知った女と結婚し、妻子はそこに住んでいる」

「ウェイシャンペ帝国を滅ぼす」と、イレンカシは繰り返した。それが彼の大義、生きる意味だった。罪もない家族郷党を大量虐殺された怒りが、この人物を造り上げていた。そんなイレンカシは、マサリキンの目からは神の如き存在に見えた。この方と共に行く、それが正義だと心に固く誓った。

初雪が降った。

「旅に出よう。道々、なすべき仕事を教える。ルークシナイでトーロロハンロクが待っているぞ」

世話になったアーキップ衆に礼を述べ、深い谷道を辿った。この季節は葉が落ちて、山は明るい。

若者に解放感が戻り、イレンカシの後ろを歩きながら歌いだした。

トーロロハンロク、蛙馬《かえるうま》
おかしな声の蛙馬
だけどかわいい蛙馬
やわらかなお前の背に乗り
山を駆け、野を駆けて
さあ、行こう、トーロロハンロク
すみれの花を髪にさし
鮭革の裳《も》を風に舞わせる
あの優しい娘が
きっとわたしを待っている
トーロロハンロク、蛙馬
トーロロハンロク、蛙馬

イレンカシが声をあげて笑った。

「楽しい歌だな、もう一度やれ」

だが、その歌声は途中で止まった。山襞《やまひだ》の向こうから、喜び嘶《いなな》く馬の声が聞こえてきた。

ブヒヒヒ！

トーロロハンロクだ。この変な名前の由来は蛙の鳴き声だ。トロロもハンロクもエミシ語では蛙の鳴き声の擬声語だ。「蛙馬」というのは、この変な嘶きに因《ちな》んで村の子供らのつけた綽名だった。

林の中に砦の柵が見え、馬場で数頭の馬に混じって、額に流れ星、四本の足首の白い黒鹿毛《くろかげ》が狂喜乱舞していた。柵を飛び越えて馬に抱きついた。黒鹿毛はすっかり元気になり、筋肉も隆々としていた。世話になった砦の守備隊に厚く礼を言い、二人は山道を下った。

細い道が二股に分かれる。右はミヤンキへの道、左へ行けばオンネフルだ。

馬の首に巻き付けてあった赤い女帯を、近所のおばさんが洗って、奇麗な花結びに結びなおしてくれていた。それを見て、不意に思い出した。オンネフルのカリパ！　今までなぜ思い出さなかったのだろう。これも呪いのせいか。そうだ、あの、元気で、明るくて、優しい娘が俺を待っている。カリパ、カリパ、今行くぞ！　その気持ちを察したらしく、馬が大股に左へ歩きだした。

「こっちだ！」

振り向くと、分かれ道で師匠が右を差していた。双眼が火のように燃えていた。

14　鬼の尻

カリパは、トヨニッパにいきなり両肩を摑まれ、息もできないほど強く抱き締められた。

「マタパ！」

盗賊の頭《かしら》が低く呻いた。これはエミシ語だ。意味は二つ、「恋人」あるいは「妹」。こいつは兄ではない。するとこの言葉は「恋人」という意味以外ではありえない。言われたほうは仰天した。こいつ、この頃妙に優しい態度を取るなと思っていたら、さてはとんでもない下心があったのか。こいつはわたしが裸にされて強姦されようとしている恥ずかしい姿をまともに見ている。今はまた肌を拭いているところを見られてしまった。男の欲情を強烈に刺戟してしまったに違いない。「気を付けるんだよ。男の目とへのこは直《じか》に結びついている」と、いつか母親が教えてくれたのを思い出した。糞、何がマタパだ。こんなところで猪男に手込めになどされてたまるか！

猛然と怒った。両肩を摑んで引き寄せる男の股間に、強烈な膝蹴りを放った。

ギャッ！　トヨニッパが叫んでひっくり返った。股間を押さえて無様に転げ回っている。

しまった、やり過ぎたか……。シノビのミムロの睾丸を潰した手応えが生々しく蘇った。だが今回は睾丸を蹴ってはいないはずだ。この男は自分より背が高く、脚が長い。引き寄せられながら蹴り上げた膝頭は睾丸の付け根のもっと奥、肛門付近を強打したはずだ。あそこも敏感な場所だ。思い切り蹴られた痛みはなまなかなものではなかろう。

しまった。激怒した相手はわたしを殺しかねない。この男、本気で怒ったら自分などの敵《かな》う相手ではない。逃げようか。でも、わたしは恋人の釈放と引き換えにこいつの女奴隷《メヤトゥコ》になったのだ。約束は約束だ。破るわけにはいかない。その思いが、逃げたがってブルブル震える足を止めた。

「頭《かしら》、どうなすった？」と、林の中から手下どもが駆けつけて来た。いけない、どうしよう。

「いやいや、大事ない」と、頭目が苦笑いした。「とんだどじを踏んだ。何気なくここに腰を下ろしたらな、見ろ、尖った石があったのだ。それが尻穴《けつめど》にぶつかって、その痛いこと、痛いこと、さすがの俺も転げ回った。ま、大丈夫だ。心配するな」

「そうでしたかい。いや、驚きましたぜ。頭があんな悲鳴を上げるのを聞いたのは初めてでがすからね。よっぽど痛かったんだな。ま、大したことがないのなら、よござんした」

手下どもに脇を支えられて、トヨニッパが焚き火の方に戻った。カリパを振り向き、にやりと片目を瞑《つむ》って見せた。悪戯《いたずら》がばれて照れ臭い子供の顔だった。思わず吹き出しそうになった。ざまァ見ろ。商売物に手を出すなどと手下には言っていながら変な気を起こすから、痛い目に遭うのだ。だが、用心しなくては。あんな《地獄の悪鬼《ゲーヒンノムダイバ》》野郎に惚れられるのはまっぴらだ。

次の朝、野宿用の蓆小屋《むしろごや》を畳んで旅立とうとした時、手下が異変に気付いた。

「頭《かしら》、どうしなすった。歩き方がおかしい」

「いや、何でもねえ。昨日打った尻穴《けつめど》が少し痛むだけだ。そのうち治る」

だが言葉通りではなさそうだった。あの健脚が妙に遅い。何度も藪陰に腰を下ろす。排便をしているようなのだが、変だ。苦しそうに呻く。背を伸ばせず、苦痛に耐えている。小声で訊ねた。

「旦那《ニシパ》、尻穴《けつめど》が痛むか」

カリパは他人の痛みに敏感だ。まして理由は何であれ、自分の膝蹴りで痛めつけたのだ。気になる。手下どもも心配したが、頭《かしら》は口を鍋鉉型《なべづるがた》に結んだ儘だ。こんな不機嫌な頭は危険だ。何をされるかわからない。手下どもも恐れて近寄らない。その日一日は何とか旅を続けたが、馬に乗ると尻穴《けつめど》が痛むらしく、徒歩になった。翌日、痛みがますます激しく、機嫌も一層悪くなった。食欲もない。手下が心配して声をかけると、恐ろしい剣幕で怒鳴られた。手が付けられない。やがて大粒の汗を掻きだした。顔が赤い。ガタガタ震えている。手を摑んでみたら、熱い！

「この様子ではお前、尻穴《けつめど》の病だな。かなり痛むようだし熱もあるから、全身に病毒がまわっている。休んで俺に見せろ」

相変わらずぶっきらぼうで色気のない男言葉だが、囁く声は優しい。

「やかましい。女に尻穴《けつめど》など見せられるか」

鬼面のくせに羞恥心が人一倍強いらしい。頑強に拒んでいたが、ついに高熱と激痛に耐えられず、藪陰に倒れ込み、呻き声をあげ始めた。

「尻を見せろ、頭《かしら》」と、耳元でできるだけ優しく囁いた。「お前はあの時、俺の恥ずかしい姿を見た。今度は俺が見る番だ。これで貸し借りなしだ」

頭もこの理屈には苦笑して、観念した。それだけ苦痛がひどかったのだろう。四つん這いにさせ、帯を解き袴を下げた。毛深い尻の肛門周囲が赤く腫れて悪臭を放っていた。褌《ふんどし》も外させた。ピタカムイ河原で強姦されそうになった時のことを思い出した。自分の体にのしかかるマルコ党の男の擂粉木《すりこぎ》のように硬く勃起したへのこの強烈な印象が目に焼き付いている生娘《きむすめ》のカリパは、この男、図体の割にはへのこは小ぶりだな、それにぐにゃぐにゃ柔らかいと、変な観察をしている。

「これはひどい！」肛門の全周が手拳大《しゅけんだい》に腫大《しゅだい》し、菲薄化《ひはくか》（細胞の衰えによる肌の痩せ）した皮膚が熟柿の皮のように赤くテラテラ光っていて、その下に黄色い膿が透けて見えていた。今にも破れそうな肛門周囲膿瘍《のうよう》だ。直腸粘膜に傷が付き、そこから糞便が侵入して膿瘍を形成したのだ。高熱は病毒が全身を冒している証左だ。この儘では数日を経ずして死ぬ。運良く助かっても、膿瘍が自壊して瘻孔《ろうこう》を作り、括約筋《かつやくきん》で閉じることのできないいくつもの擬似肛門ができて、常時糞便が流れ出すという惨めな体になる。

「これでは予定より早く地獄行《ゲーヒンノム》きだ」と、宣告した。「だが、この尻で悪鬼《ダイバ》と喧嘩するのは無理だ。切開して膿を出そう。俺はオンネフルで、傷病兵の処置をするエーハンテ長老《エカシ》の助手を務めていた。こんなのも何度か手がけて、慣れている。やるか？　ただし、痛いぞ」

「お前がやるのか」と、トヨニッパが驚いて目玉を剝《む》いた。

「頭には操《みさお》と命を守ってもらった。借りを返したい。謝礼は取らぬ。どうだ？」

「わかった。この尻で地獄《ゲーヒンノム》に行っても勝ち目はあるまい。この尻、預けよう。やってくれ」

この男、今日は聞き分けがいい。それだけ苦痛なのだろう。患者を小川の側に運ばせた。清潔な布を用意させた。盛大に焚き火をし、大量の湯を沸かし、その間に近くの草叢《くさむら》で薬草を探した。手下に言いつけて地蜘蛛《カコモッコ》の巣袋をたくさん取ってきてもらった。中の虫を取り出し、泥だらけの巣袋を川の水で奇麗に洗い、それを手指の一本一本にかぶせた。こうすれば大便と血と膿で汚れる指を少しは保護できよう。手拭いで口と鼻を覆った。体の前面を覆う前掛けも着けた。

支度ができると大きな岩の上に蓆を敷き、その上に患者の上体を乗せて尻を突き出した形に腹這いにさせ、手下どもにしっかりと押さえさせた。

「悪鬼《ダイバ》よりは優しくしてやる。辛抱しろ」そう言って油をたっぷり塗り付けた左手の中指と人差指を汚い肛門に挿し込んだ。強力な括約筋《かつやくきん》に締めつけられて入りにくかったが、グイグイ指の根本まで突っ込んだ。その指が熱湯に入れたように熱い。《鬼殺し》が赤ん坊のような悲鳴を上げた。

「尻穴《けつめど》の力を抜け！」何度もそう声を掛けたが、強烈な痛みでとてもそうはいかない。右手に握った鋭利な小刀の切っ先を、赤く腫れ上がった皮膚にズブリと刺し込んだ。ギャッと悲鳴を上げてもがくのを手下が押さえつける。大量の血膿《ちうみ》が傷口から噴き出し、臀裂《でんれつ》を左右に開くのが役目の手下がそれを顔一面に浴びて悲鳴を上げた。猛烈な悪臭がした。

反対側にももう一つ切開を加えた。指を切開創《せっかいそう》に突っ込み、グリグリと掻き回した。膿瘍は大抵内部がいくつかの小胞に分かれている。それらの隔壁を破って一つの空間にし、排膿を効率的にする。患者は悲鳴をあげてもがいた。途中で荒くれ者の助手二人が、真っ青になってぶっ倒れた。

掻き回す指先に固く鋭いものが触れた。苦労してつまみ、慎重に引き出した。長さが指の一節ほどある鋭い魚の骨だった。数日前に川で捕らえた石斑魚《うぐい》をカリパが焼き魚にして食わせた。その時、トヨニッパがうっかり咽に骨を引っかけた。飯を丸呑みにして、何とか胃の腑に落とし込むことができたが、それが回り回って肛門から便と共に排泄されようという間際に、カリパの膝蹴りで直腸粘膜に突き刺さり、その傷から糞便が滲み込んで膿瘍を作ったのだ。

猛烈な悪臭のする膿を絞り出し、痛さに叫ぶのを押さえつけ、きれいな湯で傷と肛門周囲と、血膿と恥垢《ちこう》で汚れたへのこの先まで丁寧に洗ってやった。薬草を貼り付けて、褌《ふんどし》で押さえつけた。

膿を出し切ったせいで、痛みは楽になり、頭《かしら》はその晩、死んだように眠った。熱があるので、首を濡れ手拭いで冷やし続けた。蕺草《どくだみ》と葛《くず》の根とセノカ（生姜《しょうが》）の根を擂《す》り潰《つぶ》したものを飲ませ、大汗をかかせて、熱を下げた。

「お前にこんなことで助けられるとはな」と、猪男が礼を言った。旅を中止し、急ごしらえの蓆小屋にしばらく滞在した。肛門と傷が同一箇所なので、排便の度に始末が大変だ。カリパはいやな顔一つせず、糞《くそ》と血膿に汚れた尻の手当てを続けた。猪男はその度に大きな赤子のように泣き喚いた。

「お前はまるで餓鬼だな。エミシの男ならこのぐらい黙って辛抱するぞ」と、どやしつけた。

「俺はエミシではない。一緒にするな」と、頭目が痛みに泣きながら叫んだ。

殆ど寝ずに看病するカリパの献身ぶりには、盗賊どもも舌を巻いた。

「口は悪いが、クソマレがクソマミレで治療をする顔は天女のようだ」と、悪党どもが感嘆した。

手で汚物を扱うから、カリパの手はいつもひどく臭かった。砂や泥でせっせと洗い、薬草の汁を擦り込むのだが、ひどい悪臭はなかなか取れるものではない。

「何を食っても糞の臭いがする」とこぼしたので、手下どもが涙目になって大笑いした。

四日目、東山道を見張っていた手下が、木簡の束を持って戻って来た。都から来た馳駅《ちえき》を捕らえたという。トヨニッパが木簡を地面に並べて、目を皿のようにして読んでいる。

「いよいよ帝国が動き出した。こんなに素早く反応するとは驚いたな。よほど慌てている」

「何が書いてあるんで」と、小頭《こがしら》が訊ねた。

「征夷将軍《せいいしょうぐん》として正四位下・多治比真人縣守《タディピのマピト・アガタモリ》を任じ、これに副将軍として従五位下・下毛野《シモトゥケヌの》朝臣石代《アソーミ・イパシロ》、軍監《ぐんげん》三人、軍曹《ぐんそう》二人を配属させ、鎮狄《ちんてき》将軍として従五位上・阿倍朝臣駿河《アベのアソーミ・スルガ》を任じ、これに、軍監二人、軍曹二人を配属させ、節刀を授けて蝦夷《エミシ》征伐のために派遣する……とある」

「何で将軍が二人も来るんですかね。征夷というのはわかるが、鎮狄というのが解《げ》せねえ。イデパ（出羽《イデパ》＝脊梁山脈西側の地方）では騒動はねえはずだ」と、小頭《こがしら》が首を傾《かし》げた。

「あいつらのやることにはいろいろ裏があるからな。第一、副将軍の付かねえ鎮狄将軍というのも奇妙なものだ」と、頭《かしら》が猪面の髭をボリボリ掻いた。「いつもの内輪の勢力争いだろう。それにしても軍監が五人、軍曹が四人とは豪勢な布陣だ。おそらく軍勢は戦闘員が三万人、輜重隊《しちょうたい》が一万人」

脇で聞いていて仰天した。とんでもない大軍だ。ふるさとシナイ地方の全住民を合わせても三千人ぐらい。戦《いくさ》のできそうな者は精々千人。その三十倍もの殺人集団が押し寄せて来る。

頭《かしら》は暫く考え込んでいたが、やがてこう命じた。

「木簡を返し、馳駅《ちえき》を釈放しろ」それからカリパに向かって渋面を作った。「俺は糞まる。クソマレ、尻の手入れを頼むぞ」

頭はカリパを完全に信頼し、苦痛に悲鳴をあげる以外は文句も言わず従順だった。

「俺がお前にしてやったことに比べれば、お前が俺にしてくれていることは十倍も価値がある。汚い思いをさせ、済まない。お前は命の恩人だ」と、繰り返した。

十四日目、恐れていた糞瘻《ふんろう》もできず、排便時の痛みも楽になり、切開創もほぼ癒合した。実際には傷の痛みがまだ残り、傷からの浸出液も少しあったが、《鬼殺し》は自らそれを無視して命じた。

「出発だ。行く先は征討軍の本部、武蔵《ムツァシ》の国府《コクプ》」

目の前に、果てしもないバンドー大平原が広がっていた。

15 暗殺計画

マサリキンを連れて行った盗賊の手下が戻って来た。カリパの全身が耳になった。

「遅くなりました。あの臭い男は、人目につかぬルークシナイの隠し砦に引き渡して来ました」

「様子はどうだった？」

「重症ですな。蛇腫《くちなわば》れが蠢《うごめ》いて、痛がって、カッパァとか、カラパァとか言って夜通し泣き叫んでいました。こっちまで切なくなる声でしたな」

わたしを呼んでいるんだ……。溢れる涙が足下の青紫色の竜胆《りんどう》の花を濡らした。

「目は虚ろで、言葉も通じない。魂の抜殻ですな。責任上、俺もしばらく近くで様子を窺っていたんですが、二日目に、変わった風体《なり》の、顔の左側に大きな赤痣《あかあざ》のある男がやって来ましてね。奴を連れて山奥に入って行くのです。俺たちも足を踏み入れたことのない山襞の奥にアーキップという小さな村落《コタン》がありまして、出湯《いでゆ》が湧いているのです。神の湯《カムイウセイ》とかで、万病に効くそうです。その湯に浸かると蛇腫れも消えていくようでした」

「御苦労。そこまで見届けたのなら安心だ。クソマレ、約束は果たしたぞ」

「カタジケナシ」と、濡れた鼻声で礼を言った。「ついでに訊くが、その赤痣の男とは誰だ？」

「わからねえ。見たことのねえ着物を着ていたな。鹿皮を裏返しにして、毛のあるほうを内側にしている。前で合わせる襟がなくて、筒みたいに頭からすっぽり被って着る仕立てだ」

「珍しい」と、頭《かしら》が巨大な猪鼻《いのししばな》をうごめかした。「それは脊梁山脈の西に住むエミシの着物だ。あっちは寒さが大抵でねえ。冬の大雪は、人の背丈の倍は積もる。着物にも工夫が要る。合わせ襟のない筒みたいな着物は、風や雪が入りこまねえ工夫だ。アカカシラは、西側エミシと手を組んだか」

マサリキンが無事のようで安心した。きっと出湯《いでゆ》のカムイが守ってくださるだろう。

頭《かしら》が病み上がりなので、ゆっくり旅を続けたが、手下どもは忙しい。矢継ぎ早の指令を受けて、広大なバンドー大平原を駆け回っている。肛門周囲膿瘍の治療とカリパの献身的な看護が余程身に滲みたらしい。人相が和らぎ、兄が妹に接するような親しみを表わすようになった。

「俺はお前をただの商売物とは思えなくなってしまった」道々、頭《かしら》はそんなことを言った。

「それは結構だが、お前の情婦《いろ》にはならないぞ」と、釘を刺した。

「実は一つ相談がある」

「珍しい。悩み事でもあるのか。話によっては乗ってやる」

「気が向いたらでいい。俺はこれからムッツァシ（武蔵）の国府《コクプ》に行く」

「そこの市場で俺を売るのだな。バンドー七箇国《しちかこく》では一番大きな都邑《コタン》で、裕福な旦那《ニシパ》が大勢いるそうだ。いい商売ができるぞ。せっかく高い値を払ってもすぐ逃げられるのだから、気の毒だがな」

「実は、お前を征討軍の将軍に売ろうと思っている」これには驚いた。軍隊では脱走が難しそうだ。

「お前は女ながら立派な戦士で、とびきりの美女《ピリカメノコ》だ。将軍の気に入るぞ。お前を将軍付きの女奴隷《メヤトゥコ》に売り込む。隙を見て将軍を殺せ。そうすればお前は、これから奴に殺される何千人ものエミシを救える。お前にばかり危ないことをさせるつもりはない。俺は志願して将軍の親衛隊に潜り込む。兵が集まらなくて困っているらしいから、簡単だ。力を合わせて将軍を殺そう。逃げるのも一緒だ。どうだ、手を組まないか」

驚いたが、大いに興味が湧いた。美女《ピリカメノコ》と言われたので気をよくしたからでもある。

「何でまた、お前の商売とは関わりのありそうにもない、そんな危ない仕事を考えている？」

「これは陸奥介《ミティノクのスケ》の頼みだ」

「驚いたな。なぜスケが味方の将軍を殺したいのだ？」

「今まで鎮所を仕切ってきたのは、朝廷で幅を利かせるプンディパラ（藤原）家の息のかかった者ばかりだ。この前、殺された按察使《アゼティ》も、先代の陸奥守《ミティノクのカミ》も、そのさらに先代も、三代続けて上毛野家《カミトゥケヌけ》の人間で藤原氏《プンディパラ・ウディ》の子分だ。藤原《プンディパラ》の氏上《ウディのカミ》プーピト（不比等）が先頃死んだ。息子四人はまだ若くて朝廷で力がない。貴族の派閥も数多《あまた》ある中で、帝《ミカド》の親戚筋の皇親派《こうしんは》が、この機にのし上がろうとしている。今度の征夷将軍は皇親派の大物だ。辣腕《らつわん》の能吏で、諸国の按察使を勤めながら、藤原《プンディパラ》の手下の国司どもを粛正しまくっている。それが今度は陸奥《ミティノク》に来るので、スケは大慌てさ。それで奴は藤原《プンディパラ》の意向を受けて、征夷将軍を殺そうと企んでいる。皇親派には融通の利かない堅物が多い。藤原《プンディパラ》派は賄賂が利くから、俺らの仕事もやりやすい。それでスケの頼みを聞き入れた」

「込み入った話だな。泥棒の手伝いなどしたくないが、将軍が殺そうとしている罪もない同胞《ウタラ》を救えるのならいい話だ。しかし俺は熊や猪なら殺せるが、人を殺したことがない」

「たやすいことだ。お前ならできる。これから俺が道々人殺しの骨《こつ》を教えてやる」

それからトヨニッパは、カリパに暗殺用の殺人技術を教え込んだ。頸動脈、腋下《えきか》動脈、鼠蹊《そけい》大腿動脈を正確に狙う技。眼の潰し方。胸の刺し方。腹の刺し方、抉《えぐ》り方。首の折り方、締め方。頭蓋骨の一番割れやすいところ……。情け容赦のない技術を仕込まれた。果てしない東山道を歩きながら、武芸達者の手下を稽古台に技を叩き込まれた。一方で頭《かしら》は石投げの稽古に余念がない。毎日続けないと腕が鈍《なま》るのだそうだ。飛礫《つぶて》にも工夫がある。手に収まる大きさの丸い石を選び、余分な凹凸を叩き欠いて擦《す》り均《なら》し、ほぼ球形に整える。いびつだと空気抵抗が不規則になり、弾道が曲がるそうだ。戦《いくさ》で最も恐ろしいのは手練《てだ》れの投げる飛礫だ。頭蓋骨など一発で粉砕される。

「筋がいい。見込んだだけのことはある」と、ある日、猪男が呟いた。「もし武運拙《つたな》く二人とも討死するようなことになっても、二人で手を組めば地獄《ゲーヒンノム》の悪鬼《ダイバ》どもを制覇するのも夢ではない」

「ふん、そんなおぞましい所に誰が行くか。お前だけ勝手に行け。エミシはもともと天上の神の国《カムイモシリ》に住むカムイだったが、美しい地上に憧れて、天下《あまくだ》って人となったのだ。俺の『本性』は丹頂鶴《サロルンチカップ》だから、地上での命が終わると、またチカップ（鳥）に戻って、天上の神の国《カムイモシリ》に帰る。地獄《ゲーヒンノム》ではない」

「羨ましいな。その時は俺もお前の足につかまって連れて行ってもらいたい」

「お前の『本性』は何だ」

「知るか。俺はエミシではない」

「その面《つら》を見れば猪か。猪をぶら下げて飛ぶのでは重すぎる。鼠ぐらいにしておけ」

東山道の本筋から上毛野《カミトゥケヌ》で武蔵路《ムッツアシミティ》という枝道に入り、国府《コクプ》に向かった。西南の地平線に巨大な擂り鉢型の火山が見えて来た。山頂は雪で白く、薄い噴煙がたなびいていた。

「あれがプージのお山だ」と、盗賊の一人が教えてくれた。

旅の途中、十人、二十人の男たちの団体によく出会った。あちこちから駆り集められてくる徴集兵だ。兵装はすべて個人負担だそうで、着のみ着の儘の痩せ百姓もいれば、どこで拾ってきたのか傷だらけの古物の挂甲《けいこう》を着ている者、鉄冑《てつかぶと》だけの者もいる。弓はやたらと長い。

「お前さんたちも戦かね」と、頭《かしら》がそうした連中に声をかけた。

「そうだ」と、陰気な声が帰って来た。

「俺は臨月の女房を置いて来た」と、別の人のよさそうな若い男が言う。こいつは頑丈な体つきで、他の者のように、鬟《ミドウラ》を結わず、なぜか背負っている荷物がやたら多い。ほとんど手ぶらの者もいる中で、背負子《しょいこ》に四人分もの荷を付けて歩いている。

「嬶《かかあ》が臨月なので心配だ。俺は妾腹《めかけばら》なもんで親父がケチって武装も整えられず、隣りの家から太刀を借りてきたが、見てくれ、この錆刀」男がそう言って、腰の太刀を抜いて見せた。

「これはひどい。鈍刀《なまくら》の赤鰯《あかいわし》だ。ところでお前、貧乏だという割りには随分荷物が多いな」

「俺はイープ（夷俘＝捕虜として隷属させられた最下等賤民のエミシ。功績を認められると、その上の俘囚《プシュー》になる）だからな。アシの旦那方の荷物も背負わせられているんだ」

「こいつはな」隣りにいた男が口を挟んだ。「裕福な大百姓の倅だが妾腹だ。上に嫡男がいるからこいつは軍役だ。母親が夷俘《イープ》なら、こいつは生まれながらの夷俘《イープ》。俺たちの荷物を担ぐのは当然さ」

「名は何という？」

「アシポー（葦穂＝エミシ語だとアシの息子《ポー》の意味）。故郷はアシカガ。だからアシポーさ。それに奴は夷俘《イープ》でも、アシの旦那の子だからな」と、無邪気な答えが返って来た。

「アシというのはウェイサンペのことか？　お前さんたちの土地言葉か？」

「そうだ。夷俘《イープ》が常民のことをそう呼ぶので、いつの間にかそれが土地言葉になった」

カリパにはピンと来た。アシとは「悪《あ》し」、悪者という意味だ。奴隷《ヤトウコ》にされたエミシが、彼らの主人を陰でそう罵《ののし》るのが定着して、土地言葉になったのに違いない。それにしても、自分の私物まで背負わせて当然だという顔をしているこいつらは、まさに《悪《あ》し》だ。この男は子供の頃からそう躾《しつ》けられて、これが当たり前だと思っているらしい。母親がエミシなら言葉ぐらいわかるだろう。

「奥さんは身重なのね？　名は何ていうの？」

そのエミシ語にアシポーが目を丸くした。母親の言葉で嬉しそうに答えた。

「妻はコヤンケ。故郷はアクンナイ」と、小声で呟いた目が濡れた。仰天した。いきなりアシポーが他人ではなくなった。余人に聴かれないように、やはり小声で囁いた。

「わたしはカリパ。コヤンケ従姉《ねえ》さんの従妹《いとこ》。家に戻れたら従姉《ねえ》さんに言ってあげて、ニブセ叔父さんの敵《かたき》は取っておいたって」

いろいろ話したかったが、別の男が割り込んで来た。

「おい、おやじ。お前の連れはざらだ。男ならなおさらさ。力はあるし、ずいぶんでけえ女だな」

「エミシは女でもこの位はざらだ。男ならなおさらさ。力はあるし、獰猛で、熊を素手で殴り殺す奴も珍しくねえ」と、トヨニッパが大げさに脅かした。「実は俺たちは口分田《くぶんでん》から逃散《ちょうさん》した口だ。逃げてはみたが、乞食暮らし。この儘、野垂れ死にするよりはお飯《まんま》にありつきてえ。国府に行って兵士にしてもらうつもりだ。手土産にエミシ女をかどわかして来た。どうだ、なかなかの別嬪だろう」

「確かに美人だ。上等の衣装を着せて化粧など施せば、将軍の夜伽《よとぎ》のお相手も勤まるぜ」男どもがドッと笑った。夜伽……。ピタカムイの河原での恥辱を思い出した。あんな目に遭うのは御免だが、相手はやわな殿上人《てんじょうびと》。その時は絞め殺してやると、教えられた絞め技を思い出している。

「この女、名は何というのだ？」

「クソマレだ」と、泥棒の一人が囁いた。みんながまたドッと笑った。ツンと横を向いた。

「そりゃひでえ名前だ。せっかくの別嬪が台無しだ。もっと色気のある名前にしてやれよ」

「クソマレが駄目なら、ユマレ（小便しろ）にでもするか。少しは色っぽいかな」

男どもがまた腹を抱えて笑った。バンドー者は品は悪いが、陽気らしい。

「ところで兵士の集まり具合はどんなものかね」と、頭《かしら》が話題を変えた。

「国府は初め三万人と言っていたが集まりが悪い。何とか二万人、少なくとも一万五千と躍起になっているが、無理だね。実は徴兵令が出る前から、逃散《ちょうさん》が止まらねえ」

木枯らしの吹く武蔵国府《ムッツァシのコクプ》に着いたのは夕方だった。国府は、南北三町（三百メートル）、東西二町（二百メートル）の長方形の築地塀《ついじべい》に囲まれた政庁で、陸奥鎮所より一回り小さい。これを囲んで街区があり、たくさんの竪穴式住居が並んでいた。人口は二千人ぐらいか。国府の近くに市場があり、大勢の男女が行き交い、元気な子供らが走り回っていた。男は髪を鬟《ミドゥラ》に結い、麻の白い筒袖に膝下を紐で括る細身の袴、女は裾長の裳《も》を纏う。駄馬もたくさんいて、朝の冷気に大量の白い息を吐き出していたが、貧相な馬ばかりだ。人も小柄だ。重税に喘《あえ》ぎ、ろくなものを食っていないからだろう。故郷でもカリパは大女だが、エミシ族は一般に背が高いから、彼女ぐらいの体格の女はそう珍しくない。でも、ここでは驚かれる。

ここで威力を発揮するのが銭というものだと、カリパは驚きをもって眺めた。盗賊が鎮所で貰ったあの銅銭一枚を一文《いちもん》といい、六日分の食費になるという。一行の素泊まり三泊分の宿賃になった。

「あれ一枚でそれだけの価値になる。これはいい商売だと、今、偽銭造《にせぜに》りが大流行《おおはや》りさ。この辺の鍛《か》冶屋《じや》はそれで大儲けしている。盗み甲斐があるぜ」と、泥棒がニヤリと囁いた。そう言えば、鍛冶の鎚音があちこちから聞こえている。このあたりには鍛冶屋がやたら多い。

「しかも政府は、偽銭だろうが何だろうが銭は銭だ、大いに使え、民に銭を使うことをおぼえさせるためだと言って、取り締まろうともしないから、こんないい商売はない」

「それで、俺の値段はどのくらいなのだ」と、訊いてみた。

「売り手の腕にもよるが、お前ぐらいの若い女奴隷《メヤトゥコ》なら、まあ、二十五貫文（一貫文＝千文）かな。下っ端官人《クァンニン》の一年分の給金が八貫文ぐらいだそうだから、結構な値だな」

翌朝、カリパはトヨニッパに連れられて国府の門に立った。持っていた武器の類いは、すべてトヨニッパが預かった。二股杖《エキムネクワ》だけは親の形見だと頑張って、手放さなかった。

「目《サクアン》（国司四等官）さまにお伝えください。例の夷俘《イープ》女を連れて参りました」

門番が、自分よりも背の高いエミシ女を目を丸くして見上げた。

「話は聞いておる。裏へ回れ」

顎で指図され、正門から少し離れた脇の小門から中に入った。広い敷地の中に朱塗りの太柱に支えられた白壁の並ぶ建物が見えた。縹色《はなだいろ》（藍）の官服を着た、横柄な顔の官人《クァンニン》が応対した。

「いかかでござる。将軍のお側にお仕えさせるには格好の女奴隷《メヤトゥコ》でござる。よく気の利く女子《おなご》で、夷俘《イープ》ながら傷の手当てなどは医者も顔負けの技を持っております。言葉も話せます」

「でかい女だな。小柄でなよなよしたミヤコの女性《にょしょう》に慣れた殿上人《てんじょうびと》のお気に召すかはわからぬが、お側に女手があるのはよい。だが、蛮族は野性狼心。万一にも敵に内通することはあるまいな」

「夷俘《イープ》は犬と同じ。餌を与える者があるじでござる。飼い馴らせば、裏切りません」

犬並みかと腹が立ったが、「お前は美女だ《ピリカメノコ》」と、言われたのを思い出し、作り笑いをした。偉そうにしているが、この官人《クァンニン》の給料は一年働いて精々七貫文ぐらい、わたしの脚《あし》一本ぐらいか、と心の中で舌を出した。トヨニッパが重そうな銭函《ぜにばこ》を受けとって、嬉しそうに頭を下げた。

16　武蔵の国府

別れ際に頭《かしら》が囁いた。

「お前のセノキミはウェイサンペの大軍に突っ込んで、敵の大将首を上げた男だ。お前も踏ん張れ！　ふるさとの仲間を救うためだ。だが、無理はするなよ。俺はいつもお前のそばにいる」

「わかった。お前も、泥棒の身元が割れないように気を付けろ」

頭はニヤリと笑って去った。目が細くて土竜《もぐら》みたいな顔の貧乏髭の奴隷頭《ヤトゥコガシラ》が手招きをした。

「ついて来い」

広場では、三百人ほどの軍兵《ぐんぴょう》が分列行進をしていた。時々声を揃えて「えい、えい」と、叫ぶ。半数は甲冑も着けず、みすぼらしい作業衣だ。中には木の板を不器用に綴り合わせて腹巻きにしている者もいた。ただ右手に持つ鉾《ほこ》だけはお揃いの立派な物だ。左手には小型の盾を持っている。

「甲冑を着けていない者がいるのはなぜだ？」と、訊ねてみた。

奴隷頭《ヤトゥコガシラ》が舌打をした。この男はよく舌打をする。実は夷俘《イープ》女なのに目上の自分に対して男のような横柄な言葉遣いをするのが気に障るからなのだが、カリパにはわからない。

「兵士は自前で甲冑を揃える規定だが、貧乏人には無理だ。あんなのは真っ先に討死だな」

「鉾だけは全員持っている」

奴隷頭《ヤトゥコガシラ》はまた舌打した。

「鉾は官物だ。政府が支給する」

女なのに男の自分より背の高い夷俘《イープ》の顔を振り仰ぐのが癪に障るらしいと思ったので、今度は小腰を屈めてにっこりして見せた。大抵の場合、男はこれで機嫌がよくなる。

「なぜ、甲冑も支給しないのだ？」

「うるさい！　俺の知ったことか」

作戦失敗。怒鳴りつけられた。奴隷頭《ヤトゥコガシラ》はその時よそを見ていたのだ。

連れて行かれたのは厨房だった。たくさんの竈《かまど》があり、大勢の女が働いていた。

「ここでしばらく働け。将軍さま方のお側に行く前に、まずはここで言葉と行儀を憶えろ。スメラミクサの数が毎日どんどん増えているから、忙しいぞ」と、言われた。

「スメラミクサ（皇軍）とはどういう意味だ?」と、人の良さそうな顔の女奴隷《メヤトゥコ》に訊いてみた。女が顔をしかめて舌打ちした。ここの連中は男も女もよく舌打ちする。何のおまじないだろう。

「スメラっていうのはスメラミカド、つまり帝《ミカド》のこと。この国の一番偉い人のことだよ」

「ああ、ピータカとかいうメノコ（女）だな?」

「ウォーコ（烏滸《をこ》＝馬鹿）！」相手が仰天して、金切り声をあげた。

「お前、殺されるよ」

「なぜだ?」

「なぜも何もないわよ。とにかく、だめ。それはね、諱《いみな》と言ってね、下々の者がその尊いお名を口にしてはいけないの。わかった?」

「ふ〜ん。で、ミクサとは何だ?」

「ミ・イクサね。お前たちろくでなしのエミシを殺しに行く男たちのことさ」

「つまりピータカのよこす人殺しどものことか」

「また、言った」今度は長い柄杓《ひしゃく》で頭をゴツンと殴られた。

厨房は女たちのお喋りで騒々しい。働いているのは女奴隷《メヤトゥコ》、雇われの手伝い女。聞いたところでは、ウェイサンペは人に上下の差をつけるのが好きで、十人に一人は奴隷《ヤトゥコ》だそうだ。寸時も黙っていられないのが女たちの性分らしく、夫婦親子の喧嘩、政治、軍事まで、話題は多彩だ。

まず茶碗洗いを言いつけられた。その日、粗忽者《そこつもの》の小女《こおんな》（下女《げじょ》）が皿を割ってしまい、奴隷頭《ヤトゥコカシラ》が青竹で女の尻を力任せにぶっていた。

「今度、粗相をしたら、その小便臭い裳裾《もすそ》をひん捲《めく》って、生尻《なまじり》をひっぱたくぞ！」

頭《かしら》はニタニタしているが、女はヒーヒー泣いている。

「兵士が集まらなくてね」と、隣りでお椀を洗っていた女奴隷《メヤトゥコ》が耳打ちした。丸顔で、人のよさそうな女だ。「将軍方はイライラして、部下にも辛く当たる。そのとばっちりで奴隷頭《ヤトゥコガシラ》までいらついて、三つぶつところを五つもぶつんだ」

「何人の兵を集めるつもりなのだ？」

「戦闘員として三万人、それに兵糧や武器を運ぶ輜重隊《しちょうたい》が一万人だってさ」

「四万人！」ここに来る途中、見た馳駅《ちえき》の携えていた木簡の内容と同じだ。額に冷や汗が出た。

「バンドーにはそんなに大勢の戦士がいるのか」

「何しろ広いからね。田畑も多いし、人の数もそれだけ多い。だけど、戦《いくさ》に行きたい奴なんかいるものか。お前たち蛮族は滅法強くて、エミシ一人にウェイサンペが十人束になってかかっても敵わないというじゃないのさ。何しろ女のお前さんだって、こんなにでかいんだからね！　青竹で女の尻を叩くのを喜んでるあの奴隷頭《ヤトゥコガシラ》なんか、お前さんが怒ったらひとひねりだろうさ」

「ま、それはそうだ」

「それにさ、バンドー者はエミシ討伐のための戦《いくさ》にしょっちゅう引っ張り出される。何しろこの原野を開拓する仕事で朝晩働いているからね、西の方の奴らと比べたら力は強いし、体も頑丈だ。粗食にも耐える。それであちこちの戦に駆り出される」

「御苦労なことだな。戦は殺し合いだ、酷《むご》い」

「で、この頃エミシの国から逃げ帰った連中が、恐ろしい土産話をして回っているんだとさ。先《せん》だって按察使が殺されただろ。あの時の戦は、恐ろしいものだったそうじゃないのさ」

「恐ろしい戦だった。モーヌップの野もウォーシカの野もウェイサンペの死体で埋まって、山犬や鴉が群がって屍肉を食っていた」

「エミシは馬を操るのが巧くて、按察使は馬に食い殺されたと聞いたけど、それ、本当?」

「本当だ」

「身の丈が六尺以上もある禿げ頭の鬼のような大男が、大きな石を括り付けた棍棒を振り回して、一人で三十人ものウェイサンペ兵を叩き殺したとか」

「それは俺の知り合いだ」

まわりの女たちが静まり返った。

「蛮族の鏃《やじり》には恐ろしい毒が塗ってあって、ほんの擦り傷だけでもたちまち全身に毒が回り、息ができなくなり、体をビクビクさせながら死んでしまうって」

「その通りだ。馬でも牛でも熊でもたちまち死ぬ。毒消しはない」

「一番怖いのがその毒矢だって、みんな震え上がっているわよ。しかもエミシは駆ける馬の上から百発百中の正確さで弓を射て、射損じることがまずないともいうわ」

「そうでもない。百に一つぐらいは仕損じる」

女たちが目を真ん丸にして、一斉にこちらを見た。奴隷頭《ヤトゥコガシラ》まで耳を澄ましている。

「おお怖い！　こんな話を聞いたら、逃げたくもなるわよねえ。それであっちの村、こっちの村で、大勢の男たちが村を捨てて逃げているのよ」

「逃げてどこへ行くのだ」

「原生林に逃げ込んだら、見付かりゃしない。冬場だけ隠れていて、春の田植え時に出て来ればいい。猫の手も借りたい時に農民を逮捕したら、誰が田植えをするのさ。郡司も見て見ぬふりよ」

「それで兵が集まらないのか。しまいには欲張りピータカが泣き面を掻く」

「ウォーコ（烏滸《をこ》＝馬鹿）！」と、女が飛び上がった。「そのお名を口にしたら首が飛ぶわよ！」

女が恐怖のあまり持っていた皿を落とした。ガチャンと皿が割れて、土竜面《もぐらづら》の奴隷頭《ヤトゥコガシラ》が飛んで来た。

「誰だ、皿を割ったのは？　ややや、これは征夷将軍さまのお使いになる上等のお皿だ。えらいことをしてくれたな。ただではすまぬぞ。誰だ？」

女が真っ青になって震え上がり、棒立ちになった。カリパはその前に進み出て、平然と言った。

「俺だ。手が滑った」

「夷俘《イープ》め。そのでかい尻に痣《あざ》ができるほどぶちのめしてくれる。後ろを向いて壁に手を当てろ」

奴隷頭《ヤトゥコガシラ》が青竹を振り上げ、力任せに振り下ろした。カリパは体を捻って、青竹をヒョイと掴み、クイとひねって頭《かしら》の手から奪うと、いとも簡単にへし折って、ポイと床に投げ捨てた。

「皿を割ったのは俺の不注意だ。すまぬ。だが、皿は皿に過ぎぬ。俺の尻のほうが大事だ」

女たちが吹き出した。頭はカンカンに怒り、壁に立て掛けてあった天秤棒を振り回して殴りかかった。女たちがキャッと悲鳴を上げた。太い硬木《かたき》の棒だ。あんなので殴られたら大怪我をする。唸りを上げて襲ってくる棒をカリパは軽々と避《よ》け、グイと握って捻《ひね》り取り、片端を床に押し付け、片足でその中程を踏みつけて、ボキッとへし折った。

「こんなので殴ったら危ない。皿など安い物だ。俺は高い銭で将軍が買った女奴隷《メヤトゥコ》だ。尻だけでも銭五貫文にはなるぞ。それに痣でも付けたら値が下がり、将軍が損をする。それでもよいのか」

怪力に奴隷頭《ヤトゥコガシラ》が青くなった。厨房の女たちも棒立ちになった。頭《かしら》はしばらく口も利けずに彼女の顔を眺めていたが、やがて何度も舌打ちして、言った。

「これからは気を付けて働け」

そんなある日、厨房の格子窓から外を覗いていると、天秤棒事件以来、すっかり仲よくなった女奴隷《メヤトゥコ》がそっと教えてくれた。彼女は背が低いので格子につかまって爪先立っている。

「あれが征夷将軍だよ」

厳めしい甲冑姿の男が、部隊を並べて何事かを命令しているのが見えた。

「名は何というのだ」

「正四位下・多治比真人縣守《タディピのマピトアガタモリ》さまだよ」

こんな田舎では聞くこともない、とんでもなく偉い位だそうだ。いかつい顔で、顎が張り、口を鍋《なべ》鉉型《づるがた》に結び、眉の毛がことごとく逆立っている。声は空気をビリビリと震えさせてよく響き、全身に精力と気迫が充満している。あれがこれから自分たちを大量殺戮しに行こうという男か。

「ア・カ・タ・マ・リ……か。汚い名だな」

マサリキンの幼名《おさなな》「垢だらけ《トゥルシ》」と同じ意味だなと思ったら、あの凛々《りり》しい若武者の笑顔が目に浮かんだ。今頃どうしているだろう。切ない恋しさが胸を締めつけた。そんな想いなど知ったことではない女たちが、エミシ訛りの発音を聞いて吹き出した。

「聞いたかい。この女にかかると将軍も形《かた》なしだ。アカタマリだとさ。汚い名になったものだ！」

女たちがあんまり笑い転げたので、とうとう奴隷頭《ヤトゥコガシラ》から大目玉を喰らった。以後、征夷将軍は下々《しもじも》の間ではアカタマリという綽名《あだな》になり、クソマレは妙な人気者になった。

「今度の征討軍には、どういうわけか将軍が二人いるんだ」と、あの丸ぽちゃ女が教えてくれた。

「ほれ、向こうで部隊を指揮している人。あれが鎮狄《ちんてき》将軍、従五位上・阿倍朝臣駿河《アべのアソーミスルガ》さま」

「頭の上の赤い羽飾りは何だ？　カケ（鶏）の鶏冠《とさか》みたいだな。顔は狸だ。カケタヌキだ」

この言葉に小女《こおんな》が、雌鳥《めんどり》のようにケーッケケケケーッと笑った。

「あのお方は立派なお家柄なのに運がなくてね、今までろくな官職にありつけなかったそうよ。今度お前らエミシが暴れて、按察使を殺した。帝《ミカド》は仰天して、その日のうちに征討軍を発したんだとさ。ところがさ、今遠い南の果ての薩摩《サトゥマ》の国とその隣りの大隅《オポスミ》の国でパヤート族の反乱が起きていてね、主な軍人が出払っている。それで暇を持て余しているあの御仁に白羽の矢が立ったらしい」

「あんな目立つ恰好をしていたら、エミシの毒矢に狙われて真っ先に殺されるぞ」

「やっと巡って来た出世の機会で、張り切ってるのさ。何しろチビだろ、何とか目立ちたくて、冑《かぶと》は縦長にして、天辺《てっぺん》に赤い羽を飾り立ててさ、沓の底には桐の板を敷いて、三寸ばかり高くしているんだってさ。だから走ると時々転《こ》ける」

聞いていた女どもが、また腹を抱えて大笑いした。渋面の奴隷頭《ヤトゥコガシラ》まで、つられて苦笑いした。

アカタマリの下には副将軍・下毛野石代《シモトゥケヌ・イパシロ》がいる。下毛野国《シモトゥケヌのクニ》の在地豪族で、エミシ語も話せる。小太りで穏やかな顔つきだ。美食家で酒好きで、小便が近い。常に竹筒に水を入れて持ち歩き、しょっちゅう水を飲んでは厠《かわや》に通う。洗濯女の話では、彼の褌は葡萄葛《エビカドゥラ》のような甘酸っぱい臭いがするという。

ある時、小用で厨房を出ていた女奴隷《メヤトゥコ》が口を押さえて駆け戻って来た。

「今ね、イパシロさまがね」と、笑い涙を拭いながら言う。「役所から飛び出して来たんだ。両手で前を握り締めて、裏に駆けて行く。急に変な声を上げて立ち止まったらさ、袴がびしょびしょになって、裾から湯気の立つ尿《ゆ》がダラダラ流れてくるのよ。あたしゃ、おかしくておかしくて、死にそうだったわいな」みんなが吹き出した。カリパは大まじめな顔で言った。

「イパシロはいつも水ばかり飲んでいる。あれではユパシル（＝尿迸《ユほとばし》る）」

大爆笑と共にこれも国府中の評判になり、「ユパシルさま」という綽名がついてしまった。

奴隷頭《ヤトゥコガシラ》もおかしそうに笑っていたが、こんなことを言った。

「気を付けろ。将軍さま方の陰口を叩いているのが聞こえたら、首が飛ぶぞ。今朝な、新兵の調練があった。担当は張り切り屋の鎮狄将軍《ちんてきしょうぐん》。カケタヌキなどという変な綽名ばかりは知れ渡っているから、兵は馬鹿にして、気合いが入らない。よそ見はする。私語は多い。走れと言っても走らない。時に兵の一人が勝手に列を離れて小便をした。さあ、将軍が怒った。軍律に背いたとして、その場で首を刎ねた。これには皆、震え上がって、それからは一糸乱れぬ行動を取るようになった。あのお方は恐ろしいぞ。特に、クソマレ、お前は気を付けろ」

そんな矢先、青い布を首に巻いた甲冑の兵が二人、厨房に入って来て、大きな声で言った。

「クソマレはおるか。征夷将軍閣下のお召しである。ついて来い」

厨房が凍りついた。

17　巨大な墓

葉の落ちた林の中の分かれ道で、イレンカシが訊ねた。

「マシャリキン、ライカムイ（死神）のポロトゥシリ（巨大墳墓）に行こう。知っているか」

「存じません。ずいぶん不吉な名前ですね」

そこからざっと二十里（約十・七キロ）行くと、ニタットル川を越えた先に丘が見えた。南の連山から東に伸びる丘に、水濠を巡らす巨大な塚がある。南西の端は長方形に土を盛り上げ、斜面に水平の段が二つ走り、赤褐色の埴輪《はにわ》の円筒が並んでいた。他端は半球形で、水平に三つの段が囲む。塚全体は百六十八メートル。全体が白っぽい葺石《ふきいし》で覆われ、日光を反射して光り輝いて見える。

「二百年ほど前のことだ」と、師匠が水濠のほとりに腰を下ろして、語り始めた。「ここに大きな村落《コタン》があり、広い水田を拓《ひら》いて豊かに暮らしていた。やがてこの田は俺のだ、こっちは俺の土地だという意識が出てくる。田に引く水も争いの種になる」

「土地も水も、それ自体が尊いカムイです。人間の持ち物とすべきではないでしょうに」

「そんな考えは欲の前で消える。喧嘩に勝った者が負けた者の田畑を奪い、負けた奴は奴隷《ヤトゥコ》にされた。首長《シャパ》は村落《コタン》全員のチャランケで決めるのが仕来たりだったが、喧嘩の強い奴が首長《シャパ》になり、その地位を息子が継ぐ。村落《コタン》同士でも土地と水争いが始まり、互いに殺し合う戦《いくさ》が絶えなくなった」

「ウェイサンペの頭《かしら》、ポロモシルンクル《この国の大いなる者》の勃興ですね」

「この馬鹿でかいトゥシリ（墓）に葬られているのは、ニタットルの野からクリパルまでを支配した首長《シャパ》だ。我々には古来、苦しむ人、悩む人を救うための癒し人《トゥスップ》による神聖言霊術《カムイオロイタック》がある。これを悪用し、この時代に発達したのが呪い人《アシトマップ》の妖術だ。赤蛇《フレトッコニ》の術もそうだ」

「歴史叙事詩《ユーカラ》が教えます。圧制を撥ねのけようとして人々がヌペッコルクル（光を運ぶ者）となり、ポロモシルンクルを倒して闇の世を明るくしました。エミシ族は、昔のようにすべての人がチャランケに参加して村落《コタン》の首長《サパ》を決め、首長《サパ》たちがその地方の大首長《サパ》を選び、大首長《サパ》たちの選ぶ指導者が全国土《モシリ》の世話をするポンモシルンクル《この国のいと小さき者》です。己を大いなる者とする者は滅び、己を低くする者こそが尊いからです。ゆえにポンモシルンクルがどこの誰か、大首長《サパ》たち以外は知らないし、知るべきでもない」

「そうだ。エミシモシリ最大の巨大墳墓《ポロトゥシリ》のあるじは滅び、今は死神《ライカムイ》の墓《トゥシリ》と呼ばれている」

二人は旅を続け、更に北に十九里（約十キロ）行った。同様の巨大墳墓《ポロトゥシリ》があった。水濠が取り巻く土盛りで、雑草と藪に覆われていた。トゥーミ（戦《いくさ》）の巨大墳墓《ポロトゥシリ》というそうだ。

「この塚のできた時代にヌペッコルクルが蜂起し、このあたりは激戦場だったので、この名がある。我こそはポロモシルンクルたらんとする豪族どもが、戦に明け暮れた時代だ」

「でも闇の世に光が戻り、人々は誰からも束縛されず、貢ぎ物を求められることもなく、伸び伸びと暮らし、すべての揉め事や問題はチャランケによって解決する世になりました」

「マシャリキン、所詮ユーカラは切ない憧れなのだ。お前のふるさとは、天険に囲まれた天然の要害で、外敵の侵入を経験したことがないから、夢と現実を混同している。だがな、お前たちが平和な暮らしを楽しんでいる間に、南から強大な異民族のポロモシルンクルが攻めて来たのだよ」

初冬の空に雁が鉤型《かぎがた》に連なって飛んで行く。馬上のイレンカシがその日は多弁だった。

「はるか南のヤマト地方に、豊かなエミシの国があった。首長《シャパ》はナンカスネピコといった。ある時、飢えた流れ者の小部族がやって来た。その首長《シャパ》はニンキパヤッピ。太陽神《チュップカムイ》の子孫と称した。ナンカスネピコは彼らを温かく迎え、妹を嫁にやったほど仲良くなった。そこにやはり太陽神直系の子孫と名乗るイパレピコという流れ者が自分の部族を連れてやって来て、この国は自分のものだと無茶を言った。ヤマトの西の入り江に上陸して攻め寄せたが、打ち負かされた。すると今度は、東の山脈を越えて侵略した。決着がつかないので、寄せ手が和睦を申し入れた。争いの嫌いなナンカスネピコはこれを受け、仲直りの宴《うたげ》を催した。酒が回ったところで、あらかじめイパレピコと示し合わせていたニンキパヤッピが、酔っているナンカスネピコとその一族を殺した。彼らは漂泊の部族だったから、国としての名もない。そこでヤマトという国の名も奪い、己の名前もカムイヤマトイパレピコとした。これがウェイシャンペの建国だ。その悪辣さの故に邪悪な心《ウェイシャンペ》と呼ばれたが、連中はこれに『倭燦幣《ウェイシャンペ》』の文字を当て、蛮族が自分たちに奉った尊称だとして、悦に入っている」

「恥を知るべきだ！」と、熱血青年は吐き捨てた。同時に腹部に不快な蠕動《ぜんどう》を感じた。

「彼らの『古事記《ふることのふみ》』には、凄まじい悪行と偽計が自慢たらたら書いてある。たとえば、彼らの英雄ヤマトタケルがウォーウスと呼ばれていた若い頃、父の命《めい》でクマソの国を奪《と》りに行った。クマソでは二人の兄弟が国を治めていて、住まいの新築祝いをしていた。ウォーウスは髪を解いて女装し、宴に潜り込み、兄弟に近づいて媚を売り、寝室まで入り込んで、兄の胸を刺して殺し、逃げる弟の尻を刺して殺した。弟は彼の武勇を讃えて、死に際にヤマトタケルという尊称を奉った……」

「そんな卑劣な犯罪が武勇ですか？」

「彼らはこうして近隣の国を次々と滅ぼし、ピタカムイと呼ばれた広い領域の南半分を征服し、国号を大倭日高見《オポヤマトピタカムイ》の国とした。裏切り、騙し討ちは、彼らにとって誇るべき手柄なのだ」

むかむかと腹が立った。いきなり腹がグルグルと鳴って、強い便意を催した。

「師匠《ニシパ》、すみません。そんな糞みたいな話を聞いたら、俄《にわか》にオソマ（排便）をもよおしました。イパレピコもヤマトタケルも、わたしの腹の中で糞になったみたいです。ちょっと失礼します」

師匠が腹を抱えて大笑いした。

「いいぞ、ウェイシャンペの大王も英雄も糞みたいなもんだ。思いっきりひり出《オソマ》してこい！」


東はシナイの野だ。数多くの川が蛇行し、水田が点在し、灰色のシナイトー大沼が静まっていた。それを見たら、カリパの輝く笑顔を思い出した。世話好きで、明るくて、お転婆なあの娘が、あの大沼のほとりで自分を待っている。愛馬の首の赤い帯は、彼女の優しい愛の印だ。瀕死の自分を抱き、一所懸命に介抱してくれたあの娘。会いたい！　涙が滲んだ。

「……オンネフルに行きたいか？」イレンカシが、その気持ちを見抜いたようだった。

「お許しがあればすぐにでも」

「気の毒に、の。だがここから東へは行けない。お前には、エミシ族全体の命運にかかわる秘密を敵に漏らしたという嫌疑がかかっている。ケセ衆《ケセウンクル》がまずお前の命を狙おう」と、師匠が箙《えびら》から一本の鏑矢《かぶらや》を取り出して言う。「これは、お前を捕らえた野盗がウカンメ陣地に射込んだ矢だ。矢柄の文字の意味は……マシャリキンは我が手の内にあり。守りたくば、虜《とりこ》を放て」

「虜とは誰のことです？」

「ムランチの次男イシマロのことだ。盗賊は、お前とイシマロを交換しろと言って来たなだ」

「それでヌペッコルクルはどうしたのですか」

「ケセの首長《シャパ》が猛反対し、配下のヤパンキ軽騎兵とともに出撃したが、取り逃がした。《摩沙利金》の文字は音としてはマシャリキンだが、意味は『砂《いさご》をさすって黄金《コンカネ》を儲ける』だ。黄金《コンカネ》とはお前たちがヌペック（光）と言っている、あの聖なる光る砂だ」

「我々の極秘事項です」

「わしの知る限り、黄金《コンカネ》はケセとその周辺でしか見付からない。これはこの世で最も貴い宝で、国々の王は夢中でこれを欲しがる。ウェイシャンペは、この国に黄金《コンカネ》が産することをまだ知らない」

「知ったら大戦《おおいくさ》になりますね」

「『摩沙利金』という文字からは、連中がこの秘密を嗅ぎつけているぞという意味が読み取れる。お前の名にわざわざこの文字を当てたのは、秘密を漏らしたのはお前だと言っているに等しい」

あまりの驚きで声が出なくなった。

「ケセウンクルが取引に応ぜず、遮二無二攻めたのは、お前が殺されても止むを得ぬ、いや、むしろ殺されて口を封じられたほうがいいと思ったからだ。今、オンネフルに戻れば、殺されるぞ」

「そんな馬鹿な！　わたしは裏切り者ではありません」

「証拠がない。呪い人《アシトマップ》にかかれば、どんな秘密も隠しおおせられるものではない」

「首領《オンニ》もそう思っているのですか」

「彼こそ最も疑っていよう。結局、持て余した野盗はお前をルークシナイに捨てて行った」

驚愕と絶望で、マサリキンの心は闇になった。

「師匠《ニシパ》はオンニとは親しいのですか」

「若い頃からの戦友だ。十二年前のイデパの大戦《おおいくさ》の時にも、わしらは轡《くつわ》を並べて戦った。奴は人当たりがいいからみんな騙される。お前もその口だが、いいか、憶えておけ、あいつは、いざとなると平気で友を捨てる。モーカムイの戦《いくさ》で敵中に孤立したわしの部隊が危うかった時に、奴は遠くで高見の見物、わしを見捨てた。わしを助けてくれたのは、突然戦場に現われた黒鹿毛《くろかげ》に乗った戦士での、それが驚くべき技で敵将の首を馬に食い破らせて、敵軍を壊滅に追い込んだなど。彼はその儘、戦場から駆け去り、どこの誰かもわからないが、噂ではケセの戦士だったという」

それはトーロロハンロクを育てた名調教師、叔父シッポリの若き日の姿に違いないが、それについては黙っていた。叔父自身が黙っている以上、自分の口から憶測を語るべきではない。

だが……、信頼するオンニが自分を疑っている！　しかも師はオンニを信用できないと言う。自分を捕らえた盗賊は、妖術で朦朧状態の自分からケセの秘密を聞き出し、この矢文を書いたのか。

「師匠《ニシパ》は、わたしのことをどう思っていらっしゃるのです？」

「あの時、お前を弁護したのはわしだけだ。わしの側《そば》以外にお前の居場所はない」

「師匠《ニシパ》は、なぜわたしを助けてくださっているのです」

「『ピラヌプリの丘で、かのマシャリキンの歌った歌』……。あの見事な叙事詩こそお前の魂、エミシの宝だからだ」

イレンカシはそう言うと、いずまいを正し、朗々と歌い始めた。

鼠色の空に稲妻が走る
雨の滝が降り注ぎ
風が樹木をなぎ倒し
河は逆巻き、陸《おか》に溢れる
天地は嘆きの闇に沈む
生きとし生けるものは
恐れの中に悲鳴を上げる
汚された大地を清めんと
すべての水がその境を越え
緑だったモーヌップの野に
赤く濁った水が渦巻く
おお、ピタカムイ
大地を引き裂く怒れる河よ
何ゆえにお前は
かくも激しく
すべての野を飲みつくし
すべての丘を砕いて
荒れ狂うのか
逆巻く泥の波の向こうに

見よ、ヌペッコルクル
沈み行く邪悪の砦を
崩れ行くウェイシャンペの城を
今、我らが神が戦う
嵐を従え、洪水に跨がり
雷鳴の叫びを上げ
稲妻の剣《つるぎ》をかざし
見よ、ヌペッコルクル
ピタカムイの大河が戦う
ウェイシャンペ、邪悪な心
人の幸せを嫉み
人の自由と尊厳を憎み
ただ己の欲だけを
暴力と策略によって
追い求める者
虐げられ、押し潰された者の
涙が天地《あめつち》に満ちるとき
我らが母なるピタカムイは
怒りに燃えて立ち上がる

見よ、ヌペッコルクル
赤く濁った怒りの水を
死と破壊がモーヌップの野を覆う
戦いに倒れた者の魂が
ピタカムイの胸に抱かれて
今、神々の国《カムイモシリ》に戻り行く
悪の砦は波に沈み
ウェイシャンペの城は
永遠《とわ》に滅びる
そして、我々は知っている
すべてを破壊した
洪水の去った後
大地は肥沃な泥土に覆われ
ピタカムイの恵みが全地に満ち
七色の虹の下
人はまた
繁栄と平和と自由を楽しむ
竈には暖かな火が燃え
娘たちは裳裾を翻して踊り

若者は青空の下で歌う
老人は心静かに感謝の木幣《イナウ》を削り
産土の神《コタンコルカムイ》の恵みのもと
大地は麗しく
花の装いを楽しむだろう

ピラヌプリの情景が目に浮かんだ。大嵐で大河が氾濫し、濁流が上流からあらゆるものを運んでくる。流木、人家の屋根、人や馬の溺死体。あの絶望的状況の中で、力の限りに歌った歌だ。

「全滅寸前の我々が勝てたのは、孤立する丘で飢えに苦しみつつ歌い続けたお前の歌の力だ。敵将を討ったのもお前だ。お前は我らの若き英雄、希望の光、勇気の源だ。しかし、今の我々の力では侵略者を撃退することは不可能だ」

「どうしてですか」

「エミシの人口がどのくらいか、知っているかの・」

「知りません」

「数える手だてもない。一方、帝国の人口は六百何十何万何千何百人なにがしと、帝《ミカド》は即座に答えられる」

「六百万もですか！」

「そうだ。こんなことがわかるのは、一万人もの官人《クァンニン》が全人民を管理しているからだ。帝《ミカド》はこれを意の儘に動かせる。ある時、官人《クァンニン》がやって来て、この村の者は総てミティノクに移住せよと命じたとする。村人は先祖代々の郷里を離れ、辛い長旅をして、原野に放り出される。費用は自弁。土地を開拓し、村を造る。逃げれば軍隊に殺される。こういう仕組みが徹底しているから、兵の一人一人は弱いのに、帝国は強い。エミシ一人で奴らの十人分強くとも、次から次に攻め寄せる大軍の前には、力尽きる。エミシの数は欲目でも五十万。戦士は精々十五万。それがこの広大な山野に散らばっている。一万人を集めるのも至難の業だ。一人一人がいくら強くても、数には勝てない」

「どうしたらいいのでしょう」

「今の体制では無理だ。モーヌップの戦《いくさ》で苦労していた時、周辺部族からの援軍の遅かったこと。あれは負ける戦だった。それが、予期せぬ出来事で勝った。飢えてフラフラのお前が痩せ馬に跨がり、狂ったような突撃をして敵将を討った。ありえぬ大まぐれだった」

「あれこそ我らが守護神ピタカムイの御加護です！」

「カムイを引っ張り出すな。カムイが迷惑する。戦はあくまで人の仕業だ」

師匠が渋い顔をした。……まぐれか……グサリと胸に突き刺さる冷たい一言だった。

18　レプンカムイ島

ウォーシカ半島の南端に、狭い瀬戸を隔てて、レプンカムイ島がある。セタトゥレンは子供の頃からよくこの島に暮らす伯母オコロマの許で暮らした。島の住人は伯母だけ。呪い人《アシトマップ》の住む島なので、人は恐れて近寄らない。南の岬に庵《いおり》がある。子供の頃から「おばちゃん」と呼んで親しんでいる中年の女奴隷《メヤトゥコ》フツマツが侍女として付き添っていた。

「伯母さまはマツモイテックの首長《サパ》の姉《あね》さまです。若い時は、それは美しいお方でした。男たちが目の色変えて言い寄って来ましたよ」と、修行の合間のお喋りに、「おばちゃん」がこっそり教えた。

オコロマの目鼻立ちには確かに往昔の美貌が窺える。だが今は、白かった肌には強い海辺の紫外線で焦げた無数の皺が刻まれ、灰色の蓬髪と爛々たる眼は妖婆という表現こそがふさわしい。

「そんなにもてたのに、どうして伯母さまは独身の儘なの?」

おばちゃんはまわりを確かめて、声を潜《ひそ》めた。

「伯母さまにも胸をときめかせる素敵な方がいたのですよ。でもね、姫さま、これは内緒ですよ。伯母さまにも決して言ってはなりません。でないと、わたしは呪い殺されます」

「まあ、怖い！　誰にも言わない。呪い人《アシトマップ》は忘れることがないし、その呪いを受けたら、助かる人はいないわ。伯母さまは怖いお方よ」

「昔、このウォーシカ半島は、癒し人《トゥスップ》にとって、ノンノヌプリの霊山に並ぶ聖地でした。あの頃はマキ部族とマツモイテック部族とがまだ仲違《なかたが》いしていず、マキの術者の指導を受けにあちこちから癒し人《トゥスップ》志望者が集まってきていましてね、悪霊《ウェンカムイ》を祓ったり、悲しみや失望の余り心を病む人を癒す神聖言霊術《カムイオロイタック》の修行をしていたものです。その中にラチャシタエックという優秀な青年がいました」

足下で大波が岩に砕ける音がした。

「オコロマさまも、先々代のマキの指導を受けて、修行に励んでおられました。優れた才能をお持ちで、当時ラチャシタエックと並ぶ双璧《そうへき》と言われたものです。オコロマさまはあの男に恋をなさいましてね、端で見ていても涙ぐましいほど夢中でした。でも残念ながら、彼は妻子持ちでした。夫婦は仲が良くて、男はオコロマさまには見向きもしませんでした」

「それは悲しいわね。伯母さまは忘れることができなかったのね」

「呪い人《アシトマップ》は忘れるということがないから呪い人《アシトマップ》なのです。諦め切れないオコロマさまは、神聖言霊術《カムイオロイタック》の秘技に手を加え、男を恋の虜にする術を工夫し始めました。神聖言霊術《カムイオロイタック》は人の心を操る術ですから、一面ではとても危険なのです。試みてはいけない禁じ手が沢山あります。でもオコロマさまは男恋しさにその掟を破って、何とかして相手を御自分への恋の虜にしようと、秘術を工夫なさいました。終《つい》には通りがかりの男を誘い込んでは術をかけて技を練り上げました。このため何人もの男が狂い死にました。こうしてオコロマさまは呪い人《アシトマップ》になったのです」

「それがホエキマテック（色情、淫欲）の術ね」

「これが露見して、オコロマさまはマキから破門され、この島に幽閉されました。あの瀬戸を渡ろうとすると恐ろしい幻覚に襲われて金縛《かなしば》りになり、島から抜け出ることができなくされました。マツモイテック衆とマキとの仲が悪くなったきっかけがこれでした」

「でも今は、平気で島を抜け出しているわ」

「伯母さまは優れた呪い人《アシトマップ》です。何年もかけて、瀬戸を封じる金縛《かなしば》りを破る工夫をなさいました。つれない男への復讐のためです。ついに島を抜け、妖術であの男の妻を殺しました」

「それ、どんな術なの？」

「これにかかると、舌がひっくり返って喉を塞ぎ、息ができなくなって悶え死ぬそうです」

「凄まじい術ね！　わたしもぜひ身に着けたい！」

「おや、伯母さまがいらっしゃいましたよ。姫さま、今の話は内緒ですよ」

断崖を斜めに切った急坂を登って、数匹の魚を魚籠《びく》に入れたオコロマが戻って来た。

「釣りをしながら思い付いた。今日はお前にトゥレンカムイ（憑き神）を一つ憑《つ》けてやろう」

凹んだ眼窩《がんか》の奥に妖気を孕む目が光る。ゾッとするような眼光だが、若い女弟子の目にはこの上なく魅力的に映る。わたしもこんな素敵な目を持ちたい！

オコロマが言う。

「人には憑き神《トゥレンカムイ》が憑いている。人の性格や行動は、憑き神《トゥレンカムイ》に影響される。憑き神《トゥレンカムイ》は一つとは限らない。生まれつき憑いているものと、後から取り憑くものとある。お前の憑き神《トゥレンカムイ》はセタ（犬）だ。ゆえに名はセタトゥレン（犬神憑き）。わたしが名付けた。お前の残忍さ、執拗さ、強烈な独占欲は犬神の性格の反映だ。生まれた時からお前を見ているが、お前には人並みはずれた記憶力がある。一度見たこと、経験したことをいつでも目の前に再現できる能力だ。だからお前は執念深く、ものごとを忘れることを知らない。こうした性格は呪い人《アシトマップ》にとって最高の資質だ。だが、お前の憑き神《トゥレンカムイ》は強すぎて、他の憑き神《トゥレンカムイ》を寄せ付けない。だからお前は人に好かれない。父親にまで嫌われる。そこでお前にもう一つの憑き神《トゥレンカムイ》を取り憑かせてやろう」

「どんな憑き神《トゥレンカムイ》です？」

「お前の兄、コムシの死霊《ライカムイ》だ。あの男は性格が単純過ぎて呪い人《アシトマップ》には向かないが、残忍凶暴な悪者のくせに妙に人に好かれるところがある。お前の父親ムランチも、うすのろの馬鹿男レサックも、そしてお前も、コムシにはめろめろだ。お前の不足を補う最強の憑き神《トゥレンカムイ》だ」

オコロマの指先から青白い閃光が発し、甲冑を纏《まと》った人の形になった。驚いたことにその首が半分ちぎれ、左肩の上に横向きになっていて今にも落ちそうなのを、左手で支えている。

「お兄ちゃん！」夢中で叫んだ。体がすくんで、動かせない。その間にもオコロマの呪文が続く。ちぎれかけた首の、破れた気管の隙間から息の漏れる音がして、横倒しの青白い顔が答えた。

「久しぶりだな、マタパ（妹）。俺はこんな姿になってしまった。伯母が俺をお前の憑き神《トゥレンカムイ》にしてくれると言うので、真っ暗で退屈な墓の玄室から出て来たが、お前に取り憑いてもいいか？」

「勿論よ、お兄ちゃん。わたしを本当に可愛がってくれた兄弟はお兄ちゃんだけよ。お兄ちゃんと一緒なら、何も怖くはないわ。一緒に敵《かたき》を討ちましょう！」

「よく言った、いとしい妹《マタパ》。ではこれから俺たちは一心同体だ」兄の姿がぼやけて霧になり、セタトゥレンの鼻の穴から吸い込まれた。一瞬、自分の中にもう一人の人格がいるのを感じたが、その気配はたちまち霧のように消えた。

「コムシはお前の後ろに下がった」と、オコロマが言った。「必要な時に呼べば、いつでも前に出て来てお前と入れ替わる」

「お兄ちゃん」と、セタトゥレンは心の中で兄に呼びかけた。

「おう、マタパ。俺はいつでも此処に居るぞ」

「わたし、寂しかったの」

「わかる。幼い頃は、父上はお前を猫可愛がりして、何時も膝の上に抱いていたからな。それが新しい妾が来る度に、だんだん母さんもお前もほったらかしにされた。俺は嫡出の兄貴たちのように頭は良くないが、暴れ者で、父上のお気に入りだった。一方、お前は女だからアッコチ（魚の尻尾＝役立たず）扱いで、女奴隷《メヤトゥコ》のフツマツに預けられっぱなしで育った。寂しかっただろう」

「イウォタリ」と、笑顔で手を振って、若者の名を呼んだ。

「姫さま！」と、若者の声が弾む。

「待っていたのよ、イウォタリ」と、男の耳元に柔らかい息を吹きかけ、甘く囁いた。若い男に抵抗不能の欲情が燃え上がるのが見える。「目を瞑《つむ》って。その儘、動かないでね」

手にした木の枝で彼を撫でた。術下の男は、それが彼女の手だと思っている。興奮の極にある男が、両手を広げて目の前の美女に抱きつく。分身《ナシネン》の帯が解け、熱く柔らかい女体が絡みつく。現実はすべて幻だ。朽ちた枯れ木を抱いた男が、彼女の足下で恍惚として喘《あえ》いでいる。

「その調子だ。今日は最後の仕上げだ。長丁場になるぞ」と、オコロマが言う。

砂の上の若者が、朽ち木を抱きしめて喘ぎ、呻き、際限もなく全身を震わせ続ける。

「ここまで来た男は途方もない快楽の渦に呑まれ、恍惚の中で死ぬ」と、呪い人《アシトマップ》が言った。

「いくら何でも殺すのは可哀想です。わたし、目覚めさせてやります！」

砂の上で快感に震える男を抱き起こそうとした。伯母が棒で姪の手を打ち、腰を蹴飛ばした。

「触るな！　今この男に触るのは命取りだ。男は視覚に関しては鋭敏で、視覚からの刺激が色情に直結する。その強さは女の及ぶ所ではないが、触覚については鈍感だ。女は全身が鋭敏な触覚の塊だ。体に触れたものは女の心の奥底に響く。この男の体に触ると、こいつの味わっている快感を直接肌に感じ、お前は抵抗できなくなる。もう一つの弱点は嗅覚だ。男の発する恋の匂いがお前を蕩《とろ》かし、お前は既に負けそうになっている。袖で鼻を覆え！」

砂の上の男が手を差し伸べた。切ない恋の眼差だった。その強烈な恋の匂いに抗えず、伯母をはねのけ、男に身を投げかけようとした。凄まじい気合いと共に女弟子は石のように固まった。オコロマが大きな石を両手に持ち上げ、下人の頭に叩きつけた。潰れた顔の口と鼻と耳から夥しい血が流れ、激しい痙攣が来て、男が息絶えた。呪い人《アシトマップ》が死体の両足を握って石浜の上を引きずり、海に捨てた。海峡の潮の流れに乗り、哀れな男の死体は一条《ひとすじ》の血の条《すじ》を引いて、東の大海に消えた。

「見たか、セタトゥレン。色情《ホエキマテック》の術の力は、相手に触れば己に向かい、己を滅ぼす。お前は自ら仕掛けた色情《ホエキマテック》に溺れ、男に抱きつこうとまでした。この役立たず女《アッコチ・メノコ》！　もしあの時、金縛《かなしば》りにしていなかったら、お前は愛欲の中に正気を失い、腐りゆく骸《むくろ》を抱いた儘、死んで行ったのだぞ」

若き呪い人《アシトマップ》はビクリと痙攣し、崩れるように膝を突き、焦点の定まらぬ目で呟いた。

「そうだ！　母と兄と按察使様《アゼティ》の憎い敵《かたき》をこの手で殺す。忘れ得ぬこの憎しみこそがわたしなのだ。わたしは魚の尻尾《アッコチ》ではない。復讐のセタトゥレンだ！」

「それでよい」と、師匠が呟いた。「後は実戦で鍛える。島を出るぞ。目指すはあの三人組だ」

海峡の波頭から白い風巻《しまき》の飛ぶ寒い日、血の臭いの残る浜辺から、黒衣の魔女が二人船出した。

19　洞窟の秘義

ノシケヌップの野に小雪が舞い始めていた。イレンカシが、マサリキンの目を見つめて言う。

「お前の手柄をけなすつもりはない。だが、はっきり言っておく。あれは大まぐれ。まぐれは二度は起きない。口惜しいが我々もウェイシャンペに学び、新しいポロモシルンクルにならなければならぬ。力には力で対抗し、劣る部分は知恵と技とで補う。わしは誰からも武術を習ったわけではない。

すべて戦の中で敵から学んだ。どうすれば痛い目に遭うか。どうすれば痛い目に遭わずに済むか。すべて敵との戦いの中で命がけで学んだ。忘れるな。敵こそお前の師匠だ。反対に、味方はお前を甘やかし、油断させ、裏切り、破滅に導く。味方に気を許すな。

　マシャリキン、お前と手を組みたい。お前はただ歌が巧いというだけの男ではない。お前はそれ以上のものだ！　お前には詩人としての才能がある。お前の言葉には言霊《ことだま》の力が籠もり、聴く者の魂を奮い立たせる。この力を以てエミシ族をウェイシャンペ帝国に負けぬものに育て上げたい。わしとお前で、新しい真に偉大なポロモシルンクルの国を作ろう！」

「大まぐれ」、「オノワンクは平気で友を見捨てる」、「味方に気を許すな」と言われた言葉が鳥兜《とりかぶと》の毒のようにマサリキンの心を腐らせていた。この辛い葛藤から抜け出す道はただ一つ、新しい夢を育てることだと思った。古い価値観を捨て、ポロモシルンクルの傲慢を打ち倒したポンモシルンクルの心を抱きつつ、両者を合わせた新しい理想を打ち立てる。大《ポロ》にして小《ポン》、小《ポン》にして大《ポロ》、ポンポロモシルンクル！　そうすれば、たとえ自分を裏切り者と呼ぶ者があったとしても、それに負けない自分を作り上げることができそうだ。

「マシャリキン、これからお前をポンモシルンクルに会わせてやる」

「会えるのですか！」

「勿論だ。ただし、絶対にとは言わぬが、滅多な者には話すな」

　ウェンナイ川沿いの道を逸れて、深い山襞に入った。しばらく行くとその小道も途絶えた。馬を下り、道なき林に分け入った。渓流のほとりで足を止めた。夕方で、谷間は暗くなり始めていた。

「馬はここに置こう。ここから先は獣道《けものみち》だ」

岩だらけの急峻な沢を登ると、垂直にそそり立つ灰色の断崖が行く手を阻んだ。

「崖の中ほどに小さな穴が見えるな。あそこから入る」

「わたしは平気ですが、師匠《ニシパ》は大丈夫ですすか」

「若造《オッカイポ》、わしを年寄り扱いする気か」

イレンカシは防寒布で水や食糧を包み、綱で腰に縛りつけ、わずかな岩の出っ張りに手足をかけて、スルスルと垂直の岩の崖を登って行った。何度も上り下りして、道筋をよく心得ているらしい。

「何をしている。早く来い」

イレンカシの登った後を慎重に登った。岩棚の奥に、洞窟が口を開けていた。

「長丁場だ。多分明日までかかる。洞穴《ほらあな》は音が響く。音も声も立てるな」

四つん這いになって潜り込む狭い穴の奥からかなり大勢の声が聞こえた。

「覗いて見ろ。エミシモシリの大首長《シャパ》がただ」

暗く大きな空洞の底を見下ろすと、十二人の男が車座になって火のまわりに座っていた。彼らは何かを熱心に談合している。一人が意見を述べている間は他の者はひたすら傾聴し、口を挟まない。話が終わると、一同はその場に立ち上がり、大声で唱和する。その声が洞窟に響き渡る。

ポンモシルンクル
我らがうちに来たりたまえ
人は誰もまったき者なし
真心を尽くし、知恵を尽くし

善かれと願って力を尽くす
されども悲しきかな
人、この世に生まれてより
いまだかつて瑕《きず》なき者なく
偏《かたよ》らざる者なく
過《あやま》たぬ者あることなし
されば、ポンモシルンクル
来たりて我らを助けたまえ
ここにある我ら
それぞれに真心もて集い
善かれと願いて力を尽くすも
人それぞれの心の思いは
等しくあるべくもなし
もし等しく見ゆるなら
そは必ずや邪《よこしま》なる者の
悪しき力によるなり
されば、ポンモシルンクル
来たりて我らが心を結び
我らが思いを溶け合わせ

すべてを活かし、すべてを支え
大いなる力となしたまえ
黒は白を活かし
闇は光を活かし
偽りは真《まこと》を活かし
死は命を活かし
悪は善を活かし
互いに支え活かして
大いなる知恵に導きたまえ
ポンモシルンクル
光を我らに！

「不思議な言葉ですね」

「初めて聞いた時には、わしも驚いた」

朗誦が止むと次の順番の男が、延々と自分の意見を開陳する。節をつけて吟じるように述べてゆく。次第に夜が更け、いつの間にか眠っていた。不意に揺すり起こされた。

「目を覚ませ。ポンモシルンクルのお出ましだ」

下の洞窟では意見交換《チャランケ》が終わり、あの朗誦が始まっていた。全員が焚き火のまわりに立ち、肩を組んで円陣を作り、大音声《だいおんじょう》を張り上げている。それがピッタリと息が合い、まるで一人の人間が歌っているように揃っている。拍子を取って大地を踏む音が力強い。

「ポンモシルンクルが降った！」と、イレンカシが囁いた。目を凝らしたが、あの十二人の他に人はいなかった。人々の声がピタリと揃い、まるで一人の人間が話しているように話し出した。

「ウェイサンペ・ピリカサンペ・アウタサレ！」

「ウェイサンペ・ピリカサンペ・アウタサレ！」

そして一切が終わった。洞穴は物音が絶えて静かになった。

「ポンモシルンクルはお帰りになったようだの」

「どこへです？」

「まだわからないか。ポンモシルンクルはどこにでもいる」と、師匠は謎のようなことを言った。

「これからどうするのですか？」

「大首長《シャパ》がたはお疲れだ。しばらく眠る。わしらは帰ろう」

後ろずさりに狭い洞穴を出た。天空には上弦の半月が懸かっていて、崖を白く照らしていた。

「わしはこの崖に慣れている。お前は初めてだし、登りより下りが危ない。用心のためにこの綱をお前の腰に結ぶ。わしはお前が下に降りるまで、この綱を持ってここにいる。さ、先に行け」

師匠が命綱を弟子の腰につけ、一方の端を大岩に引っかけてその端をしっかり持って支えた。足下がよく見えないので、何度かずり落ちそうになったが、無事に降り立った。綱を引いて合図をすると、師匠がスルスルと降りて来た。よほど何度も上り下りしているらしい。

「師匠《ニシパ》、ずいぶん慣れておられますね」

「何度も来ているからな」

「不思議な儀式でした。でも、ポンモシルンクルは見えませんでした」

「お前の目玉には見えぬ。わしにも見えぬ。ただその声は、はっきり聞こえたはずだ」

「ウェイサンペ・ピリカサンペ・アウタサレ！　ですか？　あれはどういう意味です？」

「……ウェイサンペをピリカサンペに変える。邪《よこしま》な心を善き心に変える。ウェイサンペ族を我々と共に住む新しい仲間、エミシ同化民《ピリカサンペ》に変える。ウェイサンペ族の心を善い心に変える……」

「ま、歩こう」弦月《げんげつ》に照らされた道を戻った。馬が待っていた。「今夜はここで野宿する」

山の斜面を覆う落ち葉を集めて分厚く敷き詰め、防寒布に包《くる》まって横になった。山の峰々に木霊《こだま》して狼の遠吠えが聞こえた。寒月を眺めながら、イレンカシが言った。

「マシャリキン、ポンモシルンクルはどこにでもいる。ここにもいる。あそこにもいる。……ということは、どこにもいないということだ。しかし、それでは人の心をまとめられない。ウェイシャンペ帝国に立ち向かうには、そんな曖昧な話では役に立たない。たとえ姿は見えなくとも、エミシを束ね、その行動に明確な指針を与える存在が必要だ。これがオノワンクの最大の悩みだった」

「で、オンニはどうしたんですか」

「オノワンクの心の友は癒し人《トゥスップ》のラチャシタエックだ。この秘義を考えたのもあの爺さんだ。神聖言霊術《カムイオロイタック》は悩む人の魂に介入し、人を救う。神聖な呪文や儀式を通して精神の統一、無益な雑念の除去を訓練し、心の奥底まで入り、悩みを解決する。大首長《シャパ》たちは外界から遮断された洞窟に集い、頌詞《しょうし》を繰り返し、精神を統一融合させる。意見交換《チャランケ》を通じてお互いの考えをわかち合う。反論も質問もせず、ひたすら聴く。頌詞を唱える。また聴く。人の心の思いは千差万別だ。それをその儘、受け入れ、一旦己のものと思って聴く。これを続けるうちにやがてそこに集う者たちは仲間の考えを自分の考えとして受け入れ、矛盾を調和させて行く。さまざまの考えが融合して、一つの擬似人格ポンモシルンクルが生まれる。あの十二人の大首長《シャパ》たちが一つ心になり、対立を超克し、発する言葉がポンモシルンクルだ。エミシ族はその言葉を軸に政策を決め、戦略を練る」

「オンニはあの場にはいませんでした」

「奴は軍団の長《おさ》ではあるが、大首長《シャパ》ではない。彼はお前のふるさと、ケセマック地方の者だ。あの地方の大首長《シャパ》はコカシだ。オノワンクはコカシからポンモシルンクルの方針を聞き、戦略を練る」

「オンニは謙虚な方ですね。一軍の将でありながら、ポンモシルンクル降臨の場から遠慮している。そしてその言葉に従う」

「奴のいいところは謙虚さだ。奴は決して出しゃばらない。しかしな、実在しないポンモシルンクルをあるもののように扱い、信じさせている。ゆえに奴の本性はスンケップ（嘘吐き）だ。成功も失敗もすべてを、いもしないポンモシルンクルに転嫁する。奴はうわべはいい奴だが、いざという時には信用ならぬ。仲間の危急には背を向ける」

……さあ、寝よう、とイレンカシは呟き、ごろりと背を向けて黙り込んだ。

ポンモシルンクルとは結局、虚構の存在だったのか！　オンニが嘘吐き？　衝撃でしばらくは寝つかれなかった。冷たい月の光が若い魂を不安と疑念の中に押し込んだ。夢を見た。足下の岩盤が崩れて行く。正義という名の大岩だ。虚空に転落する自分の手を、がっちりと掴んで引き上げる人がいる。イレンカシがマサリキンを力強く引き上げている……。

20　踊る黒鹿毛

ノシケヌップの野を北に向かう。薄ら寒い曇り空の下で、少し前に降った雪の残りが、白い斑《まだら》となって褐色の地面に模様を作っていた。この辺にも秋の大洪水の無慚な痕跡が見られる。高台にウェイサンペの植民村があった。田畑に人影はなく、柵《キ》に囲まれた貧しそうな里は、屋根の補強や雪囲いなど、冬支度で忙しそうだ。異民族の暮らしぶりが珍しく、マサリキンは立ち止まって、しばらく眺めた。彼を認めた子供らが柵から出てきて、何やら口々に喚《わめ》く。その様子は敵意と憎悪に満ちていて、元気のいいのが道端の石を拾って投げつけた。顔の脇を唸りを立てて石飛礫《いしつぶて》が飛んで行った。

「イテキ・カル（やめろ）！」

思わず大声で怒鳴りつけた。その鋭い声色が師匠にそっくりだと気付いて、苦笑した。餓鬼どもが脅えて後ずさりし、大人たちが駆けてきた。口々に餓鬼どもを叱りつけて、柵の中に引っ張り込み、やはり脅えた目でこちらを見、手に棒や鋤、鍬を構えて睨みつける。腹が立ち、二、三歩、馬を進めて威嚇した。村人たちは大慌てで柵の入口の扉を閉め、何やら大声で喚き始めた。

「やめておけ。いずれこいつらは皆殺しだ」後ろで師匠の、氷のように冷たい声がした。「あいつらは、エミシモシリに送り込まれてまだ日が浅い。わしらを半ば獣《けもの》だと思っている。王化政策《ミオモムケー》という化け物が、そのように教え込んでいるなだ」

「こっちは何もしていないのに、何故あんなに怖がるのです？」

「むりやり見知らぬ土地に連れて来られて、兵の監視下に開墾事業に扱《こ》き使《つか》われている。まわりは言葉も通じぬ異民族、みな敵だ。脅《おび》えもするさ。とは言え、奴らの阿漕《あこぎ》なやり口に苦しめられるわしらにすれば同情の余地はない。同情は侮《あなど》りを買う」

眺めていると、男たちが手に手に得物を持って出て来た。威嚇のためだろうか、柵の中では女たちが、太鼓を打ち鳴らしたり、馬槽《うまぶね》の縁を叩き鳴らして、金切り声で喚いている。

「ははははは。まるで猪追《ししお》いと同じだの。ま、馬鹿を相手にムキになるな。どうせあいつらに明日はない」冷たい憎悪に満ちた声だった。馬首を転じると、後ろで歓声が上がり、勝ち誇る村人が声を合わせて歌うのが聞こえた。

ミティノクノ　　　　　（道の奥《ミティノク》の）
ヤンクラパ　イクトゥ　（矢倉はいくつ）
ヨマズトモ　　　　　　（数《よ》まずとも）
ワレコソ　イパメ　　　（我こそ言はめ）
ヤソ　アマリ　ヤトゥ　（八十《やそ》あまり八つ）

「近頃あの歌が流行《はや》っている。……このエミシモシリを征服するために建てた矢倉がいくつあるか知っているか。数えるまでもない。この俺が教えよう。八十八だ……と、こんな意味さの。裏を返せば、八十八もの矢倉が監視しているから逃げられない、という心もある。奴らはふるさとに帰りたくて仕方がない。よく集団脱走が起きる。そんなのをオノワンクがまめに助けてやる。底抜けのお人好しだからの、あいつは」

「お互いによく話し合い《チャランケ》をして、仲良く一緒に暮らせばよいものを」

「ウェイシャンペは心が未熟だ。強大な力を誇っているが、奴らの国はできたてだ。数千年にもなろうという我々の歴史に比べれば餓鬼に等しい。若さは力だが、救いがたい愚かさを含む」

冬枯れの林の中を、轡《くつわ》を並べてしばらく進んだ。イレンカシの目が怒りに燃えていた。そうだ、この神聖な国《モシリ》から、あの無法者どもを一掃すべきだ。

「おい、見ろ」と、イレンカシが後ろを指さした。遠くに馬蹄の音がし、葉の落ちた雑木林の陰から騎兵が十騎駆けてくる。「ニトリ砦から来た巡邏騎《じゅんらき》兵《へい》だ。このあたりをうろつくエミシは全て討ち払えと命じられているはずだ。今、事を起こすのは面倒だ。ここは逃げよう」

草原《そうげん》を疾駆した。彼らの馬とは駒足が違う。彼我《ひが》の距離が遠のき、騎兵隊は追撃を諦めた。

広い野に出た。不規則な形の小さな田がたくさん広がっている。

「あの丘の上がコムニタイの村落《コタン》だ。ウェイシャンペ駐留軍の侵略から、この地方を守る基地だ」

堂々たるエミシの砦だ。周壕《しゅうごう》を巡らせ、堅固な柵《キ》を組み、素朴ながら頑丈な門と矢倉を備えている。

東にトータイの野、西にリーフル高原、フミワッカ川が蛇行して、雄大な眺めだ。

「ヌペック・イコレ！（光を我らに＝ヌペッコルクルの合言葉）」

師匠が叫ぶと、矢倉の上からも歓迎の声が返ってきた。堂々とした大屋根が連なり、見るからに豊かな村落《コタン》である。人々の顔も朗らかで鷹揚だ。

「さあ、やるかの？　マシャリキン」イレンカシがニッコリと目配せした。打ち合わせはしてある。

若き吟遊詩人は馬を下り、広場の真ん中に向かった。

「おい、見ろ。額に流れ星、四つ白の黒鹿毛《くろかげ》だ。あれは例のトーロロハンロクじゃないのか」

「あの背の高い毬栗頭《いがぐりあたま》の若者は、おう、マサリキンだ、マサリキンだ！」

村人が一斉に駆け寄って来た。マサリキンはニコニコと一礼し、手拍子を打って、歌いかつ踊った。明るく声量のある声が、村落《コタン》の隅々まで響き渡った。その後ろで、「ブヒヒヒヒヒ！」という奇妙な声で嘶《いなな》くトーロロハンロクが首を振り、鬣《たてがみ》を振り乱し、四肢を高々と挙げて踊り始めた。

トーロロハンロク、蛙馬《かえるうま》
おかしな声の蛙馬
だけどかわいい蛙馬
やわらかなお前の背に乗り
山を駆け、野を駆けて
さあ、行こう、トーロロハンロク
すみれの花を髪にさし
鮭革《さけがわ》の裳《も》を風に舞わせる
あの優しい娘が
きっとわたしを待っている
トーロロハンロク、蛙馬
トーロロハンロク、蛙馬

大歓声が爆発した。マサリキンは興に乗り、歌いかつ踊り、広場を何度も回った。娘たちが歌い出した。着物の裾をつまみ上げてピョンピョン跳ねた。白くまぶしいたくさんの脛《はぎ》が踊った。

彼が魔物に襲われた話は知らぬ者がなかった。惨めな敗北の話なのに、人々はそれも彼の冒険の一つに加えた。男子最大の恥辱であるはずの毬栗頭《いがぐりあたま》までが、艱難を潜り抜けた名誉の証《あかし》とされた。たくさんの手がマサリキンに触れたがった。大喝采で広場が沸き立つのを眺め、イレンカシが村落《コタン》の首長《サパ》と話し合っている声が聞こえた。

「あれがマシャリキンです。楽しい奴でしょう。今度の戦《いくさ》では大手柄を立てましたが、かなり手ひどい目にも遭いましての。だがもう元気です。あいつがピラヌプリの陣で飢え死にしそうになりながら、歌と踊りで仲間を鼓舞し続けたのです」

「あのおどけた馬が、敵将を噛み殺したとは信じがたい。こんなすばらしい客を迎えたのだ。今宵は盛大な宴《うたげ》を催して歓迎しますよ！」

広場に莫蓙が敷かれ、人々が御馳走を持ち寄り、篝火《かがりび》のもと、時ならぬ宴会が始まる。イレンカシが熱弁を振るう。火のような熱弁が聴衆の胸を打つ。ウォーシカの野で、マルコ党が非道な搾取を行うこと、ミヤンキの鎮所が盗賊団を使って略奪の限りを尽くすことが、豊富な実例で語られた。目の前で親を斬り殺され、泣き叫びながら拉致されて行く娘たちの有り様に、聞く者は怒りに震え、涙を流す。戦士が戦いに赴く場面では、女たちは胸掻きむしり、叫ぶ。

「フォーッ、ホイッ！」

語り手と聴衆が熱狂の中に一体化する。ウェイシャンペからふるさとの暮らしを守ろう。もうすぐ、大軍が攻めてくる。力を合わせて戦おう。

「フォーッ、ホイッ！」

戦は辛く苦しい。多くの死者、怪我人が出る。負ければ、奴隷《ヤトウコ》としての悲惨な明日があるのみだ。戦士たちよ、戦に備えよ！　女たちよ、愛しい夫、恋人、息子たちに力を与えよ。矢を矧《は》ぎ、矢毒《スルク》を調合し、竹槍を削れ。この麗しき国を残虐な敵から守れ。疲弊した南の同胞《ウタラ》を助けよ！

「フォーッ、ホイッ！」

イレンカシの言葉が火と燃える。それに呼応して、数々の戦場を駆け抜けて来た若きケセウンクルの歌が、人々の心を酔わせる。そして今やエミシモシリ中に知らぬ者もない、あの『ピラヌプリの陣営で、かのマサリキンが歌った歌』が熱狂的に歌われる。

「フォーッ、ホイッ！」

「ヌペック・イコレ！」

「どうだ、マシャリキン。わしがお前を選んだわけが、そろそろわかったかの」

言われるまでもない。マサリキンは自分がいかに高く評価されているか、数々の村落《コタン》を巡るうちにいやというほど実感していた。最初は当惑し、過大評価と見当違いの熱狂を沈静しようともした。だが、イレンカシがそれを抑えた。

「これでいいなだ、マシャリキン。人は夢を求める。それを潰すな。今度攻めて来る軍勢は三万を下らぬという。今の体制でその大軍は迎え撃てない。皆、脅えている。脅えは敵の調略《ちょうりゃく》を許し、我らの瓦解を招く。今、我々の救いは夢を持つことだ。お前は全エミシ族の夢、我々の英雄なのだ。これを受け入れろ。わしがお前を選び、妖術による狂気から救い上げたのは、このためだ」

「それにしても大げさ過ぎます。手柄、手柄と騒がれますが、わたし自身は手柄など立てていません。すべてはトーロロハンロクの仕業です。手柄ならあの馬を育てた名調教師、シッポリ叔父のものです。あの馬はわたしの心を読み、それを即座に行動に移すように調教されています。叔父は言いました。『怒るなよ、マサリキン。お前が本気になって怒ると、この馬は魔物になる……』事実、わたし自身、トーロロハンロクがあんなことをしでかすとは夢にも思っていなかったのです」

「マシャリキン、正直はエミシの美徳だ。だがな、正直は戦《いくさ》では裏目に出る。戦とは偽計の積み重ねなのだ。あの糞みたいなヤマトタケルに学べ。勝つためには手段を選ぶな。それをよく悟っているのがオノワンクだ。だから奴は、ポンモシルンクルなどというありもしない大嘘で同胞《ウタラ》をまとめている。お前は、エミシを一つにまとめる新しきポンモシルンクルの馬前を駆ける《ホルケウ（狼）軍団》の旗頭となるのだ！」

「《ホルケウ軍団》？　何です、それは」

初めて聞く言葉だった。

「お前が歌うケセウンクルの戦いの歌『ホルケウの歌』は、今やエミシモシリで知らぬ者がない。あの歌は戦場に突撃して行く戦士の雄叫びだ。わしはヌペッコルクルを改編し、新しきポンモシルンクルの戦闘集団、《ホルケウ軍団》を組織する。お前はその若き隊長、輝く英雄になる」

「ヌペッコルクルに新しい部隊が生まれるのですね」

「違う。ヌペッコルクルは、ウォーシカとその近在のエミシが、マルコ党に反抗して組織した地域軍団に過ぎない。その他の地域は、援軍としてオノワンクに力を貸しているだけだ。だから気まぐれで、統制が取れない。この前のモーヌップの合戦でも、援軍が遅れに遅れ、ピラヌプリの陣は危うく全滅するところだった。命を投げ出して味方を鼓舞したチキランケの歌に励まされたお前たちが、やけくそに突撃し、運良く敵将を倒したからよかったものの、あの大まぐれがなかったら全滅だった。あの勝利を呼んだのは、お前でもヤパンキ軽騎兵でもない。隠れんぼの好きなオノワンクでもないか弱き娘の歌声なのだ。勘違いするな」

「その通りです」

「そのチキランケを、ヌペッコルクルはどのように扱ったかね。大まぐれの大勝利にとち狂って一晩中歌い踊り、お前を英雄に仕立てて馬鹿騒ぎをしたが、あの娘の亡骸《なきがら》を探して葬ろうと考えた奴はいなかった。あの娘の屍《しかばね》を三日も野晒しにした。オノワンクは何もしなかった。あの娘を探して葬ったのは、お前たち三人組だ。そのために、お前は敵の妖術師に捕まって、死ぬより酷《むご》い目に遭った。オノワンクはそれも放置した。お前はその間の記憶を奪われて詳細を知らぬが、お前を助け出したのは、ヌペッコルクルでもオノワンクでもない。こともあろうに、ウェイシャンペの野盗だった」

師匠の声が若者の心に毒矢のように刺さった。神聖なものが、また一つ崩れようとしていた。

「マシャリキン、今、お前は、味方から重大な嫌疑をかけられている。エミシ族の命運を左右する黄金《コンカネ》の秘密を敵に漏らした疑いだ。だからオノワンクもケセマックの大首長《シャパ》も、マルコ党の虫けらイシマロとお前との交換を断《ことわ》った。お前などは死んだほうが都合がよいからだ。これがお前の現実だ」

今にも南の平原から、軍鼓の音を響かせて、三万という途方もない大軍が押し寄せてくる。按察使《アゼティ》を殺された復讐のためだ。とすれば、その全責任は自分にある。自分は、これから展開される大量虐殺と殺し合いの原因を作ってしまったのだ。

21　クンネチュップの歌

雲一つない宙天に満月が懸かっていた。ここはクリパル地方の北の端。誰のものか、半球形の墳墓が雑草に覆われて、枯れ野の隅に眠っている。

マサリキンはイレンカシと遊説《ゆうぜい》の旅を続けていた。イレンカシは驚くべき精力を傾けて首長《サパ》たちを糾合し、《ホルケウ軍団》という新たな軍事組織を作っている。指揮系統を確立し、訓練を組織化した。茫洋として人々を抱擁し動かすオンニとは違い、精密な歯車のような組織だ。これがヌペッコルクルに対抗するものと取られぬよう細心の注意をし、常にオンニと彼の盟友ウソミナに連絡を絶やさず、脊梁山脈山麓地帯のエミシをヌペッコルクルの一翼として組織する運動だとしていた。

《ホルケウ軍団》は、一糸乱れぬ軍律で訓練される。上官の命には絶対服従。その鋼鉄の軍律がイレンカシの造る神経筋組織で、それを生かす血液がマサリキンの歌の生む熱狂だ。ケセウンクルの戦いの歌『ホルケウの歌』が軍歌になり、マサリキンは「ポロホルケウ（大狼）」の愛称で呼ばれた。

イレンカシは、戦士個々の心の奥まで支配しようとした。何を考え、望むかまでも統一することで、一人の戦士が一つの部隊に匹敵する行動力と判断力とを持つと語り続けた。彼は十人一組の小隊ごとに思想訓練を行った。短い文を繰り返し暗唱させ、イレンカシ流の考え方を叩き込んだ。曰く、「正義は常に我にあり」、「常に正しきをなすべし」、「戦士の命《いのち》は同胞《ウタラ》のために捧ぐべし」、「敵を憎むべし」、「長《おさ》の命令に服従すべし。これが勇気の証《あかし》だ」、「敵前逃亡者は裏切り者として殺すべし」、「敵に情けをかけるべからず」、「勝つためには手段を選ぶべからず」、等々。

二人だけになると、イレンカシは囁いた。

「オノワンクはあの調子ではいかん。異民族との戦いに情けは有害だ。敵に学べ。奴らは支配の本質を理解している。情けや正しさは味方に対して与えるべき態度で、敵にこれを与えるのは裏切りである。奴の本質はスンケ（嘘）だ。現実にありもしないポンモシルンクルなる虚像で、全エミシ族を纏めようとしている。虚構の上に築き上げた体制は崩れる。奴こそ、エミシ敗亡の元、獅子身中の虫だ」

だが、マサリキンは思う。ポンモシルンクルは確かに特定の人物ではない。あの洞窟の秘義で見た大首長《サパ》たちの真剣なチャランケと人格融合が生み出した大方針を、ポンモシルンクルの言霊《ことだま》だとすることは「嘘《スンケ》」とは思えない。マサリキンはオンニが好きだった。オンニを嘘吐き《スンケップ》呼ばわりするのを聞くのは辛かった。戦場で見捨てられたと恨んでいるが、敵味方が入り交じる戦場で、助けに行こうにも身動きが取れなかっただけなのかも知れない。いつの日か、イレンカシとオノワンクという二つの中心が、ヌペッコルクルの主導権を争って激突することになりはしまいか。

この葛藤が彼を疲れさせていた。自分はちやほやされ過ぎている。虚構のマサリキンと本当の自分とが、日々乖離《かいり》してゆく。イレンカシという燃え盛る火の近くにい過ぎると、火斑《ひだこ》で自分自身の色が変わってしまうような気がした。たまには一人になりたかった。

夕食の後、一人で月見を楽しみたいと言って、この場所にやって来た。陰暦十月の満月だ。冷たい風が枯れ野を吹き渡り、間近に迫る厳しい冬の気配が日に日に濃い。いろいろなことがあり過ぎた。今はただ家に帰りたかった。父母は、弟と妹は、どうしているだろう。だが、帰りたくても帰れない。

自分は、ふるさとの秘密を魔物の妖術によって敵に漏らしたという嫌疑をかけられているのだ。自分の過ちとされることの無実を証明せぬ限り、ケセの土は踏めない。踏むべきでない。

思い出が胸を駆け巡る。旅に出る一年ほど前、イオマンテ山で鹿を追った。渇きを癒そうと小川の縁にしゃがんだ。川底にキラリと光る石を見つけた。親指ぐらいの大きさの、黄色い光沢のある美しい塊で、ずしりと重かった。ヌペック（砂金）！　このあたりの川でよく見付かるのだが、こんなに大きいのはめったにない。これはクンネチュップ（月）からの授かり物で、見つけた者は大きな恵みを授かるという。彼は飛ぶように山を駆け下り、オイカワッカの我が家に走った。

「母《アッパ》ちゃん！」母親に飛びついた。「素晴らしいものを授かった。母ちゃんにあげるよ！」

ペラトルカはびっくりした。

「これをわたしに？　まあ、ありがとう。でもこれはいただけないわ。わたしは優しい旦那さまと三人の可愛い子供を授かったのですもの。これ以上の望みはないわ。これはお前のもの。大切にしまっておいてあげる」

母はそう言って、家の奥の祭壇に飾ってある熊の置物を持って来た。彼が子供の頃に粘土をこねて作った素焼きの土偶だった。胴体は空洞で、背中に穴がある。その穴を隠すように、父のカンニコルが獲《と》って来た熊の毛皮が膠《にかわ》で貼り付けてあった。

ペラトルカは、熊の穴の中に金塊をカランと落とした。その晩はお祝いをした。鮭《さけ》の群れが、サッカリ川を埋めて遡上《そじょう》する季節だった。御馳走は鮭。寝る時にマサリキンは、大好きな『クンネチュップの歌』を母にねだった。母はとてもいい声をしていて、炉縁《ろぶち》を火箸で叩きながら、優しい声で歌ってくれた。また、あの炉端に帰りたかった。
寒月を仰ぎながら、歌った。この歌こそが、彼の魂を養った母の乳だった。

トオプ・テエタ
オッ・テエタ
昔々、その昔
この世がまあだ若い頃
空には太陽《チュップ》が二つあり
一つは昼間を照らしてて
一つは夜を照らしてたのよ

だからこの世は昼だけで
空にはいつもギラギラと
明るく強い日が照って
暑くて暑くて堪らない
昼間せっせと働いて
夕方やっと日が沈み
少し涼しくなった頃
やれやれやっと横になり

疲れた体を休めよう
眠って元気になりたいな
そう思って目をつむっても
すぐに別のお日さまが
東の空に昇るのです

カンカン照りの
ギラギラ照りで
暑くて暑くて眠れない
川の水も干《ひ》涸《から》びて
雨もさっぱり降りません
畑も野原もカラカラで
草木は枯れて葉も萎《しお》れ
獣《けもの》も鳥も虫までも
バタバタ倒れて死ぬばかり
やがてこの世は滅び去り
生きる物とて
なくなりましょう

そこでみんなが言いました
ポンケセウンクル
ポンケセウンクル
どうぞ助けてくださいな
そこでポンケセウンクルは
この世と空とが一番近い
神のお山《カムイヌプリ》の頂きで
大きな声で言いました

チュップ、チュップ
お願いだ
チュップが二つギラギラと
休まずこの世を照らすから
世の生き物は疲れ果て
バタバタ倒れて死んで行く
お願いだからその光
少し弱めてくれまいか

するとその時、空にいた

意地悪チュップが
言いました
何を抜かすか、若造め《オッカイポ》
熱さ明かるさ、これこそが
われらチュップの喜びだ
お前らごときの指図《さしず》など
どうして俺が聞くものか
そんな生意気言うならば
身の程知らずのお前らが
真っ黒焦げになるほどに
ギラギラカンカン
照りつけて
日干しにしてやろうわい

チュップは怒って奮い立ち
ギラギラカンカン
照ったので
地の生き物は泣き出して
これではみんな

死んでしまう
お願いだから
ポンケセウンクル
どうぞみんなを
助けてください

意地悪チュップが
沈んだ空に
別のチュップが
昇ってくると
神の《カムイ》お山の《ヌプリ》てっぺんで
ポンケセウンクルは
言いました

チュップ、チュップ
聞いてくれ
チュップが二つギラギラと
休まずこの世を照らすから
世の生き物は疲れ果て

バタバタ倒れて死んで行く
お願いだからその光
少し弱めてくれまいか

するとチュップが
言いました
優しいチュップが
言いました
おや、それはかわいそう
そんなこととは気が付かず
かわいそうなことをした
それならわたしの
光のもとを、揺すって
振るい落としましょう
優しいチュップが
そう言って
ブルブル体を揺すったら
丸いチュップの体から
空一面に光の粒が

パラパラパラと飛び散って

ヌペックペー
ランラン・ピシカン
ヌペックカウカウ
ラン・ピシカン

光の雨が降り注ぎ
光の霰《あられ》が降り注ぎ
ケセの大地《モシリ》に降り注ぎ
ケセの山々《ヌプリ》に降り注ぎ
チュップは暗くなりました
暗い《クンネ》チュップ（＝月）に
なりました
お陰で夜は暗くなり
昼の暑さも涼しく冷えて
水の干上がることもなく
川も野原も潤《うるお》って
みんなほんとに大助かり

生き物すべてが大喜び
こうしてこの世は命に溢れ
喜びの国《モシリ》となりました

満月《もちづき》の夜に見上げれば
クンネチュップのお顔には
ケセの岬が映っています
いつもケセを大切に
優しく見守るあのお顔
クンネチュップよ
ありがとう！

秋の満月の楽しい夜祭。広場の真ん中の祭壇に、燃え上がる炎の形をした壺が置かれる。村落《コタン》の首長《サパ》が荘重な祈りを捧げた後、重い壺の中身を黒漆塗りの盆の上に盛り上げる。月光に燦然《さんぜん》と輝く砂金《ヌペック》の山ができる。ケセの山襞を流れる多くの川底から浚《さら》い集めた神聖な砂金《ヌペック》だ。楽しい歌と踊りが夜を徹して捧げられ、御馳走が出され、一年で最大の祭が幕を開ける。楽しい思い出に浸りながら、宙空に浮かぶ優しいお月《クンネチュップ》さまを見上げていた時、不意に後ろで厳しい声がした。

「二度とその歌を歌ってはならぬ！」

振り向くと、イレンカシが凄まじい形相で立っていた。そうだった、新しい軍団にお月《クンネチュップ》さまの優しさは無用だったのだ……。

22 ウェイサンぺの将軍

クソマレを迎えに来た、首に青い布を巻いた兵士は「青首《あおくび》」と呼ばれる督戦隊士《とくせんたいし》だ。征夷副将軍・下毛野石代《シモトゥケヌ・イパシロ》配下の特殊部隊で、特に勇猛な夷俘《イープ》で構成される。怯懦《きょうだ》の者を斬り殺して見せしめとし、兵を敵に向かわせるのが役目だ。ウェイサンぺ農民は口だけは達者だが、いざ戦闘となると腰が引ける。これを前線に駆り立てるために、征夷将軍が大唐帝国で学んで来た特殊部隊だ。

バンドーはエミシモシリに隣接しており、この地の先住エミシや捕虜とされて土着させられたエミシが多い。彼らは夷俘《イープ》と呼ばれる最下層賤民だ。剽悍愚直な者が多く、命令一下、いかなる死地にも突撃して行く。賤民とは言え極めて誇り高く、侮辱を受けると相手構わず死を賭して戦う。ユパシルは将軍の命で、出身地下毛野国《シモトゥケヌのクニ》の夷俘《イープ》を集めて青首隊を作った。軍紀違反者、敵前逃亡者の処刑は彼らの仕事だ。普段賤民として差別されているだけに、常民の徴集兵に対して容赦がない。その青首が二人厨房に現われたので、女たちは恐慌状態になった。

「クソマレはおるか？」

誰も答えなかったので、青首がもう一度問うた。感情のない、底知れぬ凄みを感じさせる声だ。

「ここにおります」と、奴隷頭《ヤトゥコガシラ》が脅《おび》えた声で答えた。

「あんた、殺されるよ！」と、仲良しになったあの小女《こおんな》が声を震わせた。今も厨房の女どもが憂さ晴らしに、アカタマリさま、カケタヌキさま、ユパシルさまを種に大笑いしていたところだった。
ひと目でこいつらは強いと見た。しかも二人。抵抗しても逃げられそうにない。

「ついて来い」

二人の青首が大股に歩き出した。責任上、奴隷頭《ヤトゥコガシラ》もついて来た。連れて行かれたのは政庁の広間だった。大勢の官人《クァンニン》が忙しく仕事をしていた。正面の椅子には、日に焼けて精悍なアカタマリ将軍。鼻が高く、顎が張り、濃い眉毛の下の光る目玉に人を射貫くような迫力がある。

「この者が先日売られて来た夷俘《イープ》の女奴隷《メヤトゥコ》でございます。言葉にまだ慣れておらず、至って野卑な言葉遣いしかできません」と、奴隷頭《ヤトゥコガシラ》が脅えた態度で言った。

「尋ねたきことがある。近くへ寄れ。名は何と申す」

いきなり女に名を訊くとは無礼な奴め！　カリパは、将軍の目を睨んで猛然と罵《ののし》った。

「クソマレ！」

「これ！　作法を弁えよ！」腰を抜かさんばかりに仰天した奴隷頭《ヤトゥコガシラ》がカリパの頭を床に押しつけ、大急ぎで弁解してくれた。「この蛮人は蕃地から来たばかりにて、まだ礼儀を弁《わきま》えておりません。クソマレとはこの者の名でござりまして、上さまを罵ったわけではござりません。お赦しを！」

この尻叩き男、存外親切だ。将軍が吹き出した。

「これはしたり、クソマレが名だとな？」

……こいつ、いかつい顔だが笑うと可愛い。まわりも笑い出した。

「ま、よかろう。それにしてもひどい名だ。どこの出だ？」

「シナイだ」

「ウォーシカの西隣だな。お前は前《さき》のミティノクの按察使《アゼティ》・上毛野広人《カミトゥケヌのピロピト》殿のことは存じておるか」

「ピルピットなら知っている。あ、これは『あばた面の男』という意味だ」つい余計な解説を加えた。

将軍が吹き出して、隣りの副将軍に囁いた。

「あの仁は子供の頃に罹《かか》った瘡《かさ》で、あばた面だった。ところでこの女、下賤の男のように話す」

「夷俘《イープ》とはこんなものでございます。天性愚昧にて、身分の上下を理解する能力がありません。矯正するには数世代を要します」と、ユパシルが無表情に答えた。

将軍が、興味深そうに身を乗り出した。

「ピロピト殿の最期のことを聞いておるか?」

「エミシの戦士の操る馬に首を嚙み切られてくたばった。首は曝し物だ」

初耳らしい。目を丸くし身を乗り出して訊ねるのに答えて、いろいろな話をした。

「銭を払っただけの価値があったな」と、将軍は下座《しもざ》の目《サクアン》を褒めた。

「未《いま》だ王化政策《ミオモムケー》に馴染《なじ》まぬ蛮族の、粗野な言葉は我慢しよう。興味深い話だ。仕事の合間にじっくりと聞く。ところで」と、身を乗り出して尋ねた。「叛徒《パント》の頭目の名はアカカシラだそうだな」

「パント? 何のことだ?」

「あるじに叛《そむ》く者のことだ」

カリパは大真面目に答えた。

「我らにあるじはない。持ったこともなく、持つつもりもない。己《おのれ》があるじは己のみ。故に我らは叛徒《パント》ではあり得ない」

「お前ら蛮族は姿だけは人でも、中身は半ば獣《けもの》である。この空の下で帝《ミカド》のしもべでないものはない。

この道理を弁《わきま》えてこそ真《まこと》の人になれる。帝《ミカド》に従わぬ者はすべて叛徒《パント》である」

「ピータカという女《メノコ》は、気違いじみた欲張りだと聞いていたが、その通りだな。よくもまあそんな欲張り女の下で、頭を下げていられるものだ。お前の人間離れした我慢強さを尊敬する」

アカタマリが、開いた口が塞がらぬという顔をした。あまりにあっけらかんと言い放ったので、腹を立てるのも忘れたらしい。

「ふむ……。で、アカカシラのことだが」

「アカカシラではない。ウェイサンペの勝手がひど過ぎるので、自分たちを守るために生まれた戦士団のことなら、ヌペッコルクルだ。闇の世に光を運ぶ者だ」

「ほほう。で、その頭目《とうもく》は誰だ?」

「オンニだ」

その場にいた者どもが一様に目を丸くして、囁き合った。

「聞いたか? アカカシラの頭目は鬼だとよ!」

彼らは鬼という凶暴な怪物の存在を恐れている。からかってやるか。大真面目に言い添えた。

「オンニは身の丈が俺の倍はある。頭には角が生えている。口を開くと大きく鋭い牙が覗《のぞ》く。手足の太さはお前の腹ぐらいある。大変な力持ちで、片手で松の木を根こそぎに引き抜く」

恐怖の呻き声があがった。アカタマリ将軍だけは、鼻先でフンと笑っただけだった。

「お前は冗談が巧いな。で、その鬼がお前らを統《す》べているのか」

「違う。オンニは戦士の頭《かしら》だ。まあ、お前と同じ、将軍だ」

「ほほう、ではその将軍に命令を下す帝《ミカド》がいよう」

「エミシ族全体を取り仕切るのは、ポンモシルンクルだ」

将軍にとって初めて聞く言葉だったらしい。

「その者はどこにおる」

「知っているのは厠《かわや》の蛆虫《うじむし》だけだ。知りたかったら糞溜めに入って、蛆に訊くといい」

将軍が思わずニヤリと笑った。

「ポンモシルンクルというのはその者の名か」

「違う。《この国のいと小さき者》という意味だ」

「異《い》なことを。帝《ミカド》に相当するなら、最も大いなる者であろう。なぜそのような呼び方をする」

「自らへりくだり、己を低くする者こそまことに偉大な者だからだ。自らを偉大だとする者にろくな者はいない。その点、ピータカは反省すべきだ。今の儘では軽蔑される」

将軍の額に青筋が立ち、しばらくものを言わなかった。だが彼の自制心は相当に強力だ。無邪気な蛮族の娘に向かい、とぼけた声で質問を続けた。

「で、そのポンモシルンクルの都や王家はどのようなものか」

「ポンモシルンクルは王ではない。人々のチャランケ、つまり話し合いで決まる。まず、村落《コタン》の全員が集まって首長《サパ》としてふさわしい人を選ぶ」

「ほほう、で、その首長《サパ》に選ばれるのはどのような者だ？」

「徳のある人物だ。首長《サパ》の条件は三つ。一つ目は人に優しいこと。優しさは、最も大切な徳だ。次は雄弁であること。正しい論理と弁舌で人を説き伏せる力だ。三つ目は武勇に優れていること」

「武勇は最後か」

「最後だ。雄弁は武勇に勝り、人徳は屁理屈に勝る。武勇と言っても所詮は暴力であり、必要悪に過ぎない。可能なら用いることを避けたい」

「徳とは何か」

「人の嫌がることをしないことだ」

「なるほどな。だが、まつろわぬ者は討たねばならぬ」

返事する価値もない、こんな言葉は無視した。

「次に首長《サパ》が集まって、その地方の大首長《サパ》を選ぶ。大首長《サパ》たちが、エミシ族の指導者ポンモシルンクルを選ぶ。これが誰かを知ろうとする者は、呪われて蛆になる。故に糞溜めの蛆に訊けと言った」

将軍は大いに興味をそそられ、忙しい仕事の合間に「クソマレ」を側に呼んでは話を聴いた。

将軍の脇には常に従軍陰陽師《おんみょうじ》が侍《はべ》る。後で厨房の女たちから聞いた話だが、これは最先端科学陰陽道の専門家で、天文、暦数、時刻、易などと併せて、この世界の瑞祥《ずいしょう》、凶兆《きょうちょう》を占う。政治、軍事にも関わり、軍隊には常に陰陽師が従い、戦況の吉凶を占う。漢文に精通する渡来系の学者によることが多く、征夷軍には韓国礼信《カラクニのライシン》という者が従っていた。これは前《さき》の陸奥按察使《ミティノクのアゼティ》に従って鎮軍の陰陽師をしていた韓国礼敬《カラクニのライキャウ》という者の弟だそうだ。礼敬は按察使が愛したエミシの女奴隷《メヤトゥコ》チキランケに妖気を感知し、この女は鎮軍滅亡の凶兆だとし、ピラヌプリの陣の前で彼女を射殺《いころ》させ、按察使の怒りに触れてその場で斬られたそうだ。

「天下は、天《あま》つ日嗣《ひつぎ》の御子《みこ》のしろしめす所だ。まつろわぬ者は滅ぼされる。これにより原始の渾沌が美しき秩序に生まれ変わる。お前ら半獣の蛮族が一日も早く王化政策《ミオモムケー》に従い、真《まこと》の人となるよう、わしも力を尽くす。それがお前らを幸せにする唯《ただ》ひとつの道だ」

将軍は特にヌペッコルクルの陣営の様子や組織系統を知りたがったが、「俺は戦《いくさ》のことは知らぬ」と言ってとぼけ通した。

「遠征中はわしの側にいて、これから出向く国についての案内をせよ」

「俺は、人を売り買いするような輩《やから》に忠誠を誓うつもりはない。しかし、人の心を知りたいという心根はよい。そのための手引きならしてやろう」

官人どもが、この無礼な物言いに肝を潰している。だがアカタマリは一向、気にしない様子だ。

「お前の忠誠などもとより期待しておらぬ。知りたいのは、お前らがどのようなものの考え方をし、何を以て善《よ》しとし、悪《あ》しとするかだ。王化政策《ミオモムケー》の美しさは、そのうち自ずからわかる」

この男は、ものの考え方が根本的に異なる異民族とのつきあい方を心得ているようだ。唐で苦労してきたからだろう。

カリパは将軍の雑用係とされた。ある日、ちょっとした工夫をした。厨房で干涸びた昆布の切れ端を貰い、微塵《みじんぎ》切りにして湯に入れ、少しの塩を入れ、しばらく寝かせて出した。

「これは美味い！」味道楽のユパシルが一口飲んで喜んだ。しめた、作戦成功。「男の心を摑むにはまず舌と腹を喜ばせるに限る」と、母が言っていたのを思い出した。

「クソマレ、お前が作ったのか？」

「そうだ。ふるさとの味だ」言葉は乱暴だが、思い切り優しく微笑んで見せた。昆布の旨味と磯の香りと微かな塩味が、得も言われぬ調和をなしている。将軍たちは、これがいたく気に入った。

ある朝、ユパシルが報告した。

「陸奥介《ミティノクのスケ》からの報告ですが、容易ならぬ事態です。イデパ砦が蛮族に包囲され、脊梁山脈《せきりょうさんみゃく》を越えてポクテキ（北狄）が越境して来ているとのことです」

ウェイサンペは、エミシ族を、脊梁山脈の東側に住む者を東夷《とうい》、西側の者を北狄《ほくてき》と呼ぶ。これは唐人の猿真似だそうだ。唐人は己を世界の真ん中に花と咲く中華だと称し、四隣の他民族を東夷、西戎、南蛮、北狄と呼んで侮蔑する。ウェイサンペも己をこの列島を支配する中華とし、周辺の異民族に蛮族扱いのこうした呼び方を当てはめて威張っている。唐人から見れば、「目糞鼻糞を笑う」だ。

「唐の貴族は贅沢をし、高い文化を育んでいるものの、庶民は不潔で、貧しい。宮殿に仕える男子は、帝王の側女《そばめ》どもに手が出せぬように睾丸を切り取られている。血も涙もない残忍さだ。あれで中華とは呆れる。我々は対抗上、唐の優れた点は学ぶが、あのような蛮風は取り入れてはならない」ある時、縣守《あがたもり》が副将軍に向かってこう言うのを聞いた。

アカタマリとユパシルは、いつも兵の集まり具合、蛮族の動静などの話題に熱中している。一方でカケタヌキは、実務経験のない弱点を補おうと、経験豊富な将校と一緒に兵の訓練に熱中している。

「北狄の蠢動《しゅんどう》には気を付けよう。腹背に敵を受ける」と、アカタマリ将軍が副将軍相手に渋面を作った。

「山を越えて来るのでは、俄《にわか》に大軍は動かせますまい。如何でしょう、先手を打ち、征討軍の一部を割いて、北狄の出鼻を挫《くじ》くという手は？」

「鎮狄将軍はな」と、アカタマリが小声で応じた。「将軍とはいうもののあれは阿部一族を懐柔するための名目将軍職で、実体は副将軍として使えと廟堂《びょうどう》で耳打ちされた。北狄討伐の役がつけば、あの仁も張り切り甲斐があろう。副将軍のいない半端な将軍だが、経験豊富な軍監二人、軍曹二人がついているゆえ、何とかなろう」

西側エミシ蜂起の話は知らないが、これで征討軍が二分される。いい話だ、とカリパは思った。

「ところで石代《イパシロ》、お前の出自は下毛野《シモトゥケヌ》だ。蕃地とは境を接している。エミシについても詳しかろう。改めて訊くが、エミシは強いか」

「いかなる人にも民にも、長所と短所がございます。エミシの武技は我が兵の及ぶところではございません。しかし、弱点もございます」

「ほほう、是非聞きたい」

「最大の弱みは人口の少なさです。我々はさしたる苦労もなく一万人の軍兵を揃えますが、広大な山野に散らばるエミシにこれは至難の業です。さらに、統一政権がないため輜重線《しちょうせん》がなく、長戦《ながいくさ》が苦手です。小部族がそれぞれ自由に独立して暮らしていますので、意志の統一が難しく、部族間の反目もあり、それを利用すれば、撹乱、調略が十分可能です」

それは本当だ。背筋が寒くなった。この連中がエミシモシリに布陣してからでは遅い。同胞幾千人の命が懸かっている。何としてもこいつを殺さねば。だが、自分に人が殺せるだろうか。

巻三　劫火

23　羊の王

「元気か、クソマレ」

厨房の裏手の井戸端。振り向くと、一本眉毛の猪面《いのししづら》が立っていた。冷たい風に風花《かざばな》が飛んでいる。

「おや、久しぶりだな、親分《ニシパ》。尻は治ったか」陽気な声に、トヨニッパが苦笑いした。

「うむ。固いのをまる時にピリッと痛むことがあるが、大丈夫だ。そっちはどうしている」

「この国府の中で殺《や》るのは無理だ。いつもまわりに人がいて、隙がない。武器もない」

「そうだろうな。で、お前に渡しておくものがある」

トヨニッパが懐から白鞘の短刀を取り出して、そっとカリパに渡した。ドキッとした。

「アカタマリを刺すためと、万一の時に身を護るためだ。隠し持て。短いから相手の体に密着しないと失敗する。狙うのは首か心臓か鳩尾《みずおち》だ。刺したら充分に抉《えぐ》れ」

「わかった」

顔が緊張で青ざめるのを感じた。いよいよか……。短刀を懐の奥に忍ばせた。

「殺《や》るのは軍隊が移動する旅の途中がいい。ところで、クソマレ、国府の下っ端どもの間ではお前は大層な評判になっているぞ」

「美女《ピリカメノコ》だからか」

猪面がニヤリと笑った。

「それもあるが、天秤棒をへし折ったとか、お偉方にひどい綽名を付けたとかいう話さ。いつも上の者に押さえつけられている下っ端どもが溜飲《りゅういん》を下げている。気を付けろ、目立ち過ぎるなよ」

そんな時、横からぬうっと現われた人物がある。かなりの歳で、背中に長く垂らした髪も胸まで下がる髭《ひげ》も白いが、背はしゃんと伸びて、目もキラキラ輝いていた。大きな目と鼻、凹んだ眼窩《がんか》、そして手足が長い。体つきはどこかトヨニッパに似ていて、背丈よりも長い杖を携えていた。ひと目見るなりトヨニッパが三尺も飛びすさり、地に額を押し付けてひれ伏した。

「これは珍しい。このような所で何をしておる」

「ははーっ」

頭《かしら》はろくに返事もできない。この男のこんな様子を見るのは初めてだ。盗賊の頭のそのまた大親分か。顔は優しいが、全身から、侵すべからざる威厳が漂う。カリパも思わず、その場に膝を突いた。

「この娘さんは？」

「我が魂の父よ」と、トヨニッパが震える声で言った。「罪深い僕《しもべ》をお赦しください。これはエミシの女奴隷《メヤトゥコ》でございます」

「着ている物を見ればそれはわかる。お前はまたろくでもないことをしておるのか。いい加減にせぬと、地獄《ゲーヒンノム》で悪鬼《ダイバ》どもがお前を待っているぞ」

「滅相もない。この者とその一族を助けようとしているのでございます」

「娘さん」と、老人はカリパに向き直った。「この男はかつてはわしの愛弟子《まなでし》で、心根のよい男であったが、野盗の群れに加わり大悪党に成り下がったろくでなしだ。お前が心優しき、よき娘であることは一目でわかる。よいかな、騙されてはならぬ。くれぐれも道を逸れぬようにな」

次に老人はトヨニッパに向き直って、厳しく言った。

「お前が黄金《コンカネ》を狙ってエミシの山を探っている話はこの耳にも入っている。前にも申したが、それはエミシのものだ。手を出すな。帝国に知れたら、罪なき血が流れる。改めて、しかと申し渡すぞ」

老人は両手を盗賊の頭上にかざし、モゴモゴと意味不明の言葉を呟き始めた。なぜかフッと幼い時にこれを聞いたことがあるような気がした。なぜだろう？　そんなはずはないのに……。

不意にトヨニッパが真っ青になり、宙を見据えた。目の前に、何か恐ろしいものが見えているらしい。その恐ろしいものから身を守ろうとするように、両手を顔の前に振り動かして叫んだ。

「……アンガロス！」

いったい何を見ているのだろうと、トヨニッパの見つめる何もないはずの空間に目をやると、そこに驚くべきものを見た。金色の肌に銀色の髪と髭を生やし、碧玉《へきぎょく》の瞳を光らせ、青銅の甲冑に身を固めた異形の戦士が、宙空に足を踏ん張って浮いている。

ピタカムイ河原で、トヨニッパが「アンガロス！」と叫んで逃げ出したのを思い出した。あれはこのことだったのか。驚きで身動きもできなくなった。トヨニッパは苦しげに呻き、右手で左の肩を押さえ、顔を歪めて後ずさりすると、脱兎のごとく逃げ去った。

はっと正気に戻った。アンガロスの姿はなく、あの老人がニコニコ微笑んでいた。

「お前にも見えたのか」と、老翁が尋ねた。

「はい」

「そうか……」と、老人は感慨深げに何度も頷いた。「それはよかった。そうか……」

何が「そうか」で「よかった」のかはわからないが、老人は何事かを深く納得している様子だ。言葉を変え、ゆっくりとエミシ語で語りかけてきた。

「お前はここで何をしているのかね、ポンメノコ（娘）よ」

この人はわたしの言葉が話せるのだと思ったら、胸が躍った。

「わたしは将軍づきの女奴隷《メヤトゥコ》、カリパです。ここではクソマレと呼ばれています。水を汲んで将軍の執務室に参るところです」

「そうか。で、カリパ、お前のふるさとはどこかね」

「シナイトーの大沼のほとり、オンネフルです」

「あの者にかどわかされて、ここに売られたのか」

黙っていた。自分から進んで身売りしたのだ。かどわかされたわけではない。

「親御たちは達者か」

「そう願っております」

「お前を失って嘆いておられよう。ここに腰を下ろしなさい。少し話していかないか」

老人は井戸の側に横たえられている枯れた丸太に腰を下ろし、隣りにカリパを誘った。

「わしはシャーラーム。わしの父の代に、西の大海を渡ってやって来て、この国に土着した胡人《こじん》の一部族の頭《かしら》だ。今は上毛野国多胡《カミトゥケヌのクニ・タコ》の郡司《ぐんじ》をしておる」

「胡人とはどのような人のことですか」

「大陸にある唐という国の西に住む民のことだ。本来の名はパァルサ。唐人はこの発音が苦手で、波斯《パーシー》と呼ぶ。ここではパタ（秦）人《びと》と呼ばれている。我々は国々をめぐり歩いて、多くの技《わざ》を身につけているので、帝《ミカド》に重宝がられておる。曠野に羊の群れを飼い、諸国を巡って商いをする。わしの名シャーラームは『羊の王』という意味だが、ここではピトゥジタイプ（羊太夫）の名で通っておる」

驚いた。「太夫《タイプ》」というのは五位以上の人の名につける敬称だ。多胡の郡司だというが、太夫《タイプ》と呼ばれるからには昇殿を許される貴族ではないか！　国守《くにつかみ》の官職に相当する位で、ただの郡司ではまるで役不足だ。恐らく、よほどの功績を上げて、帝《ミカド》から五位の位を授けられた人物であろう。

「あの盗賊は長老《エカシ》の一族ですか」

「恥ずかしながら、その通りだ」

「自分はろくでなしゆえ、死ねば地獄《ゲーヒンノム》に投げ込まれる定めだと言っていました」

「ふむ、己の罪深さは自覚しておると見える」

「ところで、さっき不意に現われたあの物《もの》の怪《け》は何です？　驚きました。トヨニッパはアンガロスとか言っていましたね。甲冑帯剣の戦支度《いくさじたく》でしたが、わたしを見た顔はとても優しく見えました」

「お前にも見えたとは素晴らしい吉兆だな。ま、時が来ればわかる。その時が早く来るように、わしもアンガロスに願おう」シャーラームが頬笑んで、腰を上げた。

「征夷将軍から呼び出しを受けておるのだ。カリパ、お前も行くのなら一緒に参ろう」

なぜかこの老人に、親戚のお爺さんに会ったような親しみを感じた。とは言え、こちらは奴隷《ヤトゥコ》の身。郡司とは言え、貴族身分の人物と、並んで歩くのは許されない。三歩後ろに離れ、慎ましく下を向き、彼の後ろに従って政庁に入り、接待の支度をする隅の戸棚の陰に身を置いた。

「多胡の郡司・羊太夫《ピトゥジタイプ》殿、参上」と、入り口を守る衛士《えじ》が叫び、目《サクアン》が繰り返した。

アカタマリが機嫌よく老人を迎えた。進物であるとして羊太夫の差し出したのは、上等の絹布に包んだ、太さ親指ぐらい、長さが肘から指先ぐらいの赤褐色の金属の棒、十本だった。

「上質の銅《あかがね》だな。見事だ」と、アカタマリが嬉しそうに呟いた。「そなたがティティプのクロタニで鉱脈《かねづる》を見つけてから何年になろう。あの時は帝国を挙げて喜び、年号も和銅と改まった」

「ざっと十二年。早いものでございます。帝《ミカド》の仁政の賜物にて、銅山《かねやま》の仕事は順調です。近年はこれによる鋳銭《ちゅうせん》も盛んになっておりますれば、帝国の経済も発展することでございましょう」

陰で聞いてびっくり！　……このお爺さんが銅《あかがね》を見つけたのか。《和同開珎》はこれで造られたと聞く。お爺さんはウェイサンペ帝国の大恩人だ。それで褒美に五位の位《クラウィ》を授かったのね。

しばらく、よもやまの話題が続いた後で、アカタマリが訊ねた。

「そちは銅山《かねやま》を開き、丹《に》（水銀）を探し出し、帝国の鉱山業《やましごと》に貢献するところが大だ。諸国の事情にも通じていよう。この度、蛮族が按察使を殺した。わしは賊徒を征伐しに出向くのだが、鎮所からの報告では北狄も反乱し、植民村を襲い、イデパ砦を囲んでいるらしい。僻遠《へきえん》の地なれば詳細不明だ。そちの耳に入っていることはないか聞きたくて、呼んだ」

「さて……」と、羊太夫が困惑の表情をした。「わたくしどもの目の届くのは帝国の版図内に限られ、化外《けがい》の地までは……」と、考え込んでいたが、ポンと手を打った。

「おう、よき者がおります。先程庭で見かけました親衛隊のトヨニッパと申す者は我が同族で、若い時に野盗に拉致されて仲間にされ、奥地を荒らし回っておりました。この度の戦《いくさ》で盗賊稼業がしにくくなり、食い詰めて征討軍に志願したようです。あの者ならお役に立つかも知れませぬ」

おや、トヨニッパの御登場か。戸棚の後ろで、昆布湯を調えながら、カリパは全身を耳にして聞いていると、やがて一本眉毛が青首に連れられてやって来て、大床に這いつくばった。

「そちは長年、陸奥《ミティノク》を荒らし回り、馬を盗み、奴隷《ヤトウコ》を攫《さら》うことをして来た盗賊と聞く。相違ないか」

トヨニッパが不敵な面で答えた。

「仰せの通り、やつがれは長年、蛮地で馬匹を略奪し、奴隷狩《ヤトゥコ》りもしてきましたが、これは王化政策《ミオモムケー》に仇なす蛮族の力を弱めこそすれ、帝国臣民《オポミタカラ》に仇をなしたわけではなく、律令に触れることは致しておりませぬ。故に盗賊と仰せらるるは心外でござります」

「なるほど」と、アカタマリがニヤリと苦笑した。泥棒にも三分の理屈だ。「実は鎮所から気になる知らせが来ておってな……」と、先程の話を繰り返した。

盗賊ではないと主張する盗賊が、大真面目に答えた。

「その通りでござります。蛮族の襲撃で、罪なき王民《オポミタカラ》が寒冷の地に彷徨《さまよ》い、飢え、凍え死ぬる者数知れず。イデパ砦は囲まれ、食糧も尽き、悲惨な有り様だとか。この度の征討軍に征夷将軍並びに鎮狄将軍がおわしますは真に力強く存じます。今、乱を起こしている不逞の東夷を征伐するのは当然ですが、一刻も早く北狄《ポクテキ》を討つこともまた肝心と存じます」

聞いている将軍たちの顔色が青ざめていく。だが、こんな話は兄からも聞いたことがない。事実なら、戦線は拡大し、全エミシモシリで血腥《ちなまぐさ》い殺戮が展開する。不安が一気に胸を満たした。

しかし、ウェイサンペは平気で嘘を吐《つ》く。その言葉には必ず裏があり、何を企んでいるかわかったものではない。迂闊に信じるな……。兄がよく言う言葉だ。パルサとかいう遠い国から来たと言っているが、トヨニッパは今はウェイサンペ社会の一員だ。言うことを鵜呑みにはできぬ。

悩むことはない。今、同胞を救うためになすべきことは、アカタマリを殺すことだ。余計なことは考えまい。その時が来たら、グサリと殺《や》るまでのことだ！　マサリキン、待っていてね！

24　将軍の庶子

「おい、クソマレ。水を飲ませてくれ」

振り向くと、甲冑姿のトヨニッパが立っていた。あたりには誰もいない。訓練の合間の一休みらしい。釣瓶《つるべ》に添えてある小さな柄杓で水を飲ませてやった。

「親分《ニシパ》、あの話は本当か?」

「北狄《ポクテキ》のことか? 嘘《スンケ》に決まっている」

「呆れたものだ。嘘《スンケ》はイッカクル（泥棒）の始まりだ」

「心配するな、本職は泥棒だ」と、一本眉毛の目が笑った。

「なぜあんなことを?」

「鎮所のスケの言いつけさ。前にも聞かせたな。スケはアカタマリが勝つと困る。なるべく負けるように仕組んでいる。スケは征討軍を二分し、一方を、いもしない敵を求めて、厳冬の脊梁山脈へ向かわせようとしている。これで征討軍の力は半減するから、エミシが全力を挙げれば勝てぬこともない」

人が来た。トヨニッパが素知らぬ顔で立ち去った。来たのは見たことのない男だ。三十歳ぐらい。顎の張った顔はアカタマリそっくりだ。足拵《あしごしら》えも厳重に蕨手《わらびて》の太刀を佩《は》き、薄汚れた旅装だ。

「おや、お前はエミシか」いきなりエミシ語で訊かれた。

「シカリ（そうだ）」と、ウェイサンペ語でぶっきらぼうに答えた。

男がカリパを見つめ、急に優しい顔になった。ふん、こいつ、わたしに下心があるな……と直感した。さりげなく井戸の反対側に移動した。ウェイサンペは信用ならぬ。こんな誰もいない所で、いつぞやトヨニッパにされたように「マタパ！」と、抱きつかれては困る。こいつの脚は長くないから、膝蹴りは正確に金玉を潰す。そうなると騒ぎが大きくなるから、顔面への頭突きにするか。

男が甘ったるい声で訊ねた。

「美しい女《ピリカメノコ》だな。名は何というのだ」

早速来たか。初対面の女にいきなり名を聞くとは無礼な奴め。つんと顎を反らし、知らん顔で立ち去ろうとしたら、男が慌てたように言った。

「待て、待て。俺は旅から戻ったばかりなのだ。水を一口飲ませてくれ」

仕方がない。井戸端に吊るしてある柄杓で、手桶から水を汲んで無愛想に差し出した。男がそれを受け取りガブガブ飲んで、立ち去ろうとするカリパに追いすがって来た。

「やあ、待て。重そうな水桶だな。俺が持ってやろう。どこへ行くのだ？」

馴れ馴れしい奴だ。女奴隷《メヤトゥコ》の賤しい仕事を手伝おうというウェイサンペは初めてだ。自尊心がないのか、こいつは。男が手を伸ばして水桶を引ったくった。ふん、勝手にしろ。その儘、将軍の所まで運んでいけ。スタスタと後ろも見ずに歩いた。

「おい、美女《ピリカメノコ》、どこへ行く。厨房ではないのか」

無視して、その儘、政庁に急いだ。足の速いカリパについて来るのは大変なはずだ。桶の水がピチャピチャ溢《こぼ》れる音がする。政庁正面で、青首が二名、警備していた。顔なじみだからどんどん中へ入って行ったが、男の方はそうは行かない。ガシャッ。左右から鉾《ほこ》が二本、男を遮《さえぎ》った。

「名乗られよ」衛兵が鋭く声をかけた。男が慌てて水桶を下に置き、ヘドモド答えている。

「いや、これは失礼。わたしは征夷将軍の命により参上した壬生若竹《ミブのワカタケ》と申す。ミティノクから今、戻ったところでござる。お取り次ぎを」

「ミティノクからわざわざ水を運んで来られたか」と、青首が間の抜けた声で訝《いぶか》しんだ。馬鹿正直者の多い夷俘《イープ》の典型だ。仕事をしていた官人たちがクスクス笑った。

「いや、その、あの美しい女《ピリカメノコ》が重そうに水を運んでいるので、手伝ってやったのだ」

「これはまた御親切な。だが、心遣いは無用でござるな。かの女奴隷《メヤトゥコ》は男顔負けの力持ちでござる。何せ、天秤棒をへし折ったほどでござるからな」

何人かが吹き出した。将軍の御前《ごぜん》なので、必死に笑いを堪《こら》えている。おろおろしている男の姿が少し気の毒で、カリパは水桶を引ったくった。

「おい、美女《ピリカメノコ》、お前、名は何というのだ?」

男が、目の前に交差している二本の鉾の柄に両手を掛けて、なおも囁き続ける。ああ、しつこい奴め、振り向きざま大声で叫んだ。

「クソマレ!」

今度こそ政庁は爆笑の渦になった。男は口をポカンと開けて棒立ちになっている。かなりこたえたようだ。奥で見ていたアカタマリがニヤリと片頬で笑い、いかつい声を掛けた。

「若竹《ワカタケ》、久しいな。女奴隷《メヤトゥコ》をからかうのはそのぐらいにして、近う寄れ」

青首が急いで鉾を引いた。ワカタケが嬉しそうに将軍の前に進み出、床に腰を下ろして、鄭重な挨拶をした。アカタマリが話しかけた。

「先日、多胡の羊太夫《ピトゥジタイプ》を呼んで、奥地の情勢について訊ねた。あの者の同族にトヨニッパという野盗がいてな、今、わしの親衛隊だ。その者が詳しかろうと言うので、それにも訊いてみた。陸奥介の報告通り、北狄がかなりの規模の反乱を起こしていると奴も言う。そなたからも様子を聴きたい」

それから横にいたカケタヌキを振り向いて、こう言った。

「鎮狄《ちんてき》将軍、こやつはわしには少々縁《ゆかり》のある者で、蛮族どもの動きを探らせるために奥地に遣わしていたのでござる」

「頼もしげな若者でございますな。壬生《ミブ》といえば、確か御側室のお里でございましたな」

カケタヌキが甲高い声で答えた。何でも知っているぞという顔だ。将軍は微かに鼻を鳴らした。

「若竹、こちらは従五位上鎮狄将軍・阿倍朝臣駿河殿におわす。これからお世話になることゆえ、お見知り置きいただくように」

「ははっ」

それとなく「敵だぞ」と、教えているのだ。昆布湯ができたので、目八分に捧げて持っていった。ワカタケがうっとりした顔でカリパを目で追っている。「気をつけるんだよ。男の目はへのこに直結している」と、言った母の言葉と、ピタカムイ河原で強姦されそうになったときのことを思い出した。おお、嫌だ、嫌だ。あの目つきでは奴のへのこも袴の中で大きくなっているに違いない。席をずらし、箪笥の陰に入って、男の目から避難した。ワカタケの声が聞こえる。

「この秋の大嵐で河川の氾濫が続き、田畑に甚大な被害がございました。加えて前《さき》の按察使さまの討伐を受け、赤頭賊《せきとうぞく》も痛手を受け、目下痛み分けです。これから厳しい冬です。モーヌップやウォーシカの野に溢《あふ》れておりました賊徒も、冬越しの支度のためにあらかた本拠地に戻りました。今、大軍を以て攻めれば、クリパル、イワイあたりまでの賊を根絶やしにできましょう。

北狄《ポクテキ》反乱については確証が不足です。脊梁山脈のリクンヌップ盆地に棲息する蛮族の武将イレンカシと申す者が、東側に出張って来ているのは確かです。前《さき》の按察使さまを討ったマサリキンと申す凶賊とこの者が手を組み、脊梁山脈の東側の山麓で蠢動《しゅんどう》しております。その者は、神業《かみわざ》のごとき馬術を駆使し、按察使さまは奴の馬に首を噛まれて討たれました。奴は歌が巧く、かつ男前で、常に大勢の女どもが目の色を変えて取り巻いていると申します。こういう人気者は危険です」

マサリキン！　箪笥の陰で、カリパの胸は早太鼓のように躍り、頬と耳朶《みみたぶ》が火傷《やけど》しそうに熱くなった。セノキミは治ったのだ！　赤蛇《フレトッコニ》の呪いから解き放たれて、元の素敵な青年《オッカイポ》に戻ったのだ。我が身を売って身代わりになったのは大成功だった。嬉しさが爆発した。でも、待って！　男前の彼のまわりにはいつも熱狂する女たちがへばりついている？　これは聞き捨てならぬ。何さ！　命賭けでマサリキンを助けたのはこのわたしよ。そのへんでキャーキャー騒ぐ馬鹿女どもにセノキミを渡してなるか。負けず嫌いの血が沸騰し、箸が指の間でポキンと折れた。


陰暦十一月の満月が寒い冬空に懸かっていた。政庁東側の征夷将軍宿舎の後ろに女奴隷《メヤトゥコ》用の小屋がある。一間半四方ほどの狭い一間で、満月を堪能したカリパはそろそろ寝ようと、蔀戸《しとみど》を閉めにかかっていた。男の色気が忍び寄る気配がした。夜の闇の中で、ワカタケの甘い声が囁いた。

「お願いだから、騒がないでおくれ。美しいお前に悪さをしようというのではない。わしは明日またエミシモシリに発つ。その前に、お前とこの美しい月を眺めたくて、忍んで来た」

「月などそのへんで糞《くそ》まりながらでも見える。わざわざ来ることはない。俺はウェイサンペ男に興味がない。さっさと糞まって、尻拭いて寝ろ」

「やれ、手厳しや」と、ワカタケが苦笑いした。こんなことを言われても気にする様子もなく、カリパのいる濡れ縁に腰を下ろした。

「お前は美しい。この世のどんな女より美しい」

男にこんな言葉をかけられるのは初めてだ。ちょっぴり……いや、ちょっぴりではない、正直、かなり嬉しくなった。そんな心を跳ね返そうと、わざとぶっきらぼうに答えた。

「俺はカンカミ（鏡）など持っていないから、俺が美しいかどうか、知らない。ウェイサンペ男は嘘吐きだから、信用できない。何か卑しい下心があって、そんなことを言っているのだろう」

「下心か」と、ワカタケが低く笑った。「いかにも、ある。わしはお前を妻にしたいのだ」

びっくりした。心臓の拍動がいきなり強く激しくなった。即座に答えた。

「断る！」

「そう急ぐな。まず、名乗らせてくれ。わしの誠意を示したい」

「お前はミブのワカタケであろうが。改めて名乗らずとも、もう知っている」

「それは仮の名だ。従七位上、左兵衛《さひょうえ》の少尉《すないじょう》、多治比真人潟守《タディピのマピト・カタモリ》。これが本名だ。わしは征夷将軍の息子なのだ。父はアガタモリの名の上の一字を外してカタモリと名付けてくださった」

カリパは目を丸くした。なるほどこの角張った顎は将軍によく似ている。親子だったのか。

「これは驚いた。従七位というのは官人の中でもずっと下っ端で、帝《ミカド》の宮殿に上がる資格もないというではないか。多治比《タディピ》の一族は帝《ミカド》の親戚筋で、あのアカタマリもやがては大臣《おとど》にもなるのだと聞いたぞ。その息子がなぜ従七位だ？　夜中に女奴隷《メヤトゥコ》の寝床を狙うような奴だから、何かろくでもないことをして、まともな女に相手にされず、こんな所をうろついているのだろう。アカタマリのアを取ったらただのカタマリだ。色気の固まりか」

「口の悪い女だ」と、ワカタケだかカタモリだかという男が苦笑いした。

「それに何だ、そのアカタマリとは。父上のことか？　ひどく汚い名にしてくれたものだ」

「許せ。エミシ語の訛りだ。副将軍をユパシルと言ったので、これも大流行《おおはや》りになっている。俺が言い始めたと知れたら、首を刎《は》ねられるかも知れないから、黙っていろ」

カタモリがふふっと笑った。笑い顔が存外かわいい。

「兵卒が鎮狄将軍のことを陰でカケタヌキと呼んでいたが、さてはあれもお前が名付親か」

「狸のような面《つら》の上に、大きな鶏冠《とさか》を付けているからな。その上、背は低いが声だけはやたらとでかい。新兵の訓練ではカッケーロー（駆けろ／コケコッコー）としょっちゅう時を作っている」

カタモリが腹を抱えて笑い転げた。こいつ、よく笑う、楽しい奴だ。

「お前はずいぶん乱暴な言葉で喋る。どこで憶えた。もう少し女らしく話したほうがよいぞ」

「ウェイサンペの兵卒で軍隊を逃げ出して、エミシ側に寝返ってくる奴が多い。そいつらが戦《いくさ》で手を負って担ぎ込まれてくる。俺はその看護役をしていた。そこで憶えた言葉だから、乱暴な男言葉なのだ。俺はこの国府《コクプ》に来るまでウェイサンペの女を見たことがない。だから女言葉を知らぬ。女奴隷《メヤトゥコ》の言葉がよくわからず困っている。ところで、答えろ。どんな悪さをしたのだ？」

「いや、格別何も悪いことはしておらぬ」と、カタモリが寂しそうな顔になった。

「生まれが悪かったのだ。父上には大伴家《オポトモ》という貴族出身の正妻がいる。嫡子はクニピト（国人）。

わしより年下だが、これが跡継ぎだ。わしの母は、父がまだ若くて畿内の地方官だった頃に通《かよ》った、土地の郡司の娘だ。家柄が低いので正妻にするわけにいかず、側女《そばめ》だ。つまり、わしは妾の子だ。それでも父はわしを何とか一人前にしてやりたくて、あちこち駆けずり回って従七位上・左兵衛《さひょうえ》の少尉《じょう》にしてくださった。規定では地方豪族の嫡子が任命される官職だが、父上が手を尽くして妾腹《めかけばら》のわしを身に余る職に就けてくださったのだ」

「それは何をする役目だ?」

「帝《ミカド》の身辺警護さ。左兵衛《さひょうえ》と右兵衛《うひょうえ》があり、それぞれ四百人。武勇に優れた者が選抜される」

「よかったな。その左兵衛のなんとかが、何で嘘の名前を使ってここをうろついている」

「わしのような賤しい者を取り立ててくださった偉大な父上のお役に立つためなら、わしは命も要らぬ。この度の征夷の大仕事には何としても成功していただきたい。そう思って一時、左兵衛の仕事を抜けさせていただいて、間諜《かんちょう》として働いている」

「お前はよほどアカタマリが好きらしいが、あの男のどこがそんなにいいのだ」

「親を慕う気持ちに、王民も蛮族も変わりはあるまい。お前だとて父母は恋しかろう」

「そうだな……」

ふと、感傷的になった。月の魔力のせいか。それにしてもこいつには自尊心がないのか。妾の子だろうと何だろうと、人は天上の神々の国から天下ったカムイのこの世《カムイモシリ》での姿だ。その尊い自分という存在を自ら「賤しい者」と規定するとはどういう心だ。警戒心が緩んだと見たらしい。右側に座っている男の左手が背中に回り、左肩に優しく乗った。ハッとして、体がピクリと動いた。

「怖がるな、クソマレ。何もしやしない。明日の朝は敵地に旅立たなければならない身だ。こうしてしばらく、お前と月を眺めていさせてくれ……。わしはお前が好きなのだ、好きなのだ」

男というものがこんなに優しい声を出せるものかと驚いた。その声が骨の髄まで染み込んで来て、なんだか身動きができなくなった。男が身を寄せて、右手が腰を優しく引き寄せた。指が妖しく動き、腰と腿を愛撫した。とろけそうな甘い誘惑にふらっとなった時、カリパの本性《ほんしょう》が目覚めた。いけない！　この男はマサリキンを、わたしの家族や仲間を、殺しに行くのだ！

男の右手首を左手で摑み、グイと引いた。男は、女が自分を抱き寄せていると勘違いし、勢いよく自分で倒れかぶさって来た。左手で摑んだ男の右手首を軽く外側にねじり、その手の甲に自分の右手を添えて強烈に捻《ひね》った。

「イエーッ！」

男の体が宙を飛び、カリパの上を飛び越えて大きく一回転し、その儘、ドタッと地面に投げ出され、うむっと一声呻いて伸びてしまった。闇の中から声がした。

「見事な投げ技だ。教え甲斐があったわい」

物陰から大男が月光の下に現われた。トヨニッパだった。恥ずかしさで顔が真っ赤になった。

「覗き見していたのか。悪趣味な奴だな」

「俺はいつもお前を見守っている。この色男は俺が宿舎まで担いで行こう。お前も変な虫が付かぬよう、戸締まりをして寝ろ。農民の逃散《ちょうさん》が相次いでいて、予定の三万人は集められなかったが、イデパの反乱で鎮所が矢の催促だ。将軍は尻に火がついている。搔き集めた一万人と少しで、三日後には出撃すると命令が出た。こいつの親父の息の根を止めるのもいよいよだぞ」

25　鎮所の裏手

「マサリキンは、鎮所に拉致されたに違いない」クマはそう確信していた。なぜかふと自分の年を思った。四十六歳。ろくなこともなかった。人生のさまざまの艱難《かんなん》はあらかた経験した。つい数日前には妻子を目の前で殺された。だからか、いつも最悪の事態ばかり考える癖がある。輝かしい勝利の栄光を夢見ることなど無縁で、常に運命への不信と恐怖が心に巣くっている。これと戦うために武芸に精出し、マルコ党では並ぶ者もない鉾使《ほこつか》いになった。用心深く狡猾だとも言われる。

ここはウカンメ山裾の野戦陣地。クマは、レサックと組んで人質イシマロを護送して山襞の奥にある地下牢に行っていた。だから二人は、衰弱したマサリキンが敵に捕らわれたことも、カリパが行方知れずになっていることも知らなかった。夕方、交代時間で戻って来て騒ぎを知り、仰天した。

「マサリキンが鎮所に拉致されたに違いないって、何故だ、父《アチャ》ちゃん」と、レサックが訊ねた。

「マサリキンを拉致した奴らの逃げた先がヤムトー砦ではなく、しかも後ろに数頭の空馬を連れていたというから、戦場で放れ駒を漁る馬泥棒どもだろう。ヌペッコルクル大勝利の後の戦場《いくさば》でそんな大胆なことをする、文字も書けるという、剛腹で学のある盗賊といえば、あのトヨニッパぐらいのものだ。奴なら、マルコ党との取引にしくじったら、取引先を鎮所に変えるような芸当は簡単だ」

「トヨニッパなら知っている。えらく強い奴で石飛礫《いしつぶて》の名人だ。コムシさまも一目置いていた」

「石飛礫の名人？　そうか、思い出した。奴の飛礫投げは神業に近いそうだな。さては河原でカリパを助けたのも奴か。あいつは悪党のくせに妙に俠気《おとこぎ》があるらしいからな」

「でも、どうしてトヨニッパの新しい商売先が鎮所になるんだ、父ちゃん《アチャ》」

「鎮所はこのところ失点続きだ。スケがマサリキンを手に入れれば、按察使《アゼティ》を殺された不面目を少しは償える。買ってくれそうだと見たはずだ」

「ふうん、父ちゃん《アチャ》は頭がいいな。よくそんなに人の考えが読めるものだ」

「ま、お前より少しは長く生きているからな」と、クマは笑った。「シネアミコル隊長の許しをもらって、鎮所に行こう。お転婆のカリパのことも心配だし、マサリキンも助け出したい」

「そうだ。マサリキンは俺の命の恩人だ。何とか助けて、カリパとオチューさせてやりたい」

「オチューのことはお前が心配しなくてもいい。とにかく、二人を探そう」

翌早朝、隊長の許しを得て、彼らは隊を離れた。鎮所まで丸一日の行程だ。晩秋、日が短い。馬を近くの村落《コタン》に預け、鎮所の裏手に忍び寄った時はもう夕刻だった。目の前に立ち並ぶ高さ四、五間もの材木列が威圧的だ。周囲には枯れ萱が一面に生えていて、身を隠すには都合が良い。

「このあたりでマサリキンが、シノビのミムロとカメに捕らえられた。あいつは按察使《アゼティ》官邸の女奴隷《メヤトゥコ》にされたチキランケに、自分がここにいることを知らせたくて、毎晩あの『風の歌《レラ・シノッチャ》』を土笛で吹いていたそうだ。そこを襲われて捕らえられた。その時の奴の気持ちを思うと切ないな」

「ピラノシケオマナイ川の断崖でマサリキンと決闘をして、俺が深手を負って崖から落ちた。あの時はほんとに怖かった。あの時、蔦で宙吊りになった俺を、あいつは助けてくれた。いい奴なんだ」

レサックがその時のことを思い出して、大きな目玉に涙を浮かべた。

「あいつがシノビに捕まって、鎮所で拷問されていた頃、俺はアチャに介抱されて、アーキップの出湯でのんびり傷の養生をしていたのだな」

「そうだな」と、クマはしんみりした声を出した。「あいつのお陰で俺たちはマルコ党と縁を切って、真人間の世界に戻った。何とかして助け出したい。ほら、あそこを見ろ」

クマは目の前の柵を指さした。柵の向こう側に杉木立が並んでいる。

「あの大きな杉の真下に、ちょっと目にはわからない柵の隙間があるんだ。シノビどもも知らない、俺たちの秘密の連絡場所だ。ついて来い」

クマは身を屈め、生い茂る枯れ葦を掻き分けて前に進もうとした。

「おや?」

暗がりの中で、指先に触れたものがある。石かと思ったがそうではない。拾い上げると、小鳥の形をした土器の笛だった。尾が吹き口で、胴にいくつか孔が開いている。開いた嘴《くちばし》から音が出る。薄暗がりの中で眺めていたクマは、驚きと嬉しさに跳び上がった。

「これはラチャシタエック長老《エカシ》がマサリキンにくれた土笛だ。俺は若い頃、長老《エカシ》の許で見た憶えがある。シノビに襲われた時に草叢《くさむら》の中に失ったとマサリキンが言っていたが、こんな所で俺の手に入るとは！　これはチキランケの手助けだ。あの娘《こ》は天上の神の国《カムイモシリ》で俺を見守っていて、あの娘《こ》をあんなひどい目に遭わせた下手人の俺を、善いことをする道具にしてくれている……。これがあれば、呪い人《アシトマップ》の妖術にも立ち向かえるぞ！」

「そんなに凄いものか」

「ああ、そうだ。凄いものだ。大事にしよう」

クマは土笛を懐にしまい、柵に張り付いた。柵の内側は真っ暗だ。クマは時々「ククク……」と、喉を鳴らした。虫か鳥の声のようだった。深々《しんしん》と冷え込む夜の闇の中で、何時間もそうして過ごした。レサックはいつの間にか眠り込んでいる。夜更け、クマの喉に応えるように闇の中から「ククク、ククク」という音がした。研ぎ澄まされた耳に、静かな足音も聞こえてきた。女だ。

「ハルか? シネアミコル隊長の手の者だ」

「久しぶりね、クマさん」と、答えたのは鎮所の女奴隷《メヤトゥコ》。ヌペッコルクルの女間者《おんなかんじゃ》だ。

「俺を知っているのか」記憶力抜群の女と聞いていたが、ちょっと驚いた。

「あの若い衆《オッカイポ》を助け出すために、そこで眠っている禿げちゃんと一緒に、処刑場に殴り込んで大暴れした、惚れ惚れするような男ぶりを忘れられるものですか。で、赤髭さんからの急な知らせ?」

クマは、マサリキンとカリパの身に起きた奇怪な事件をかいつまんで話した。柵の隙間に女の顔が寄せられ、温かい息がクマの顔にかかった。

「一足遅かったわね。確かに昨夜《ゆうべ》、トヨニッパが来たわ。戦場《いくさば》で捕らえた放れ駒五頭とカリパを連れていた。スケは馬を良い値で買った。でも、マサリキンはいなかったわよ。カリパは、トヨニッパに捕らえられたマサリキンの身代わりに、自分を女奴隷《メヤトゥコ》としてあの泥棒に身売りして、マサリキンを放してもらったそうよ。よほど惚れてるんだね。少し前に仲間が聞き込んできた話では、マサリキンはルークシナイのヌペッコルクルに引き渡されたそうよ。彼は安心ね。心配なのはカリパよ。トヨニッパに連れられて、東山道を南に向かった」

「それは大変だ。いったい、どこへ連れて行く気だろう」

「わからない。でも赤髭隊長の妹よ、放ってもおけないでしょう。奪い返して来たら?」

「そうする。死んだチキランケへの罪滅ぼしだ」

「そうそう今朝、シノビのミムロが担ぎ込まれて来たの。エミシ女を捕まえようとして逆襲されて、左の睾丸《たま》を潰されたのよ。診療所の百済玄琢《クダラのゲンタク》先生が、この儘では命も助からないとおっしゃって、睾丸《たま》を切り取ってしまったのよ。按察使が死んで官邸の仕事がなくなったので、わたしは今、診療所の手伝いに回されているから、あいつの睾丸《たま》を切り取る手伝いをさせられたわけ。いくら手練《てだ》れのシノビでも、あれは痛いわね。泣き叫んで暴れて、大変だったわ。今も病室でのたうち回っている」

「やれやれ、奴も焼きが回ったか。あんな奴は、ついでに死んでしまえば世の中のためだ」

クマは皮肉な顔で笑った。ふと、その女狩人というのは、カリパではないかと思った。

「では、マサリキンのことは宜しく頼む。俺たちはカリパを追う」


「いったいこの真っ直ぐな道はどこまで続くんだ」と、レサックが文句を言った。

「まったくだ」と、クマもうんざりして答えた。

東山道。行けども行けども直線だ。険しい山などは迂回するが、可能な限り真っ直ぐに造ってある。道幅はほぼ十メートル。土を盛り上げて突き固め、排水設備を完備し、近隣住民を使役して維持管理に当たらせている。三十里（約十六キロ）ごとに駅家《うまや》があり、駅馬《はゆま》十頭が常備してある。

この道は地方から都に貢ぎ物を運ぶのが主目的だ。毎年、村ごとに運脚《うんきゃく》が選ばれ、重荷を背負って徒歩で運ぶ。駄馬も使わせてくれないのだから、虐待と言っていい。陸奥鎮所から都までは行きが五十日、帰り道は背負う荷物が自分の食糧だけになるから二十五日だ。往復の食糧はすべて自弁。野盗に襲われたり、食糧が尽きて餓死する者も少なくない。その上、ウェイサンペは他所者《よそもの》に薄情で、飢え困憊した旅人に石を投げて追い払う。重税を絞り取られ、乏しい食糧を旅の者に分けてやる余裕などないからだ。餓死者の死体が道端で腐敗し、鴉と野犬の餌食《えじき》になっていた。

この街道は軍隊の移動用にも威力を発揮する。緊急情報伝達にも、伝令が駅家《うまや》ごとに駅馬《はゆま》を換えながら、食事と睡眠の時間以外は駆け続けられる。都と陸奥鎮所の間を七、八日で駆け抜けるとされているが、あくまでも表向きの話だ。駅馬《はゆま》の一日行程は十駅、三百里（百六十キロ）。天候、体力、ウェイサンぺの馬の貧弱な能力を考えれば、現実にはかなり無理な話だ。

「道というものは、登ったり下ったり曲がったりしていないと退屈でいけない。行く手がずっと見渡せて、真っ直ぐに見えている道をただ歩き続けるのはつまらないな、父《アチャ》ちゃん」

「人生と同じだな」

その退屈な道中に、クマは聞き込みに精出した。途中でトヨニッパらしい連中を目撃した者に何人か出会った。だが、国境を越えてバンドー大平原の下毛野《シモトゥケヌ》に入った途端、足取りが消えた。このあたりは連中のふるさとだ。古巣に散らばったのかも知れない。まわりは原生林で、一歩脇道に逸れたら、迷路のような小道が密林の中をくねっている。ここに入り込まれてはどうにもならない。

ここは敵地だ。クマは髪を鬟《ミドゥラ》に結いなおした。思わぬ役に立ったのが、彼らのマルコ党訛りだった。マルコ党は昔、バンドーに勢力を張っていた旧ケヌ王国の遺民で、彼らの言葉はケヌの言葉だ。そのため二人は、地元の人間だと思われて警戒もされなかった。

「俺たちはもともとこの国の者で、北の奥地に植民させられている。親戚の娘が人攫《ひとさら》いにかどわかされた。えらく背の高い娘でとても目立つのだが、そんなのを見かけなかったか」

見たという人はいなかった。村々をめぐり歩く間に、奇妙なことに気がついた。村に若い男の姿がほとんどなく、女子供と年寄りばかりだ。村中すっぽりと人間が消えている所さえあった。

26　タコの族長

クマは年寄りを捉《とら》まえて、話を聞いた。老人は興奮して喋りまくった。かなり腹を立てている。

「お前さんたち、奥地から来たのなら知っているだろう。按察使《アゼティ》が蛮族に殺された。そりゃ当たり前だ。先住民を半獣と見なして、やりたい放題に苛《いじ》めていたからな。帝《ミカド》はその報復に征夷将軍と鎮狄《ちんてき》将軍とを遣《つかわ》し、武蔵《ムッツアシ》の国府《コクプ》で戦支度《いくさじたく》だ。三万の兵を徴集すると言って、血眼になっている。

何せバンドーは兵の狩り場だ。戦《いくさ》の度に若い男が連れ出される。殺された按察使《アゼティ》は、昔、バンドーを支配していたケヌ王国の王族で、ウェイサンペ帝国の軍門に降った。今でもこのあたりには縁《ゆかり》が多い。それを利用して、朝廷に内緒で、ずいぶん兵を駆り集めて行った。今はまたサトゥマ、オポスミとかいう遠い所でパヤート族の反乱が起きている。その戦のために、若い者が大勢駆り出された。そして今度は目の前のエミシの反乱だ。それで三万人も出せせなど、むちゃな話だ。だからあっちでもこっちでも逃散騒《ちょうさん》ぎさ。残っているのは女子供と、役にも立たないわしら年寄りばかりだ」

クマにも、老人の怒りはよくわかった。でも、ここの連中には逃げ場がある。深い密林に入り込めば、現地の人間でさえ探し出すのは困難だ。冬の間だけ隠れていて、猫の手も借りたい春の田植え時に戻ってくれれば、郡司だって咎められるものではない。

「それにな」と、老人が言い添えた。「近頃、奥地の植民村から逃げて来たという兄弟がいてな。植民者たちの惨状を、事細かに教えてくれている。その話を聞かされたらみんな震え上がって、逃げ出さずにはいられない。身の毛のよだつような怖い話ばかりだ」

爺さんの口は止まらない。魔物のような馬を操って、按察使《アゼティ》の首を噛み切らせた蛮族の戦士の話。石頭棍棒を振り回して、瞬く間に三十人ものウェイサンペ兵を叩き殺した禿げ頭の、鬼のような巨漢の話。蛮族の女が口をそろえてホサ（胡沙《こさ》）を吹くと、大暴風雨が吹き荒れ、大洪水が起き、何千人もの皇軍《スメラミクサ》が溺れた話。誇張された恐ろしい話が延々と続いた。

「その通りだ」と、クマは重々しく相槌を打った。「あんな連中と鉾《ほこ》を交えようとは狂気の沙汰だ。なるべくそっとしておいたほうがいい。連中はこっちから手出しさえしなければ、おとなしいものだ。ところで、その怖い話をしてくれている者に会いたいが、今ごろどこにいるだろうかね」

「サーウィとトヨという兄弟でな。このあたりでは引っ張りだこだ。郡司たちの手前、昼間からそんな話をしてまわるわけにはいかないので、夜、あちこちの村に招かれて、話を聞かせている。今はな、オモッピ村あたりだと誰か言っていたな」

サーウィとトヨ、懐かしい名前だった。武蔵国の出で、クロカパ砦にいたウェイサンペ兵だ。皇軍《スメラミクサ》に嫌気がさして脱走し、その後、ヌペッコルクルに参加して大活躍した。ここでその名を聞くとは思わなかった。二人はオモッピ村を訪ねた。共に死線を乗り越えてきた戦友同士、しかも両方とも元はウェイサンペに属し、ヌペッコルクルの陣営に走った体験も同じ。久しぶりの再会に抱きあって喜んだ。

「実は赤髭隊長に頼まれて、徴兵妨害のために送り込まれてきたのだ」と、サーウィが打ち明けた。

「エミシがいかに恐ろしいかということを、思い切り誇張して、言い触らしている」

「呆れるような大法螺を吹きまくっているようだな、エミシ同化民《ピリカサンペ》」と、クマがからかった。「レサックは口から炎を吐き、鼻と耳から毒の煙を噴きだし、背の丈は一丈に余り、片手で松の大木を根こそぎに引き抜くらしい。何でも羅刹《らせつ》とかいう恐ろしい鬼の化身だとか」

「クマ父ちゃ《アチャ》んみたいな人が川水を鉾《ほこ》で打つと、水が逆さ瀧となって天に噴き上がり、それがウェイサンペ兵の上に降り注いで、二百人もの兵が溺れ死んだとも言っていた」と、羅刹のレサックが大真面目で付け加えた。トーロロハンロクは四本の足に翼のある馬で、自在に空を飛び、耳まで割れた大きな口に狼のような牙が生えていて、敵兵を食い殺すという。

「呆れたものだ。よくもそんな大法螺を思いつくものだ。ばれたらどうする」

「相変わらず心配性だな、馬鹿正直の旦那《ニシパ》。嘘《スンケ》はウェイサンペの得意技だ。心配するな」と、サーウィがこともなげに笑った。「これで三万人の軍隊が半分に減ったら、大手柄ではないか。エミシも嬉しい。エミシに殺されなくて済む、バンドーの百姓も嬉しい。いいことずくめだ。弓矢だけが戦《いくさ》道具ではないぜ。この舌も恐ろしい武器になる」

「いかにもその通りだ」と、クマも笑い出した。俺の心配性は今に始まったことではない。でも、カリパの話になると、サーウィも笑ってはいられなくなった。

「赤髭隊長の妹さんか。それは大変だ。何とかしなければな」

「おい、兄貴」と、トヨが言う。「そのトヨニッパとかいう奴なら、会ったことはないが名前ぐらいは知っている。パタ人《びと》の出で、少年の頃に野盗に攫《さら》われ、今ではその親分になっている。ひょっとしたら、羊太夫《ヒトゥジタイプ》が、何か手がかりをくれるかも知れないぞ」

「ありがたい。では会いに行ってみよう」

クマは喜んで、上毛野《カミトゥケヌ》の国、多胡《タコ》の郡《コポリ》に駒を進めた。人懐こい住民が多く、顔つきはウェイサンペ族とはかなり違う。一般に男も女も背が高く、手足が長く、鼻筋の通った彫りの深い顔をしている。時々、眉間にまで毛が生えていて、左右の眉が一本に繋がっているのもいた。ウェイサンペやエミシともかなり混血しているようで、さまざまな顔つきの集団である。

村外れで珍しいものを見た。広い草地に、全身を分厚い毛で覆われた鹿くらいの大きさの獣が数十四、群れて草を食んでいた。額に曲がった角が生えていて、蹄が二つに割れている。その世話をする男女が長い杖を持って見回っていた。若い娘に訊ねてみた。日に焼けた褐色の肌で、背が高い。

「娘さん。わしらは旅の者だが、この生き物は初めて見た。これは何という生き物かね」

「ピトゥジです。私どもはラームと言っています。かわいいでしょう?」と、娘は愛想よく答えた。

「確かに、愛らしい生き物だ。それにずいぶん毛が多いな」

「この毛を刈って、布を作るんです。ほら、わたしの着ているものもそうですよ」

「珍しい。実に立派なものだ。それに暖かそうだ。このようなものは初めて見ます」

クマは思わず見惚れた。なぜか不意に女房を思いだした。こんなものを着せてやりたかったな……と、思った。クマの裏切りに激怒したマルコのイシマロが、目の前で妻と息子を斬殺した光景を思い浮かべた。自分はあまりいい父親でも夫でもなかったと、慚愧《ざんき》の思いが喉を締めつけた。

「多胡に、御用ですか?」と、娘が訊いた。高い鼻梁の両脇の大きな目が、どこかカリパに似ている。

「わたくしはミティノクのウォーシカという所から来た吉美侯部玖麻《キミコベのクマ》という者です。連れは吉美侯《キミコ》部醜男《べのシコウォ》です。羊太夫《ピトゥジタイプ》さまにお目にかかりたくて、訪ねて来たのです」と、丁寧に答えた。

娘は大きな目を丸くして、嬉しそうに答えた。

「あら、それならわたしの祖父です。今、家におりますので、御案内しましょうか」

「ありがたい」

娘は仲間に何事か声を掛けた。多分、自分の羊の面倒も見てくれというようなことを言ったのだろうが、聞いたことのない言語だった。

案内されて行った村は、竪穴式住居が建ち並び、村の真ん中の広場に、珍しい漆喰白壁の家が建っていた。壁には窓がいくつか開いていて、屋根は分厚い茅葺きだ。庭には四本の柱に梁を渡した大きな枠が造ってあり、今は季節ではないから葉も枯れているが、びっしりと蔓《つる》のからんだ藤棚になっていた。初夏になれば、さぞ美しいことだろう。娘は一足先に家の中に入り、やがて戸口に出て来て、丁寧に言った。

「吉美侯部《キミコベ》さま、どうぞお入りくださいませ。祖父がお待ちしております」

薄暗い家の中に入った。入り口から入った部屋の床は三和土《たたき》で、豪華な模様の絨毯が敷いてあり、奥には炉が燃えていた。見たことのない造りだ。奥から白髪白髯《はくぜん》の老人が出て来た。矍鑠《かくしゃく》として精気が漲《みなぎ》り、穏やかで親しげな気配が漂っていて、クマは死んだ父親の前にいるような気分になった。面会を許してくれたことに鄭重に謝意を表した。老人が丁寧に挨拶を返した。

「わたしどもは、大唐帝国の西にあるパルサという国から移り住んだ者です。交易をしながら世界中を歩き回る民で、ここではパタ人《びと》と呼ばれております」

早速、訪問の趣旨を語った。自分たちがエミシであることも正直に打ち明けた。パタ人というのは、昔からエミシ族には友好的で、交易相手として対等に扱ってくれ、エミシ村落《コタン》を訪れては、有用なさまざまな品物や技術をもたらしてくれる友人だった。

「それは御苦労でした」と、話を聞いた羊太夫《ピトゥジタイプ》が穏やかに口を利いた。「トヨニッパは確かに我が一族の者です。若い時には見どころのある奴だと思っておりましたが、父母に死に別れ、やがて野盗に攫《さら》われて、その仲間にされました。終《しま》いに堕落してその頭《かしら》となり、友なるエミシ族の財産を奪い、奴隷《ヤトゥコ》売買に従事するろくでなしです。実はつい先日、思い掛けない所で奴に会いましてね」

「ほほう、それは」

「武蔵の国府です。奴は征夷将軍の親衛隊士になっておりました。偶々《たまたま》井戸の側で奴が話し込んでいる娘を見ました。将軍のお側にいる女奴隷《メヤトゥコ》だそうで、背の高い娘でした。名はクソマレだと申しておりましたが、然様《さよう》な名は偽りでしょう。お尋ねの相手はその娘ではありますまいか」

驚いた。名をクソマレというなら間違いない。篤く礼を述べ、その場を辞そうとした時、羊太夫はクマを引き止めて、こんなことを言った。

「御存知かな。ウェイサンペの朝廷では、今、二つの勢力が争っております。長いこと政権の中枢にあって朝廷を思う儘に動かしてきた藤原不比等《プンディパラのプーピト》さまが薨《こう》じられ、跡継ぎの四人の息子たちはまだ若く、朝廷での席次も低い」

「この度の征夷将軍の人事にも関係があるのですね」

「いかにも。これまで藤原氏《プンディパラ・ウディ》に押さえつけられていた、帝《ミカド》の血筋を誇る皇親派がこれを機に巻き返しを図っておりましてな。その頭が、今、朝廷で最高位にある大納言《だいなごん》・長屋《ながや》親王殿下です。征夷将軍・多治比縣守さまは親王の股肱《ここう》です。あの方は、数年前、遣唐押使《けんとうおうし》として赫々《かくかく》たる業績を上げて帰国されました。その後は武蔵守となり、上毛野、下毛野、相模、さらには播磨《パリマ》において国司を取り締まる按察使《アゼティ》として辣腕《らつわん》を振るい、そしてこの度は征夷将軍です」

「大物ですな」

「然様《さよう》。陸奥《ミティノク》の国司は、異例のことですが、これまで三代にわたり藤原家《プンディパラけ》の息の掛かった旧ケヌ王族の上毛野家が独占してきました。藤原《プンディパラ》はこれを使って、陸奥から収奪する莫大な富を横領してきたのです。親王殿下は藤原《プンディパラ》の経済力を殺《そ》ぎたい。縣守《アガタモリ》さまの主たる役目はここにあります。実際、諸国の按察使として、藤原の息のかかった国司の不正を摘発し、次々に粛正して来ました。国司がたは、縣守さまの名を聞いただけで震え上がっています。

藤原勢力は策謀が得意です。本来は副将軍として征夷将軍の下に置くはずだった阿倍駿河さまを、いろいろ理屈をつけて格上げして鎮狄将軍とし、二人の将軍が並立する奇妙な征討軍を作り上げました。ただ俄仕立《にわかじた》ての鎮狄軍には副将軍がいません。故意か、それともパヤート族の反乱鎮定に忙しい今、そこまでは手が回りかねたか。これには多分遠謀がありましょう。

さて、これからどうなりますか。エミシの衆も御苦労が多いと存じますが、このような世の中の有り様をよくよく見極めて、適切な道をお選びになるよう申し上げておきます。ま、田舎者の爺の寝言とお聞きください」

どうやら羊大夫《ピトゥジタイプ》は目の前の二人が何物であるかを既に見抜いているらしい。だからこうしてウェイサンペ帝国の内情を教えてくれている、とクマは読んだ。恐るべき情報力と炯眼《けいがん》だ。深い好意を感じた。大夫《タイプ》は立ち上がり、右手を挙げて宙に三度、十字の印を切った。

「これはあなたがたに幸せがあるようにと、祈る、我が部族の挨拶です」

クマは姿勢を正し、改めて鄭重なオンカミを返した。両手を胸の前で擦り合わせながら左右に何度か揺らし、両手のひらを上に向けて鄭重に何度か相手に差し出す仕草だ。自分の真心を差し出すという意味である。羊大夫は土産にと分厚い毛氈《もうせん》を一枚くれた。防寒用として非常に優れた高価なものだ。

さらに酒を一瓶《ひとかめ》添えてくれた。

多胡を辞し、武蔵《ムッツァシ》の国府《コクプ》に向かった。真っ赤な夕陽がバンドー大平原を行く二人の背中を血の色に染めていた。

27 首の折れた亡霊

陰暦十一月十三夜の月が、葉の落ちた雑木林の果てしなく続く武蔵野を冷たく照らしていた。レサックには毎日の生理的習慣がある。夕食後のこの時間、その辺の藪の中にしゃがみ込み、小さな穴を掘り、排便をする。その上にまた土をかぶせて、形跡を消す。その後、しばらくぼーっと地面にひっくり返り、大腸の蠕動《ぜんどう》が鎮まるのを待つ時間が心地よい。クマは夕飯が終わって、後はすることもない。羊大夫《ピトゥジタイプ》から貰った貴重な酒をチビチビ舐めて、そろそろウトウトし始めているはずだ。

チチチ、チャチャチャチャ、ピルルルル……。

近くの藪の中でみそさざい《チャャッチャク》が鳴いている。この小鳥、体は小さいが声だけは大きい。いい声だなと聞いている、ぼんやりとした耳に、みそさざい《チャャッチャク》が何かを語っているような気がした。意識が変容し、レサックは昔のシコウォになった。掠《かす》れた声が、小鳥の声にかぶさって聞こえてくる。

「シコウォ、シコウォ……」

誰かが呼んでいる。シコウォと呼ばれるのは久しぶりだ……。小鳥の声が次第に背景音と化し、はっきりした人の声になった。忘れるはずのないあの掠《かすれ》れ声。

「その声は、コムシさま！」

目の前に甲冑の男が蹲《うずくま》っていた。だが、何たることか。その首は皮一枚と少しの筋《すじ》を残して食い破られ、左肩の上に横倒しになっており、それを左手が辛うじて支えていた。破れた気管からシューシューと息が漏れて、顔には血の気がない。掠れ声が嬉しそうに答えた。

「思い出してくれたか、シコウォ……」

「忘れるものですか！　何というういたわしきお姿！　あの夜、わたしがお側にいなかったばかりに……。申し訳なくて、死んでしまいたいほどです」

ペッサム砦夜襲事件の時、レサックは偶々《たまたま》用事でヤムトー砦に行っており、コムシの傍《かたわら》にはいなかった。彼はそのことを口惜しがっている。

孤児の彼は、幼い時から道端で捨て猫同然に育った。苛《いじ》められ、嫌われ、やがて盗みをおぼえ、一匹狼の暴れ者になり、マルコのコムシに気に入られて子分になった。暴虐な支配者ムランチの指図《さしず》の儘、住民からの残虐な搾取の実行者となり、抵抗する者を殺し、婦女暴行は日常茶飯事、村落《コタン》まるごと奴隷商人《ヤトゥコアキンド》に売り払うなど、鬼畜の所業に明け暮れた。親がないので名さえなく、「名無し《レ・サック》」が呼び名だ。これにコムシが吉美侯部醜男《キミコベのシコウォ》という名を付けて、マルコ党の下人《げにん》に取り立てた。

レサックにとって、コムシこそ唯一の保護者であり、親とも兄とも慕う存在だった。人からは蛇蝎《だかつ》のごとく嫌われるコムシだったが、シコウォにとっては慈愛に溢れたあるじだった。そのコムシが殺された。下手人は放浪の若者マサリキン。コムシを溺愛していたマルコ党の族長ムランチに仇討ちを志願し、コムシ愛用の《小草薙の剣《こくさなぎつるぎ》》を与えられ、仇討ち成功の暁にはコムシの妹セタトゥレン姫の婿の座を約束されて、敵《かたき》の首を求めて同僚のクマを相棒に旅に出た。

追いつめた敵《かたき》と決闘したピラノシケオマナイ川の断崖の縁《へり》で深手を負い、もう一突きで相手を仕留めようという間際に、巴投げを喰らって絶壁から転落した。偶々《たまたま》蔦に縋《すが》って宙吊りになり、落下は免れた。力尽きて墜落する寸前に、敵の情けで命を助けられた。その恩に感じてマルコ党を裏切り、ヌペッコルクルの仲間に身を投じた。とは言え、コムシに対する恨みはない。彼の行動規準に善悪はなく、あるのはただ相手が自分を大事にしてくれるか否かということだけだ。

「シコウォよ……、シコウォよ……」

野面を渡る風のような掠れ声が、コムシの横向きになった口から囁きかける。

「こっちへ来い、シコウォ」

いつの間にか、目の前に焚き火が燃えていた。

「やっと会えたな、ずいぶん探したぞ。さっき仕留めた兎の焼き肉だ。美味いぞ、食え」

化け物が、串に刺した兎の焼き肉を差し出した。適度の塩味が利いていて美味かった。

「ふふふ……。愛《う》い奴め。俺は悪霊《ウェンカムイ》だから食い物は要らぬが、お前は生身《なまみ》だ。腹が減っているはずだ。遠慮せずに食え。まだあるぞ」

「はい」

「あの頃は楽しかったな……。お前と二人でウォーシカの山で狩をした。勢子《せこ》のお前が追い込んだ鹿を俺が仕留める。お前は腕のいい勢子だった。あの時の獲物は格別に美味かった」

口に頬張った焼き肉が胃の腑に落ち着く頃合いを見て、半分ちぎれた首が言う。

「弟のいない俺にはお前は弟のようだった。いつも俺の後ろについて回って、よく回らない舌で何か言っていた。お前を喜ばせたくて、女子《おなご》の味も教えてやった。何度もな。お前は不器用で、女子を喜ばせるのがへたくそだった。そんなお前が恋をした。あの時は大変な目に遭ったな」

「はい、コムシさま。悪霊《ウェンカムイ》に取り憑かれたわたしを救ってくださったのもコムシさまです」

「あれはお前が十八の時だったな」と、化け物が言った。

目の前にあの時の光景が見えて来た。所はウォーシカの浜辺。砂浜の後ろに屏風のような険しい岩がそそり立ち、青い海が白波を立てて黒い岩の裾に砕けている。一人の娘が若布《わかめ》を採っていた。諸肌脱ぎになって袖を胸に結び、裾を捲《まく》って帯に挟んでいた。白々とした両腕と肩と胸と腿と脛が剥き出しになっている。それを見た途端、レサックは我を忘れた。「好きだ、好きだ」と、喚きながら無我夢中で娘に襲いかかり、砂の上に押し倒して強姦した。激しい悲鳴と泣き声を聞きながら、脳天を突き抜ける快感に果てて、ぐったりと力を抜いた隙に、娘はレサックの体の下から逃げ出し、目の前の大岩によじ登り、凄まじい呪いの言葉を叫び、下の荒磯に真っ逆さまに身を投げた。血まみれの体が海に浮き沈みするのに向けてレサックは走った。あの娘を助けたい一心で、自分が泳げないのも忘れていた。気が付いたら、溺れたずぶ濡れの自分を砂浜に引き上げてくれたコムシが心配そうに覗き込んでいた。

「あの後はひどかったな」と、首の半ば千切れた化け物が言った。「お前は、毎晩、悪夢に苦しめられた。頭が割れて血まみれの娘が波打ち際から這い上がり、お前を海に引きずり込もうとする。お前は恐ろしさに気が狂ったようになり、そばにいた下人仲間を亡霊だと思い込んで殺そうとした。ついには髪がすっかり抜け落ちた。さらには精力絶倫だったお前が、惨めな陰萎《いんい》になった。お前はカプケ（禿げ）とからかわれても平気だが、アッコチ・チィ（役立たずへのこ）と言われると狂ったように怒る。それで相手を殴り殺したことがあったな。あの時ばかりは父上もお怒りになり、危うく首を刎《は》ねられそうになったが、俺が必死に執り成して、穴蔵に四十日放りこまれただけで済んだ」

「ほんとにコムシさまは、わたしの命の恩人です」

「愛《う》い奴だ。さて、シコウォ、お前は我が妹セタトゥレンの許婚《いいなずけ》。つまりはマルコ党の一門になる男だ。そのことを忘れてはおるまいな。

父がお前に授けたその剣《つるぎ》の由来を思い出せ。帝《みかど》が御位《みくらい》に就く時に必ず受け継ぐ三種《みくさ》の神器《かむだから》の一つが草薙《くさなぎ》の御剣《みつるぎ》だ。これはアマテラス大神《オポミカミ》の御弟君スサノウォの尊《ミコト》が退治した八岐大蛇《ヤマタノウォロティ》の腹から出て来た剣《つるぎ》で、帝国の守り刀だ。神霊の依代《よりしろ》であるから人目に触れさせられぬ。だがエミシどもが帝国の北辺を騒がすので、帝《ミカド》はこの宝剣をお近くに見て形代《かたしろ》となし、神の御力を祈ろうと思い立たれ、カシマの名工に命じて同じ姿の剣を打たせられ、小《こ》草薙《くさなぎ》の剣《つるぎ》とお名付けあそばされた。ところがこれが余りに見事な出来栄えで、本物の宝剣に宿りたもうスサノウォの尊の神霊が御悋気《ごりんき》あそばされ、宮殿の賢所《かしこどころ》に雷《いかづち》を落とされた。帝《ミカド》は魂消《たまき》ゆる程に恐れ給い、この剣《つるぎ》をカシマにおいて鋳潰《いつぶ》して廃棄せよとお命じになられた。これがカシマに戻される途中で神隠しに遭った。実はこの剣《つるぎ》を惜しむカシマの刀工が、密かにマルコ党に売り渡したのだ。エミシ討伐の最前線で戦う我らをスサノウォの尊の御霊《みたま》が嘉《よみ》されぬはずもなく、マルコ党の繁栄はこの剣《つるぎ》の霊力に因る。父上が家宝の剣《つるぎ》を渡したあの時から、お前は宝剣を身に帯びたマルコ党の一門なのだ」

「……ああ、コムシさま。わたしはこれからどうすればよいのでしょう」

「我が敵《かたき》マサリキンと裏切り者のクマを殺せ。そうすれば、無様に折れたこの首が元に戻り、俺は痛みと屈辱から解き放たれる。お前は下人の身分から一気にマルコ党の一門としてウォーシカの支配者になる。我が妹の婿、俺の義理の弟になるのだ。妹は今もお前を恋しがっているぞ！」

「おお、セタトゥレン姫！」

不意にレサックの脳裏に、山百合の花のように美しく強烈な香気を放つ女の笑顔が浮かんだ。五体を痺れさせる狂おしい恋情が湧き上がった。

「そうだ、セタトゥレンだ。会いたくないか、シコウォ」

禿《はげ》が悲しげに身もだえした。

「俺は、姫が側女《そばめ》としてお仕えしたお方の首を獲《と》った者です。姫がお赦しになるでしょうか」

「シコウォ、あの按察使《アゼティ》は、お前の許婚だった妹を権力に物を言わせて側女にした、いわば強盗だ。妹にとってお前は、あの暴君から己《おのれ》を解放してくれた頼もしい男ではないか」

「でも、コムシさま」と、レサックは悲痛な声を振り絞り、泣きながら叫んだ。「わたしは……、わたしのへのこは役立《アッコ》た《チ》ず《ィ》な《チ》のです。姫さまをお喜ばせすることができない体です」

「それなら心配は無用だ」と、化け物が笑った。「俺は今や死神《ライカムイ》だ。あんなけちな呪いなどは今すぐ祓《はら》ってやる。シコウォ、セタトゥレンの姿を思い浮かべよ」

闇の中に得も言われぬ美しい女の姿が、肌の透ける紅の薄衣《うすぎぬ》を纏って浮かび上がった。盛り上がった乳首も凹んだ臍も股間の黒い繁みまでもが朧《おぼろ》に透けて見えていた。五体に色情が沸騰し、いきなり・・・へのこが痛いほど固く勃起した。

「こ、これは！」

女の幻が闇に溶け、首の折れた亡霊の掠れ声が叫んだ。

「シコウォ、お前はもうアッコチ・チィではない。行け！　セタトゥレンが待っている」

指さす方角に黒々としたティティプの山並みが月光の下に蹲《うずくま》っていて、その頂《いただき》に強く光る星が瞬いていた。姫さまはあそこだ！　レサックは地を蹴って駆けた。

松明《たいまつ》を持った中年の女が林の中で待っていた。姫さま付きの下女フツマツだった。

「婿殿、姫さまがお待ちです」

瀬音高く流れる谷川を遡《さかのぼ》り、左側の山に入った。明け方、巨岩が庇《ひさし》のように突き出る崖の下に着いた。焚き火の跡があった。女は手にした松明の火を柴に移し、薪をくべた。

「姫さまは日の出ごろにあなたさまの許にお出でになります。それまでここでお休みなされませ」

横になると煙の臭いが幼い頃の記憶を誘発した。夢かうつつか、シコウォの耳に昔聞いたウォーシカの子守歌が聞こえてきた。

ウリリ、ウリリ
鳥が鳴く
トロロ、トロロ
かわずが鳴いて
雪解け水が
ノンノンと
岸のすみれを
元気づけ
砂浜の波も

春の歌
ウリリ、ウリリ
トロロ、トーロロ

魂が二十年も昔に飛んだ。捨て子の乞食だった幼い頃、鼻水をすすりながら他人の軒端を宿とし、食い物を恵まれて生きていた頃が目に浮かんで来た。竪穴住居の後ろ側の差し掛け屋根は炉の煙出しだ。子供の体を丸めてもぐり込むのに丁度よく、温かい。寂しい捨て子の耳に家の中から聞こえてくるのが、幼な子を寝かしつける母親の子守歌だった。

「母《アッパ》ちゃん」と、甘えた子供の声が中から聞こえる。俺も抱かれてみたい。あの柔らかく温かそうな乳に顔を埋め、膝に抱かれて、優しい手で頭を撫でてもらえたらどんなにすばらしいだろう。そう思った時、柔らかい手が禿頭を優しく撫でるのを感じた。普段なら飛び上がって武器に手を掛けるところだが、なぜか何の驚きも感じなかった。空想と現実とが重なり、安らぎと嬉しさが湧いて来た。

「いいのよ、シコウォ」と、甘い囁きが耳元でした。温かい息吹が耳朶《みみたぶ》をくすぐった。「わたしはセタトゥレン、あなたの許婚。待っていたのよ。さあ、もう怖がることはないわ。こっちへいらっしゃい。わたしのお乳に顔を埋めたかったのでしょう？　いいわよ、シコウォ。愛《いと》しいシコウォ」

消えた焚き火の灰の横に幻の美女が座っていた。魂が吸い取られるような大きな目がキラキラと光り、白い鼻筋がつんと尖って赤い唇がニッコリと笑っていた。立て膝の内側で裾が割れ、白く折れ曲がった柔らかい膝の内側が覗いた。体の中で何かに火がつき、抑制が外れた。

男の逞しい両腕の中でセタトゥレンの分身《ナシネン》が切なく喘《あえ》ぎ、赤い唇がレサックの口に吸い付く。世界が激しい火花の中で回転し震えた。夢のような快感の中で、彼は呻き、喘ぎ、激しく爆発し続けた。

「よくやった、セタトゥレン。こうして見ると男というものは他愛のないものだな」

半分腐った虫食いだらけの丸太を抱いて眠り呆けているレサックを見下ろしながら、オコロマが冷たく笑った。セタトゥレンは丸太を足で蹴飛ばした。この馬鹿男は、これを自分だと思い込んで腐れ丸太とオチューしたのだ。しかも、繰り返し繰り返し、精も根も尽き果てるまでだ。彼女もさすがに困憊していた。額に汗を浮かべ、息が荒い。

「疲れたであろう。これで精を付けろ」オコロマが薬草の煎じ汁をくれた。苦かった。

離れた所にフツマツの用意した寝床に、潜り込んだ。

身体的接触なしに男を興奮状態に誘うには、分身《ナシネン》の心にも激しい情欲の炎を燃やし、相手を共鳴させなければならない。だが分身《ナシネン》と言えども自分の一面であることに変わりない。今、彼女の心は甘美な恍惚から引き剝《はが》された欲求不満で、狂わんばかりになっている。必死に按察使《アゼティ》を思った。彼は女の歓びを初めて教えた男だ。あの甘美な悦楽の記憶に全身を委ね、切なく喘《あえ》いだ。だがそこまで。目の前に血まみれの醜い生首が冷たく己を眺めていた。初冬の空に山犬《セタ》の悲鳴のような声が峰々に木霊し、やがてすすり泣きに変わった。

28　鍋墨の女

壬生若竹《ミブのワカタケ》が国府から姿を消した。陸奥鎮所からは三日と空けずに救援を求める駅馬《はゆま》が来る。北狄《ポクテキ》が脊梁山脈を越え、ピラノシケオマナイ川流域の広大な開拓地が蛮族の手に落ち、鎮所は避難民で溢れているとか。将軍の後ろで昆布湯《こんぶゆ》を作りながら、カリパは一日そんな話を聞いている。

「とんでもない流言蜚語《りゅうげんひご》が飛び交っていて、手が付けられません。蛮族の頭《かしら》はアカカシラという大鬼で、髪も肌も赤く、名を《鬼《オンニ》》とか《鬼の王侯《オンノワンコー》》というのだとか」

とうとうアカタマリが決断した。

「わかった。鎮所が危ない。兵は巧遅《こうち》より拙速《せっそく》を尊ぶ。予定の三万には及ばぬが、一万と少々は確保した。これだけあれば充分だ。進発する。残りは後から送ってよこせ」

カリパは将軍づき夷俘《イープ》だ。軍防令《ぐんぼうりょう》は、軍人が陣営に妻や側女、婢《はしため》を連れることを禁じている。だが夷俘《イープ》は人間以下だ。狩人が雌の猟犬を連れていると同じで、違反にはならない。これは将軍お気に入りの昆布湯のためらしいと奴隷頭《ヤトゥコガシラ》は言うが、それだけでもないようだ。将軍のカリパを見る目が時々妙に優しい。初めて気付いた時、心臓がドキッとして、思わず懐の短刀を確かめた。

養老四年陰暦十一月十八日（太陽暦十二月二十一日）、風花《かざばな》の舞う寒い日、百雷のごとき軍鼓の音を轟かせ、一万人余の皇軍《スメラミクサ》が国府を進発した。

兵の家族が道端で出征兵を涙ながらに見送る。大声で泣きながら隊伍を離れ、妻子を抱きしめる若い兵を、火長（十人隊長）が青竹でひっぱたく。幼子《おさなご》の手を引き、背中に赤子を背負い、「父ちゃん、父ちゃん」と、泣きながらついてくる女たちの姿に涙せぬ兵はいない。青首までが鼻水を啜っていた。その中にアシポーもいた。

女たちの多くは、これが愛しい夫の見納めだ。人殺しはいやだが、泣き叫ぶ女たちや子らを見ていたら、何としても将軍暗殺を決行せねばならぬという気が湧いて来た。それがこの女たちを救うことにもなる。でも、自分にそんな恐ろしいことができるだろうか。

冷厳で権威的な征夷将軍とは対照的に、鎮狄《ちんてき》将軍カケタヌキは熱い。あちこち駆け回り、号令をかけまくる。寸時もじっとしておらず、軍鼓を叩かせ、「えい、えい」と声を上げさせ、士気を鼓舞する。沿道に見送る兵の家族にまで陽気な声をかけまくる。

「安心せよ。この大軍を見よ。皇軍《スメラミクサ》は無敵だ。心配せず、留守を守っておれ。蛮族を叩き潰し、分捕った宝物を背負って戻る」

これ見よがしの威勢のよさも、目指すところは略奪か。さすが海賊の孫だと思った。この男は腹の底から勝利を確信している。だがこのカラ元気を信じている兵は、一人もいないようだった。

「あれは烽火《のろし》だな」

アカタマリが、右前方の山の上から風の凪《な》いだ空に真っ直ぐに上がる煙を差して言った。

「将軍！」親衛隊の一人が馬上の将軍に声をかけた。猪面、一本眉毛だ。「あの烽火は北狄《ポクテキ》でござる。煙の上げ方に微妙な特徴がござる。御油断召さるな」

ふん、怪しいものだ……、とカリパは心中で赤い舌を出した。そんな話は聞いたこともない。

それから二日。雪を踏みしめながら行軍を続けた。季節風の合間に、あちこちの山から烽火《のろし》が上がるのを見た。脱走兵が出た。四人の者が青首に捕らえられ、道端で斬首された。

霏々《ひひ》として舞う牡丹雪《ぼたんゆき》。エミシの国は途方もなく奥深く、行けども行けども白皚々《はくがいがい》たる世界であった。明日は国境を越える。一本眉毛が寄って来て、虫の鳴くような声で囁いた。

「今夜、決着をつけよう」


縣守《アガタモリ》は普段余り酒を飲まない。ただ、大仕事の前にやたら飲みたくなる。大抵独酌。手酌で飲み始めたが物足りない。クソマレを呼ぼう。それにしてもひどい名だ。大柄で手足がすらりと伸び、色が白く、大きな目が魅惑的だ。長安《ちょうあん》の色街でなじんだ西域の美女を思い出し、五体が疼《うず》いた。

「クソマレ！　参れ」手を打って呼んだ。

「オー」と、応える声が外でした。近頃、男は「ヨー」、女は「オー」と、応えるものだということを憶えたようだ。だが、遅い。化粧でもしているのか。あの汚い名は別として、魅力的な女であることは確かだ。あの女に惚れたのかな……、と自問した。ばからしい。あれは蛮族、今宵、体内に鬱積する緊張を発散させ、心地よき一夜の熟睡を貪《むさぼ》るための夜伽《よとぎ》の相手に過ぎぬ。やがて女が来た。寒いせいか頭巾つき防寒布を被っていて、顔が見えない。

「杖はその辺に置いて、ここへ来てわしの相手をせよ」

女は二股杖《エキムネクワ》を置き、少し離れたところに座った。女奴隷《メヤトゥコ》の礼儀に従い、相変わらず俯《うつむ》いた儘だ。

「いよいよ明日から蛮族の国だ。今夜はわしに付き合え。ここに来て、酌をせよ」

そう言って、盃を差し出した。クソマレが膝を進めて、熱燗の土瓶を取り上げた。二、三杯飲んだ。

「クソマレ、その頭巾を脱げ」と、優しい声で言った。

「その美しい顔を見せよ」

クソマレが土瓶を下に置き、両肘を挙げてゆっくりと頭巾を後ろにずらした。袖口の奥に眩いほど白い柔肌が見えた。今だ！　身を投げ出すように乗り出し、両腕を突き出して女の脇の下に入れた。その顔の前に、女の顔が突き出された。抱き寄せる手が止まった。薄明かりの中に浮かび上がったのは真っ黒な化け物の顔だった。目玉だけが白く光って見える。

「わーっ！　何だ、お前は！」持ち上げかけた腰をドスンと落とし、両手をバタバタさせた。

「何を驚いている、トゥミサパ（戦の頭《いくさかしら》＝大将、将軍）？」

真っ黒に鍋墨を塗りたくった顔が目の前で笑い、白い歯の間から陽気な声がした。

「フーッ、脅《おど》かすな、クソマレ」と、驚愕発作による呼吸停止からやっと回復した縣守が喘《あえ》いだ。

「化け物かと思ったぞ。なぜそんなひどい顔をしている？」

「女の目を侮《あなど》ってはいけない」と、朗らかな声が答えた。「この頃、お前が俺を見る目には何やら卑しい下心が覗いている。お前は俺を美しいというが、俺は、男どもが美しいと愛でるこの顔が仇になって、今まで何度か好きでもない男に手込めにされそうになった。だから、そんな時の男の目つきはすぐにわかる。男は案外わかりやすい生き物だ。こんな夜更けに呼び出されるなど、ろくなことではあるまい。好みでもない男の夜伽《よとぎ》の相手などは真っ平だ。それで顔に鍋墨を塗りたくって、お前が俺に無闇に惚れないように用心したのだ」

呆気《あっけ》にとられた。なるほど、こんな鍋墨の固まりのような顔を突きつけられてはその気も何も吹っ飛ぶ。堪《こら》えようもない笑いが込み上げてきた。腹を抱えて笑いに笑った。涙の出るほど笑ったら、いつの間にか心から寛《くつろ》いだ気分になった。こんなに笑ったのは何年ぶりか。

「まったくお前はおかしな奴だ」と、将軍は笑い涙を拭《ぬぐ》いながら言った。「ま、確かにその通りだ。わしはどうやらお前に惚れているらしい。だが、この化け物面《づら》を見た今はその気も萎《しぼ》んだ。そのかわり、今宵はとことん飲むぞ。お前も付き合え。お前は酒を飲むか？」

「一度、兄に付き合って飲んだことがある。あんな不味《まず》い物は二度と御免だ。気持ちが悪くなってゲーゲー吐いた。それで家の中がすっかり臭くなって、往生した」

「やれやれ」

「酒を飲むのが楽しいか、将軍《トゥミサパ》？」

「わしは副将軍と違って酒そのものを然程《さほど》美味いとは思わない。そんなことはどうでもいい。酒を飲むと寛げる。寛ぎたいから飲む」

「ふうん、そんなものか。なぜ寛ぎたい？」

「決まっておる。これから戦《いくさ》になるからだ。戦は寛げぬ」

「将軍なのに、お前は戦が嫌いか」

「嫌いでもあり、好きでもある」

「なぜ嫌いだ」

「戦は危険が多い。敵を殺しまくるのも結構疲れる。正直、人殺しは後味が悪い。それにわしは遣唐押使として国を代表して唐の皇帝の前に立った男だぞ。こんな片田舎で、虫けら相手に命のやり取りなど、全く以て役不足だ」

「己惚《うぬぼれ》がなさすぎるのも気の毒だが、ありすぎるのも厄介だな。では、なぜ好きだ」

「戦に勝って、帝国をますます光輝あるものにできるからだ。それと共にこのわしも、誉れに輝く。

これはいかなる辛苦にも勝る美しい夢だ。そうでもなければ、こんな仕事などやってられるか」

「美しいとはどういうことだ」

「日嗣《ひつぎ》の御子《みこ》を頂《いただ》きとする整然たる秩序が成り、君臣相睦《あいむつ》み、太平の世を完成する。かくて日の神の子たる倭燦幣族《ウェイサンペ》はまつろわぬ四方《よも》の蛮族を滅ぼし、従う者をば慈しみ導き、王化政策《ミオモムケー》を完成させる。これこそが美しき世の姿だ。わしはこの理想のために身命を捧げておる」

「案外正直な奴だが、どうも身勝手な夢だ。滅ぼされるほうの身にもなってみたらどうだ」

「お前も野蛮という名の鍋墨を拭きとって、美しき王臣《オポミタカラ》となれ。それこそが、お前らが獣《けもの》の性《さが》を棄てて真《まこと》の人となるただ一つの道であるぞ」

「ふん、糞まれ！　図体ばかりはでかいが、甘やかされた駄々っ子め、いい歳《とし》をして、よくそんな馬鹿げたことが言えるものだ」

「抜かしたな、クソマレ！」

将軍は大口を開けて笑った。高貴の身で、追従《ついしょう》の中に暮らして来た。こんな直截《ちょくせつ》な物言いをされた経験はない。しかも相手は蛮族の女奴隷《メヤトゥコ》。この取り合わせが愉快だった。それから縣守《アガタモリ》はとことん飲んだ。鍋墨だらけのクソマレを相手に、上機嫌で歌を歌った。大唐帝国の花街で憶えた品がいいとは言いかねる流行り歌を、異国の言葉で歌いまくった。

「お前のような美しい女は長安でも見たことがない。唐の皇帝の後宮にも、これほどの美女はおるまい。西域から来た酒場女？　ふん、あんなのはお前に較べれば月と鼈《すっぽん》だ。その鍋墨を洗って、美しい衣装を着せ、クソマレなどという汚い名ではなく、野に咲く百合の花に見立ててサユリという名を与えよう。かくして甘き契りを結び、我が側女《そばめ》として愛《め》でたきものよ」

夜が更けた。泥酔した縣守《アガタモリ》は、寝床代わりの楯の上で熟睡している。枕元の長剣を掴み、鞘を払った。冷たく光る刃《やいば》の切っ先でこいつの喉を刺せば、惨《むご》たらしい大量虐殺はなくなる。今だ！　カリパは立ち上がり、しっかりと両足を踏みしめ、両手で剣《つるぎ》を逆手に持って差し上げた。だが、どうしたことだ。体がワナワナと震え、まるで力が入らない。

しっかりしろ、カリパ！　この一突きに全エミシ族の命運がかかっている。

不意にアカタマリが壬生若竹《ミブのワカタケ》に見えた。よく似ている。こうして眠り込んでいる顔は、普段の、人を威圧する気配が消えて、子供のような彼本来の顔に戻っている。ますますそっくりに見えた。

「下心？　勿論、ある！　俺はお前を妻にしたい」そう囁いて身を寄せて来たあの若い男の顔がアカタマリと重なった。あんなことを言われたのは初めてだった。恋しいマサリキンからでさえ、ない。たとえ嘘《スンケ》であろうと、生まれて初めて求婚されたあの声が耳にこびりついている。

あいつはウェイサンペで、しかも妾腹《めかけばら》とは言え、とびきり名門の貴族の子、わたしは蛮族エミシの女奴隷《メヤトゥコ》。それなのに、人目も憚らずわたしの水桶《みずおけ》を自分で持ってくれ、満座の物笑いになっているのをものともせず、父親の目の前でわたしに名を訊ねた。あれは公《おおやけ》の求婚ではないか。

その求婚者の父親の首に、わたしは今この剣を突き刺そうとしている。あの男は父親を大層尊敬し、父のためなら命も捧げると言っていた。その父親を、何の恨みもないこの自分が、今、殺そうとしている。首を斬られ、血の海の中で死んでいる父の死骸を見て、しかもそれがわたしの仕業だとすぐに知れるのだから、その時の若竹の動揺はいかほどであろうか。

壬生にいるという若竹の母親のことを思った。アカタマリと熱い恋をしたものの身分違いのために正妻にはなれず、側室として村里にひっそりと暮らし、たまに訪れるアカタマリを待ち焦がれているそうだ。その女《ひと》はどれほど悲しむだろうか。

　アカタマリには大貴族オポトモ家の出身だという正室もいて、息子もいる。妻は夫を、息子は父を失って、どんなに悲しむだろうか。もし自分が、マサリキンを殺されでもしたら、気が狂うほど悲しいのではなかろうか。いつだったか、ラチャシタエック・エカシが、わたしをからかって、わたしには「ない」と言った「決断を邪魔する過剰な空想力」は、わたしにだってある！

「いや、だめだ。こんな事を考えていては何もできない。ふるさとの仲間を救うためだ。わたしは鬼になる」気を取り直し、腕に力を込めた。震える剣先には、将軍の喉が剝き出しになっている。

　今だ！　不意に先程のアカタマリの囁きが頭の中に響きわたった。

「……わしはどうやらお前に惚れているらしい」

　あっと思った。息子ばかりではない。この親父《おやじ》もわたしに惚れたと言っていた。わたしにサユリなどという名まで考えてくれて、わたしとオチューがしたいと言っていた。わたしは自分を愛していると言ってくれたあの男の、やはり自分に気のある彼の父親を、今ここで殺そうとしている。そしてまわりの多くの人々を悲嘆の中に叩き込もうとしている。体中が震えて来た。だめだ。こんなことではふるさとの仲間を救えない。ここにいるのは一万人あまりの軍兵を引き連れて、ふるさとの人々を殺しに行く恐ろしい敵の将軍なのだ。今、殺さなければ、何千人もが殺される。今、わたしは人殺しになる！　歯を食いしばり、手に全体重を乗せて、剣を突き下ろした。

　アカタマリの顔が突然変わった。金色に輝く肌、銀色の髪と髭、大きく見開いて真っ直ぐにこちらを見つめる碧玉《へきぎょく》の目。アンガロス！　しかも何という優しい目だろう。口元には赤子のような微笑。

やめようと思ったが既に遅かった。全体重をかけて突き下ろした剣はもう止まらない。バンという音とグサッという手応えがした。噴き出す熱い返り血を予想して、思わず目を閉じた。だが、何一つ起きなかった。恐る恐る目を開くと、アンガロスの顔は見えず、振り下ろした剣先はアカタマリの頸筋を逸れて、彼の寝ている楯に深々と突き刺さって震えていた。しくじった……。

「こいつはわたしが好きだったのか……」頬に流れる涙を拭《ぬぐ》ったら、両手のひらが真っ黒になった。汚れた手で、阿呆のように眠っている将軍の頬をそっと撫でた。相手の顔が真っ黒になった。

「クソマレ」は二股杖《エキムネクワ》を掴み、天幕の後ろの裾を持ち上げ、音もたてずに這い出した。地面は冷たい雪に覆われ、外は闇だった。

29 祓魔の笛

目を覚ました時、暁の薄明かりの中、頭のまわりの枯れ葉が霜で白く光っていた。レサックがいなかった。二頭の馬が白い息を寒い空気の中に吐き出しながら、枯れ草を食《は》んでいた。胸騒ぎがした。付近の地面は霜に覆われ、足跡をすっかり隠していた。とんでもないことが起きたと直観した。レサックを探して歩き回った。里にも、街道にも目撃者はいなかった。

モーヌップでマサリキンが妖術使いに拉致《らち》され、心身共にズタズタの状態で救出されたことを思い出した。ひょっとしたらセタトゥレン、あの女か？　地底に引き込まれるような気分になった。溜め息をついて、懐から土笛を取り出した。鎮所の裏手、夕闇の藪の中で、偶然に拾ったあの土笛だ。気が滅入った時には、この笛を吹くに限る。

マルコ党のエミシ奴隷《ヤトゥコ》の子として生まれ、差別と虐待のもとに扱《こ》き使《つか》われた半生だった。反抗しては殴られ、土牢にぶち込まれた。多感な青年時代、人生に絶望して死のうと思い、腰に大石を括りつけて淵の岸に立った時、ラチャシタエックに会った。

「この憶病者め」と、大喝《だいかつ》された。「人生がそんなに怖いか。未来も過去も人の手ではどうにもならぬ。何とかなるのは今だけだ。今の自分を強くする以外に、明日への恐れに打ち勝つ術《すべ》はない」

癒し人《トゥスップ》は命の尊さを説き、慰め、神聖言霊術《カムイオロイタック》という独特の精神療法で彼を立ち直らせてくれた。その頃、よく聴かせられたのがこの土笛だ。曲はシナイ地方の古い民謡だった。

多島海《ポロノシラトゥイ》、青い海
そよ風わたる青い海
沖に浮かぶは膃肭臍《オンネップ》（＝おっとせい）
風に歌うは白い雲

のどかな節回しで、すぐ憶えた。悲しいことや辛いことがあると、この歌を口ずさんだ。不思議と心が和んだ。あれは自分が今のレサックぐらいの頃だ。父の友人の鉾《ほこ》の名手の下で猛訓練に明け暮れた。臆病な己を守るためだった。でも、性格は変わらない。常に物事の裏や、先を考える。

「クマ、それがお前の武器だ」と、鉾使いの師匠が言ってくれた。「敵が次にどんな手を使って攻撃してくるかを考えるのは大事だ。その儘でいいんだ」

「この笛には秘密がある」と、癒し人《トゥスップ》が教えてくれた。笛の横に孔があり、そこに木の栓がしてあった。「これを抜いて、同じ曲を吹いてみるとな……」

思わず笑った。指使いは同じなのに、出てきた曲は似ても似つかぬ。音程がでたらめで、いきなり甲高い音になったかと思うと、予想もつかない低音になり、あるいはブルブル振動する奇妙な音にもなった。聴いていると頭が狂いそうになる。

「何ですか、長老《エカシ》、これは？」

「面白いだろう？　この栓を抜くと音程が狂う。心がまとまらなくなり、頭が変になる。これは呪い人《アシトマップ》の邪《よこしま》な術を封じる秘密の仕掛けさ」

呪い人《アシトマップ》の恐ろしい術の話は聞いていた。邪悪な術を駆使し、人殺しまでするという。二十年も昔の思い出だが、懐かしいふるさとの旋律だ。若い時に憶えたものは忘れない。試しに吹いてみたら、結構上手に吹けた。次に木栓を抜いて吹いてみた。

「こっちの頭までおかしくなる」と、苦笑した。なるほどこれなら妖術訓練で研ぎ澄まされている呪い人《アシトマップ》の神経は手ひどい影響を受けるだろう。

レサック捜索を一旦諦め、国府《コクプ》に向かった。赤髭隊長の妹だけは何としても助け出したい。着いたのは、征討軍進発を明朝に控えた夕刻だった。国府周辺には、柿渋色の厚布と蓆《むしろ》で作った天幕が並び、出征兵を見送る家族でごった返していた。国府は警戒が厳しく、入れない。翌早朝、軍隊が国府前の広場に整列した。開大門鼓と共に正門が開き、青首部隊に囲まれた将軍が姿を現わした。

征夷将軍・多治比縣守。副将軍・下毛野石代。その下に軍監《ぐんげん》三人、軍曹二人。

鎮狄将軍・阿倍駿河。副将軍がいなくて、その下に軍監二人、軍曹二人。

「えい、えい」と、声を上げ、軍鼓を鳴らし、旌旗《せいき》を靡《なび》かせ、堂々と武蔵路《ムッツアシミティ》を進んで行く。征夷将軍の後ろに、将軍の日常の世話をする奴隷《ヤトゥコ》の一団が従っていたが、その中に目立って背の高いエミシ女がいた。カリパだ。奴隷《ヤトゥコ》のお仕着せを着ていないのは、軍陣に伴うことを禁じられている婢《はしため》ではなく、人にあらざる夷俘《イープ》であると示すためだろう。

「将軍付きの女夷俘《イープ》か」

心配性なので、すぐにいやな推測に悩んだ。縣守《アガタモリ》に夜伽《よとぎ》でも命じられたら、あの娘は命がけで抵抗するだろう。目下は元気そうで安心したが、すぐ別の不安が湧いて来た。

「あのお転婆のことだ。将軍の寝首を搔くつもりではあるまいな」

軍隊の一番後ろに付いて行くことにした。やがて少々迷惑なことが起きた。輜重隊《しちょうたい》の隊長が、クマの馬と、レサックの馬とを見て、その馬格に驚嘆し、将校たちまで見に来た。

「立派な馬だな。ぜひ徴用したい」と、輜重隊長が言った。

「いや、困ります。これは多胡の羊太夫《ピトゥジタイプ》さまの持ち馬です。あるじの許しがなければ、御命令には添いかねます」と、言い逃れた。

「羊太夫《ピトゥジタイプ》か」と、輜重隊長はひどく残念な顔をした。「しかたがない。わしごときが無理な我儘も通せまい。ところで、お前、これからどこへ行く」

「あるじの用事で、ミティノク鎮所へ参ります」

「それなら好都合だ。軍隊と一緒に行けば、お前さんも道中安全だ。どうだ、その間、その空馬《からうま》を貸せ。力も強そうだ。駄馬に使いたい。鎮所に着いたら返す」

しめた。これで軍隊の仲間面をしていられる。夜になると、クマは兵営から少し離れた場所に土蜘《つちぐ》蛛《も》を掘って野営した。山や丘の裾の斜面を利用して人が横になれるぐらいの窪みを掘り、木の棒で組んだ簡単な支柱に枝葉や泥を重ねて風雨を防ぐ、野営用の仕掛けだ。

夜が更けるとクマは、陣営の中を這い回った。真ん中の広場に将軍たちの天幕が三つある。周りを青首の天幕が取り巻き、常に四人の不寝番が巡邏《じゅんら》している。一番大きい縣守の陣屋の脇には将軍付きの女夷俘《おんなイープ》の小さな幕屋があり、出入りするカリパを時々見た。

北に行くにつれ、雪になった。絶えず伝令や斥候《せっこう》が走り回っている。北狄《ボクテキ》が反乱し、イデパ砦を包囲し、植民村を焼き、脊梁山脈を越えて東側に攻め込んでいるという。それで、本来は副将軍扱いだった名目鎮狄将軍に兵を授け、北狄を征伐させることにしたそうだ。この季節、脊梁山脈は豪雪で往来困難だ。「ありえないな」と、内心思うが、南から来た軍兵は本気にしている。

行軍八日目。二十日《はつか》宵闇《よいやみ》。エミシモシリとの国境まで来た。将軍用天幕周囲の四つの篝火《かがりび》だけが白銀の広場を照らしていた。陣営は寝静まっていたが、カリパが入って行った真ん中の天幕からだけは、大きな歌声が聞こえていた。珍しく将軍が酒を飲んで歌っている。夜が更け、歌声が止んだ。中では何が行われているのだろう。まさか……と、不快な想像が脳裏を横切った。

ドンという音が陣屋の中でした。板を何かで叩いた音だが、その儘、静まり返った。暗順応《あんじゅんのう》した目が、天幕の裾から何者かが這い出てくるのをとらえた。カリパだ！　手に二股杖《エキムネクワ》を持ち、地面に腹這いになって、じわじわと動いている。向かう先は反対側の森だ。

「タァソ（誰そ＝誰だ）？」

誰何《すいか》の声。見つかった！　兵が二人、そしてもう一組が雪の上を駆けて来る。地面を這っていた黒い影が跳び上がり、森に向かって疾走した。相手が鉾を構えて行く手を遮る《さえぎ》。カリパが杖を振り回して鉾を払った。相棒の衛兵が突っ込む。手練《てだ》れだ。左右から攻め立てられて、カリパが受け身一方になっている。そこにもう一組が駆け付けた。危ない！　クマも飛び出した。

驚いたことに、カリパに襲いかかる四人の中のひときわ背の高い男が、手にした鉾で隣りにいる同僚の首を刺し貫いた。凄い手練《てだ》れだ。一体、何者か。白い雪の上に血飛沫を散らして衛士《えじ》が倒れた。大男がもう一人の兵の脇腹を貫きながら叫んだ。

「クソマレ、こっちだ！」

大男の鉾が、カリパを襲う男の冑《かぶと》を強打した。兵がぶっ倒れると、次の一撃が隣りの兵を襲った。物音を聞きつけて周囲から兵が飛び出して来た。まずい！　クマはそばの篝火《かがりび》を鉄籠ごと引っ抱え、兵舎用天幕に放り投げ、次の篝火に走った。広場を照らしていた四つの篝火をことごとく兵舎に投げ込んだ。天幕はたちまち燃え上がり、燃え広がり、全身火だるまの兵が悲鳴を上げて転げ出る。上を下への大騒ぎになった。衛兵が叫ぶ。

「アタ（敵だ）、アターッ。捕まえろ！」

カリパの逃げた森に飛び込んだ。

「こっちだ、来い！」

暗い森の中に大男とカリパが待っていた。

「クマ父《アチャ》ちゃん！」

「話は後だ。兎に角逃げろ！」と、大男。

クマは手早く背負い袋から多胡の羊大夫に貰った毛氈《もうせん》を取り出して、カリパに押し付けた。

「これは寒さ避《よ》けにいい。お前にやる」

後ろから青首が一人追って来た。足が速く身のこなしも敏捷だ。木立の間から差し込む陣営の火災の明かりで、その顔が見えた。

「アシポー」

男がびっくりして立ち止まった。

「お前はカリパ！」

「そうよ、あんたの奥さんの従妹《いとこ》よ。お願いだから、追わないで」

「わかった。無事に逃げろ。コヤンケの母さんに宜しく伝えてくれ」

「待って！　あんた、その履物でエミシモシリの行軍は無理よ。足が寒さで凍えて腐る。これをあげるから二枚重ねの足袋《あしぶくろ》にして使って頂戴。余った分は手袋や腹巻きにするの。いいこと？　なるべく殺し合いの現場からは逃げるのよ。必ず生きて従姉《ねえ》ちゃんの所に帰るのよ！」そう言って、今貰ったばかりの毛氈《もうせん》を押し付けた。

周囲の火事に照らされて、広場では将軍が衛兵に担がれ、よろよろと避難して行くのが見えた。


その時、敵陣に異変が起きた。陣営の一角で、禿げ頭の巨漢が暴れている。何事かを叫びながら、石頭棍棒《せっとうこんぼう》を振り回し、周囲を埋め尽くす兵士どもを次々と殴り殺す。怒号と悲鳴の中から、「クマ、クマ、クマ」と叫ぶ声が聞こえた。「クマはどこだ」

「レサック、こっちよ！」カリパの金切り声が聞こえた。血まみれの石頭棍棒を振り回すレサックが、全身返り血に染まり、逃げ惑う兵士たちの中を駆けて来る。炎に照らされたその顔を見た途端、クマは足がすくんだ。

「カリパ、あれは常のレサックではない！　あの顔を見ろ！　奴は魔物に取り憑かれている。俺たちを殺しに来たのだ。俺が食い止めるから、逃げろ」

「あんた一人では無理だ。俺も加勢する。クソマレ、お前は逃げろ！」と、あの大男。

カリパが物陰に隠れると同時に、レサックが飛び込んで来た。

「クマ、お前を殺す！」

「レサック、何を血迷っている。俺だ、お前の相棒のクマだ。お前は騙されているんだ！」

「黙れ、クマ、もう騙されないぞ。俺はお前を殺す！」

「なぜだ。俺がお前に何をした。なぜそんなに怒っているんだ」

「お前は、俺をアッコチ・チィ（役立たずへのこ）だと言い触らしているからだ」

「誰がそんな馬鹿なことを吹き込んだ。俺がそんなことを言うはずがないではないか」

「俺は姫さまのお陰で男になった。今ではチィも臼《うす》の杵《きね》のように勃《た》つ。アッコチではない！」

「わかった。お前のチィは臼の杵だ。よかったな。だから、暴れるな」

「もう騙されないぞ！　お前は世界中で俺を笑いものにしたのだ」

恐るべき凶暴さに、クマも大男も受け太刀一方になった。女の金切り声が森の中に響いた。

「シコウォ、それ、もう一息だ。殺せ、クマを殺せ。わたしの愛しいお前の、臼の杵よりも立派なチィを、そいつは世界中にアッコチ・チィだと言い触らしている。ぶち殺せ、ぶち殺せ！」

狂獣レサックが吠える。クマを護ろうとする大男に狙いを定め、息つく間もなく責め立てる。

火の手に照らされた木立の陰に、女の姿が浮かび上がった。カリパが闇の中から飛び出して襲いかかったが、たちまち術で身動きを封じられた。それに魔女の短刀が襲いかかる。危ない！　クマは力いっぱい土笛を吹いた。術が破れ、呪い人《アシトマップ》が悲鳴を上げて蹲《うずくま》り、レサックが動きを止めた。

「今だ、カリパ。逃げろ！」

大男がカリパの手を引いて森の闇の中に走り去る。セタトゥレンがレサックに駆け寄る。

「シコウォ、わたしから離れるな！」

逃げて行く二人を、クマは祓魔《ふつま》の笛を吹きながら追った。呪い人《アシトマップ》が時々振り向いて呪文を叫ぶ度に、クマの足が金縛《かなしば》りになって転倒した。クマは転んでは起き、転んでは起き、土笛を吹きながら、森の中を駆け続けた。

30　無鞘の剣

オラシベツはトヨマナイ地方の北部、落葉樹に覆われた連丘に点在する村落《コタン》群の総称だ。ウソミナは、駿馬の群れる牧野を眺めて、来《こ》し方《かた》を思い巡らしていた。彼がオラシベツの首長《サパ》に選ばれて二十年。あの頃はポロモシルンクルに憧れる野心家がまだ諸所に残っていたし、部族間対立も多かった。厄介だったのはウェイサンペとのつきあいで、エミシを禽獣視し、奴隷化し、征服しようとする方針に対立すれば大量流血が起きる。如何にして平和と独立と実利を得るか。苦心し続けた。

ここは鎮所から二百六十里（約百四十キロ）、帝国の侵略をまともに喰らう危険は少ない。また、エミシモシリ奥地の産物を集結させるのに地の利が好い。苦労して多くの部族と親密な関係を結び、自分の村落《コタン》よりもまず友好部族の利益を優先させた。ウェイサンペが涎《よだれ》をたらして欲しがる貴重な産物、昆布、海獣の毛皮、水晶、馬匹《ばひつ》、鷲の羽などをオラシベツに集め、それを鎮所に持って行き、米穀、絹布、鉄器、瑠璃《るり》・玻璃《はり》（ガラス）などの装飾品、鏡、その他さまざまな高級品目と交換する。苦労をして文字も学んだ。覇《は》を競い合っていたオラシベツ騎兵団とヤパンキ軽騎兵軍団との間に軍事通商同盟を結ぶのに成功し、ウェイサンペ帝国の侵略に対抗できるようにした。これで部族間の抗争も沈静化し、連帯感も生まれ、多くの村落《コタン》の信頼を得た。

強大な軍事力と距離も、帝国の侵略をためらわせた。途中に多くの大河、丘陵、密林、湿原がある。防御には有利でも、交易上は不便だ。そこで、鎮所との中間地点、クロカパ砦を帝国との交易市場とする特別措置を実現させ、通商上の便宜と、軍事衝突の回避を図った。時の陸奥守《ミティノクのカミ》は従五位下・上毛野朝臣安麻呂《カミトゥケヌのアソーミ・ヤスマロ》。彼が見せてくれた朝廷の記録の写しは暗記している。

◎日本根子高瑞浄足姫天皇《ヤマトネコタカミドゥキヨタラシピメノスメラミコト》（ピータカ女帝）霊亀《れいき》元年十月二十九日。陸奥蝦夷《ミティノクのエミシ》第三等邑良志別君《オラシベツのきみ》宇蘇弥奈《ウソミナ》等言。親族死亡子孫數人。常恐被狄徒抄略乎。請於香河村。造建郡家。爲編戸民。永保安堵。

（陸奥の蝦夷《エミシ》第三等オラシベツの首長ウソミナらが言う。親族は死亡し、子孫は数人である。常に蛮族に略奪されないかと恐れている。請う。香河村に郡家を造り、我々を編戸の民とし、永く安堵を保つことを）

「香河村」などという村は実在しない。オラシベツと鎮所のほぼ中間にあるクロカパ砦を架空の香河村としてでっちあげた。思わせぶりに「親族死亡子孫数人」と書いたが、蛮族に殺されたとは記していない。狄徒《てきと》に略奪されることを恐れるとしたが、実際に被害に遭ったとは書いていない。したがって自分たちの独立を放棄して編戸の民にしてくれと願う理由もない。だから、こんなものはいつでも反古《ほご》にできる。これは蛮族が王化を慕って泣訴《きゅうそ》しているとする上毛野安麻呂《カミトゥケヌノヤスマロ》の狡猾な官僚的作文だ。これで形式的に交易を合法化し、陸奥守がその上前を懐にできる仕組みだ。

帝国はウソミナを、東夷を懐柔する内通者として扱い、蝦夷《エミシ》第三等（外七位に準ずる位。上は一等から下は六等まで）という蝦夷爵《エミシしゃく》を与えた。帝国に服属したエミシは夷俘《イープ》と呼ばれ、最下等賤民扱いだが、特に功績ある者は俘囚《プシュー》と呼ばれ、やや格上げされる。

「旦那《ニシパ》さま」

後ろに妻が立っていた。名はケロチ。政略結婚のつもりでヤパンキから嫁に貰ったが、よい妻だった。息子が五人、娘が三人、孫も十五人、子沢山だ。子孫数名とはミナウソだ。

「お客です。イレンカシ・ニシパと弟子のマサリキン。評判のあの若者ですよ。広場で馬の踊りを披露しています。みんな大喜び、大はしゃぎです。急いでいらっしゃいませ」

「だいぶ息を切らしているな。わざわざお前が走ることはないのに」

「たまには貴方《ニシパ》と二人で歩きたいですわ。この頃、運動不足です。太《ふと》めはお気に召さないでしょう?」

「何、お前は十分に美女《ピリカメノコ》だ」と、髭の中の顔をほころばせた。

「あら、嬉しい。ね、ね、貴方《ニシパ》。馬が踊るなんて、初めて！　そしてまたあの若い人《オッカイポ》、いい声で歌うの。若い娘《こ》たちはもう大興奮、一緒に輪になって踊っています。お祭りが始まったみたい」

牧場を横切り、村落《コタン》への坂道を上ると、賑やかな声が聞こえてきた。ケロチが衣服の裾を摘み上げて駆け出した。幾つになっても、小娘と同じだ。あれで十五人の孫のいる婆さんなのだ。広場ではマサリキンの歌と叙事詩の朗詠、トーロロハンロクの踊りが一区切りついて、踊ったり歌ったりしていた村の衆も腰を下ろし、真ん中に立つイレンカシの熱弁が始まっていた。

相変わらずすばらしい演説《チャランケ》だと思った。

……自分たちの平和で豊かな暮らしを、南から侵略するウェイシャンペがいかに残酷にぶち壊したか。従わぬ者は殺され、奴隷《ヤトウコ》にされ、親子兄弟、故郷からも引き剝がされて売られていく。エミシは禽獣の類いとされ、服属しても、夷俘《イープ》と蔑《さげす》まれ、最下等賤民として屈辱に満ちた生涯を送らせられる。

ミヤンキ、ウォーシカ、モーヌップで、行われたことを見よ。今、立たねば、我々は滅びる。敵は狡猾で獰猛、そして数が多い。これに対抗するには、今の部族連合では脆《もろ》すぎる。統制された組織、軍隊を作り、法を整備し、あの律令国家に負けぬ社会を作らねばならぬ。ポンモシルンクルは民の英知の傑作だ。だが限界だ。この儘では滅びる。立て！ 我々は力ある法と強く新しいポロモシルンクルを戴《いただ》く、統合された「国家」を創ろう。

広場は熱狂に溢れ、人々が興奮の雄叫びを上げ、老若男女が大地を踏んで叫んだ。

「ヌペック・イコレ！」

「ヌペック・イコレ！」

女たちが甲高い声でコサを吹いた。ケロチも顔を赤くしてコサを吹きまくった。もっとも彼女も他の女たち同様、話の内容よりは熱情に溢れるイレンカシの男性的な勢いと美しい韻律を踏む言葉の奔流に陶酔している。醒めているのは自分だけか、とウソミナは苦笑いした。いや、もう一人いた。ケロチが袖を引いたので振り向くと、カオブエイ将軍が立っていた。

「おや、いつの間に」

「見事なチャランケですな」と、将軍が言った。

「然様《さよう》。奴の弁舌には力があり、人を酔わせます。ただ、惜しいかな、諧謔《かいぎゃく》と温かみがない。でも奴は己の限界を知っている。だからマサリキンを相棒に取り込んだのです。あの若者《オッカイポ》には花がありますからな。御覧なさい、若い者の熱狂ぶりを。無敵の組み合わせです」

「あの若者は若さゆえの無鉄砲さで暴走しがちですが、根は優しい。イレンカシの、人情に優先させる鋼《はがね》のような意志力とうまく組み合えば盤石《ばんじゃく》ですが、反りが合わなくなると困りますな」

その夜は、村落《コタン》のほぼ全員が集会場に集まった。御馳走を持ち寄って大歓迎会が催された。

「冬支度で大変な時期だが、マサリキン、みんなお前たちの活躍で大いに奮い立っている。今度は敵も力を入れて攻めて来ようが、この分なら少なくとも負けはしないだろう」と、励ました。

「負けるものですか！」と、マサリキンが頰を染めて叫んだ。「総てのカムイが我々を護ってくださる。正義は我らの上にあり。悪は滅び、正しい者が勝つ！」

「で、お前さんたちは、これまでどこを回ってきたのかね。みんなの反応はどうだった？」

「すばらしいものだった」と、イレンカシが吠えた。「脊梁山脈の裾の村落《コタン》を四十箇所ぐらいは回った。ウェイシャンペを一掃し、奴らの屍《しかばね》で天まで届く巨大墳墓《ポロトウシリ》を築く」

「おいおい、我々は墓を築くために戦うのではないぞ。生きる喜びを花開かせるために、やむを得ず戦うのだ。戦いは目的ではない」

「お前さんは戦《いくさ》の現場に出ることがあまりないから、夢みたいなことを言う。敵を滅ぼさなければ、こちらが殺される。正義は、敵の屍の上にこそ築かれる」

ウソミナは黙り込んだ。イレンカシは勝ち誇って髭をしごき、酒をあおった。

「見ただろう、マシャリキン、あの駿馬の群れを。あれを操るここの男たちは無敵の騎兵軍団だ。ヤパンキと共に我が軍の双璧だ。敵に五万の兵があろうとも、オラシベツの馬蹄が蹴散らす」

「正義は我にあり！」と、マサリキンが興奮して叫んだ。「正義こそが力を生み、カムイの守護を招く。わたしが敵の大軍に突っ込んだ時、降り注ぐ無数の矢は、わたしの近くに来ると自ら進路を曲げ、ただの一本も中《あた》らなかった。正義がわたしを護った。悪の権化である按察使《アゼティ》は、騘騙馬神《ソーゼンカムイ》の化身によって首を嚙み切られた。正義は勝つ！」

これを聞いたオラシベツの男たちが奮い立ち、「おう！」と、叫んで立ち上がり、女たちが舌先を激しく転がして「ルルルルルルル」と、叫んだ。

朝、ウソミナが外に出ると、マサリキンが広場でオラシベツ戦士を相手に木太刀を振り回し、刀術の稽古をしていた。俊敏で無駄のない動き、相手の急所を正確に狙う技が見事だ。

「精が出るな」

「お早うございます、首長《ニシパ》。イレンカシ師匠によれば、わたしは対人戦闘技術が未熟だというので、厳しく稽古をさせられています。今朝もこの方に相手をしていただいております」

「この男は名うての強者《つわもの》。良い稽古相手だ。お前もなかなかのものだ。見ていると、お前の刀の扱い方は師匠のイレンカシにそっくりだな」

「どうしたら確実に人を殺せるか。人の体のどこが急所で、どこをどう狙い、どのように斬れば正確迅速に殺せるかという技を毎日教え込まれています……。あ、お相手、ありがとうございました」

稽古相手の男が、用事があると言って立ち去った。

「人の殺し方の稽古か……、確かにその刀捌《かたなさば》きはイレンカシ流殺人剣だ。常に無駄なく急所を狙い、ひたすら相手を殺すことだけを考えている。どうだ、わしとも手合わせをしてみないか」

「これはありがとうございます」

ウソミナは、その辺りに転がっていた棒切れを拾って、すっと正眼に構えた。途端にマサリキンの顔色が変わり、金縛《かなしば》りにされたように身動きしなくなった。

「どうした。打ってこい」と、声をかけてやった。

だが、若者は身動きもできない。やがて額に大粒の汗が噴き出した。長い間、二人は石像のように動かなかった。やがて、マサリキンが精根尽きたように地面に座り込んだ。

「参りました！」

「そうか。ま、ここに腰掛けろ」と、棒切れを放り投げた。

「驚きました」と、若者が額の汗を拭った。

「首長《ニシパ》が大岩のように見えました。どこから打ち込んでも、かえってわたしのあらゆる急所がさらけ出されるようで、恐ろしくて身動きできません。戦意が吸い取られるのです」

「それがわかったら、今日の稽古は上出来だな。お前の刀術はイレンカシ仕込みの恐ろしい殺人技だ。それがわしの前で力を失ったのは、わしがお前の殺気を呑み込んでしまったからだ。殺人剣にしがみつく者は、戦場《いくさば》の悪霊《ウエンカムイ》の餌食になる」

「……実は悩んでおります。聞いてくださいますか」

「いいとも」

「夜眠ると、必ず嫌な夢にうなされるのです。わたしが殺した敵兵が血まみれの姿で襲いかかってきて、肉を食いちぎり、内臓をむさぼり喰らうのです。その恐ろしさで何度も目が覚めます」

「いやな夢だな。イレンカシは知っているのかね」

「いいえ、話せません。あの方は勇猛な武人です。こんな弱虫な自分の正体を見せたら、軽蔑されるでしょう」

「わしには弱みを見せてもいいのか？」

「首長《ニシパ》は優しい方です。目が優しいんです。……どうしても打ち込めず、かわりにこんな愚痴をこぼしてしまいました。自分でもわけがわかりません。お許し下さい」

ウソミナは笑い出した。こいつはまだ救えそうだ。

「マサリキン、お前、ちょっとイレンカシから離れろ。お前には治療が必要だ」

「え？　わたしは元気です。師匠と一緒にすべき仕事もあります。帝国軍が迫っているのです」

「お前に憑《つ》いている赤蛇《フレトッコニ》はまだ死んでいない。イレンカシの力で抑えつけられているだけだ。わしには見える。人を酔わせるお前の陽気さは無理に作ったものだ。お前は心を病んでいる」

「心にも病気があるのですか？」

「その悪夢が証拠だ。この儘では、戦場《いくさば》の悪霊《ウエンカムイ》の餌食になり、正義という名の傲慢に魂を喰われて、無駄死にする。お前を治せるのはラチャシタエック長老《エカシ》だ。今日、カオブエイ将軍に連れて行っていただき、神聖言霊術《カムイオロイタック》をお受けせよ」

「でも……」と、若者がためらった。「オンニもニシパも、わたしのことを怒っているのではないでしょうか」

「さて、何のことかね？」

「……わたしがコンカネの秘密を敵に漏らしたと、お疑いなのでは?」

「ほい、これは驚いた。初耳だ。どうしてそんなことを考えている?」

「沙《いさご》を摩《さす》りて金《こがね》を利《まう》く……と書かれた矢がウカンメ山の陣に射込まれて、わたしがエミシにとっての最も大切な秘密を敵に漏らしたと思われているとか」

「お前、その後、カリパに会っていないのか。シネアミコルでもいい。訊いてみろ。あんなたわけた矢文におれたちが惑わされるか。どこのどいつだ、そんなことを吹き込んだのは?」

若者が口をつぐんだ。この単純男がこんな話を自ら思い付くはずがない。吹き込んだのはイレンカシだな……あの策士め。

「実は、……カリパにはまだ会っていないのです」

「それはいかん。赤髭から聞いた。あの娘はお前にぞっこんだ。お前も出陣の時に見送るオンネフル衆の前で手彫りの五絃琴《トンクル》を贈ったそうだな。そして、あの娘はそれを嬉しく受け取った。これは正式の求婚ではないか！　そんならお前は何を措《お》いてもあの娘の前に顔を出すべきだ。男のすべきはまず惚れた女を幸せにすること。『ホルケウ軍団』などはその次でいい。四の五の言わずに、ラチャシタエック長老《エカシ》の許へ行け！　忘れるな。お前はヌペッコルクルの大事な仲間なのだ」

ウソミナは、有無を言わせぬ強い調子でそう命じた。

この話を聞いたイレンカシは、大事な相棒がいなくなっては、これからの遊説に支障を来たし、甚だ困るとかなり腹を立てた様子だったが、諦め顔で妥協した。

「悪霊退治などは、あの爺さんになど頼らずとも、わしで充分だが、まあ、学ぶこともあるだろう、行って来い、マシャリキン。わしは先にイワイに向かう。済んだら追いかけてこい」

イレンカシはそう言って、独り、駒を北に向けた。

「イレンカシさんはますます尖《とが》りましたね。怖いほどだわ」

見送るケロチの言葉に、ウソミナは溜め息をついた。

「困った奴だ。先が思いやられる。いつまでも大人になり切れない。可惜《あたら》、いい若者をだめにするところだった。不吉な予感がする」

「そうですね。切れすぎる刀は折れやすい。鞘のない刀は危ない」

ケロチが夫の口癖を真似して、複雑な顔で微笑んだ。

31　悪霊からの離脱

カオブエイという人は一種不思議な人物である。明らかに異国人なのだが、正体がよくわからない。のんびりと駒を並べながら、それとなく訊いてみた。

「将軍、失礼かも知れませんが、もし差し支えなければ、お国の話など伺いたいものです」

「いいとも、マサリキン」と、カオブエイが気軽に応じた。「皆、妙に気を使って話を避けているが、特に秘密でもない。わたしは、西の大海の向こうのポーハイ（渤海）という国から来た」

「その国で将軍と呼ばれた方が、どうしてここにおられるのです」

「わたしは率濱府《ソッピンフ》華州《ホアスー》の漁師の出でね、庶民が出世するには軍隊が早道だと親に勧められて軍人になった。大唐帝国との戦に手柄を立て、若くして将軍となり、貴族の上官に気に入られて、その家の婿になった。医術にも興味があって、その修行もした。ところが悲劇が起きた。朝廷内の争いで舅《しゅうと》一族がわたしの妻子も含め、皆殺しにされた。わたしは偶々《たまたま》地方に出張していたために難を逃れたが、お尋ね者とされ、逃亡者となった。父の差配《さはい》で、一族の若い漁師二人と共に船で渤海《ポーハイ》を脱出したものの、冬の大時化《おおしけ》に遭って帆も舵も失い、何日も漂流して、この国の西海岸ニカップという所に漂着した。そこでイレンカシに助けられ、以来ずっと親友だ」

「お国で何が起きたのです?」

「舅《しゅうと》家族は、その頃、西域《さいいき》から唐を経て伝わった景教《けいきょう》という教えを奉じていた。『偉大な光の教え』という意味だ。わたしもその信徒になった。朝廷内にはこれを快く思わない者が多く、渤海《ポーハイ》の敵、唐の皇帝の好む邪悪な教えだ、と言い立てた。そこで王は景教徒を殺せという勅令を出した」

「それはどのような教えですか」

「天地万物はコダーさまがお造りになった。コダーさまは人をこよなく慈しまれたが、人は次第に悪に染まり、あらゆる不幸が世を覆った。それでコダーさまは自ら人となってこの世に降り、人々に真《まこと》の幸せに至る道を説いた。ところが人はその言葉に耳を貸さず、そのお方を磔《はりつけ》にして殺した。そのお方はそんな酷《むご》いことをした人間どもをお赦しになり、死んで三日目に蘇《よみがえ》って、天にお帰りになった。それで人々は、初めて、このお方が実はコダーさまだったと知ったのだ」

「それはどのような道ですか」

「単純だ。人は皆、コダーさまの愛《いと》し子だ。たとえ敵《かたき》であろうも、互いに相手を大事にし合え」

「敵でもですか?」マサリキンは目を丸くして聞き返した。

「驚くのも無理はない。途方もない考え方だからな」

「ではウェイサンペもですか？」

「ウェイサンペもだ」

「でも奴らは悪者です」

「悪いことを少しもしない人間はいない」

「でも、奴らのはやり過ぎです。人間としての度を越しています」

「その通りだな」

「人の道に背いて人を苛《いじ》める者を、どうすればよいのです？」

「灯台下暗《もとくら》しだな。それこそ、お前たちエミシの誇るチャランケの役目であろうが。あれは、無駄な殺し合いを防ぐ賢いやり方だ」

「でもウェイサンペは、我々のチャランケに聞く耳を持ちません。言うことを聞かない者を平気で殺し、従う者を奴隷《ヤトゥコ》にします」

「だから我々は戦っている」

「そうです。これは正義の戦いです！」

「マサリキン、わたしは軍人だ。人を殺すのが仕事だ。イレンカシもお前も遠く及ばないほど多くの戦《いくさ》をし、敵を殺した。そのわたしが断言する。マサリキン、世に正義の戦などというものはない」

「何ですって！」

「大陸の戦というのは、この国で行われるエミシ対ウェイサンペの戦の比ではない。唐の皇帝は百万という大軍をいとも簡単に集めて攻めてくる。戦が終わった後には何万という兵士の屍が曠野を埋める。死臭が天地を覆い、その惨《むご》たらしさは口に尽くせない。そんな世界を生きてきたわたしが断言する。正義の戦などというものはない。あるのは虚しく惨たらしい殺し合いだけだ」

思い出した。ウェイサンペの大軍に決死の突撃をし、敵将を討ち取って大勝利を得たモーヌップの戦いで、戦勝に沸く仲間をよそに、オンニに向かって言った自分の言葉だ。

「オンニ、戦《いくさ》というものは虚しいものですね」

「そうだ、マサリキン、戦というものは、勝っても負けても実に虚しい」

あの虚しさを自分は忘れていた。イレンカシ師匠の熱弁に感動し、一人でも多くの敵を殺し、同胞を救う英雄たらんとの熱い志に燃えていた。本当の自分はどっちなのだ?

「戦というものは本来あってはならない」と、将軍が断言した。「だが、自分たちの命や暮らしが不当に脅《おびや》かされる時、我々は家族や己を守るためにやむを得ず武器を執《と》る。忘れるな。武器を執り相手を殺す、これは止むを得ず執る忌むべき手段だ。目的は穏やかな暮らしと命を守ることだ。その目的が達成できそうな時には、こんなろくでもない手段は引っ込めなければならない。

いいかね、マサリキン。目的と手段を取り違えるな。いかに目的が正しくとも、目的は手段を正当化しない。戦は手段に過ぎず、結局は人殺しだ。戦そのものを目的とするようなことは、あってはならない。戦場《いくさば》の悪霊《ウェンカムイ》に取り憑かれているというのは、そのような者のことをいう」

将軍の言葉は重かった。身分の低い漁師の倅《せがれ》が出世したくて軍隊に入り、赫々《かくかく》たる武勲を立てて、遂に貴族に列した。武勲とは殺した敵の数によって計られる。将軍自身、若い時には戦場《いくさば》の悪霊《ウェンカムイ》そのものだったろう。彼が医術に興味を抱いたのは、殺人者としての己に嫌気が差したからだろう。

……自分はどうだったのだろう。

オラシベツから南へ下った。右手、ポロトー大沼のあたりは湿地で、一面に枯れた葦原だ。丘を越えると、タンネトー大沼があり、数百羽の白鳥が水面を覆っていた。空は薄曇り、風が冷たい。

「夕方には」と、将軍が指さす西空に境界不鮮明な黒雲が広がっていた。「雪になる」

広い平原を進んだ。トーコロ大湿原の大沼が鉛色に静まる彼方に、この地方の癒し人《トゥスップ》が聖地と仰ぐノンノヌプリ山が見えた。山裾の村落《コタン》に馬を預け、山道を登った。上に行くにつれて素晴らしい眺望が楽しめた。広々とした野が広がり、南の青い海の向こうにウォーシカ半島が伸び、その先にはレプンカムイ島がある。北に目を転じれば、沃野を貫いてピタカムイ大河が悠々と流れ、対岸に続く故郷ケセマックの山並みが郷愁を誘った。山頂に小さな村落《コタン》があった。

「そろそろ来る頃かと思っていましたよ、将軍。それに、おう、マサリキン、久しぶりだな」

ラチャシタエック老師がニコニコと出迎えてくれた。白髪白髯《はくはつはくぜん》、鶴のように痩せた老人だ。全身から飄々《ひょうひょう》とした楽しげな雰囲気が漂っている。カオブエイ将軍はマサリキンを置いて、さっさと帰って行った。

それからの修練というのは、不思議なものだった。

「両手を横に延ばし、できるだけ速く、回り続けろ。それ、始め!」

びっくりした。これが悪霊を追い払う術なのか。まずは老師の言うように両手を広げ、グルグルグルグル……。たちまち眩暈《めまい》がして、「あああっ」と、悲鳴を上げて、ドテッと倒れた。

「まあ、初めはこんなものだ」と、ラチャシタエックが笑っている。

「ほれ、この爺を見ていろ、若いの《オッカイポ》」

老人がすっと両手を広げ、その儘、素晴らしい速さで回転を始めた。体軸が微動だにせず、一本の棒のように立っていて、体がそれを中心に独楽《こま》のように回転しつづける。やがて回るのをピタリと止《や》め、ニコニコとこちらを見ているが、ふらついたり、眩暈《めまい》がしている様子はない。

「どうだ、これができるまで、やり続けろ」

「これが、わたしの心の病を治す治療なのですか」

「これを見ろ」

老師が箒《ほうき》を持って来た。箒を村落《コタン》の中を流れる小川に浸し、水をたっぷり含ませてブンブン振り回した。水が八方に飛び散った。頭からその飛沫《しぶき》を浴び、驚いて飛びすさると、師が笑って言う。

「わかったか。お前の体と心にくっついている余計なものを、こうして払い飛ばす」

わかったようなわからないような気分だったが、素直に従った。

辛い訓練だった。ひどい眩暈《めまい》で何度も何度もぶっ倒れ、終《しま》いには吐いた。だが老人はやめさせない。地面に腰を下ろし、悪戦苦闘する若者を楽しそうに眺めている。右回りの次は左回りと、際限もなく回り続けさせられた。夕方、やっとその日の修行が終わったが、真っ直ぐに歩くこともできず、横になっても天地がグルグルと回り続け、悪心《おしん》に悩まされた。せっかく老師が支度してくれた夕飯も咽を通らず、夜中になってやっと鴨鍋《かもなべ》の煮汁を啜ることができた。

次の日も朝から回り続けた。山野を駆け回る狩人だ。運動神経は発達している。体が慣れて来て、次第にコツが呑み込めてきた。毎日毎日、回り続けた。疲れているせいか、悪夢も見なくなった。

「だいぶ慣れたな。グルグル回りをしている時、お前は何を考えていたかね」

「何も。回ることと、転ばないことで精一杯です。夕方になるとヘトヘトでぶっ倒れるだけ。ものを考えるゆとりもありません」

「それでよい。お前の顔つきが変わってきた」

「どう変わりました？」

「戦場《いくさば》の悪霊《ウエンカムイ》も目が回って逃げ出したようだ。穏やかな顔になった」

「そんなことがあるのですか」

「大事なことは、余計なことを考えないことだ。クルクル回っている時は、他のことを考えるゆとりがない。すると、お前本来の明るく優しく活き活きとした心が戻る」

「なるほど。心というより、体がわかったような気がします」

「それでいい。心は体の一部、体も心の一部だ。呪い人《アシトマップ》に支配されたお前は、体中に赤蛇《フレトッコニ》を巻き付けられたが、あの蛇は偽物だ。騙されたお前の体が勝手に変化して蛇の形になっただけのことだ。お前自身が、自分を化け物にしてしまっただけだ。それがわかれば、もうお前は騙されない」

「そうだったのですか！」

「呪い人《アシトマップ》の妖術などというものはそもそも存在しない。あれは偽りによって人を騙し、自分が化け物になったと信じ込ませているだけだ。あの毒蛇を生じさせたのは、騙されたお前自身だ。どうだ、まだ悪夢を見るか？」

「見ません！　クルクル回りでヘトヘトで、夢どころではありません」そう言って笑ったら、自分を支配していた黒い霧がスッと晴れて行くのを感じた。老師が歯の欠けた口を開けて笑い、屈託のない声で宣言した。

「さあ、これでわしの治療はおしまいだ」

「え？　これでいいのですか。悪霊《ウエンカムイ》は追い払われたのですか」

「もともとそんなものはいない。お前は騙されていただけだ。山を下り、お前自身の道に戻れ。言っておく。お前は純真で、人を疑わない、いい奴だ。いかなる強敵にもひるまぬ熱血の正義漢だ。それがお前の魅力だ。別の言い方をすれば、どうしようもない頑固者だ。初めてお前を見た時から、一目でわかった。こういう奴には単純で馬鹿みたいなクルクル回りが丁度いい。

気を付けろ。これこそが正しいと人が言ったり、自分が思い込むことには、しばしば、落とし穴が潜む。人の世に正義は大切だ。正義のない世には不平等と悲惨が生まれる。だから我々は常に正義を求める。だが、一方で正義ほど恐ろしいものはない。正義を信じるな。人は正義の旗の下であらゆる残虐行為を行い、恍惚として酔う。人を滅びに導くものは正義だ。悪ではない」

謎のような言葉だった。ラチャシタエックはニコニコ笑いながら付け加えた。

「お前という奴はケセウンクルの典型だ。一途に思い込み、まっしぐらに突き進む。それはそれで潔《いさぎよ》く美しい。だが、悪霊はそういう奴にこそ取り憑く。ここで何日も馬鹿のようにクルクル回りながら考えなかったか。人が真っ直ぐに突き進んでいる時、前は常に固定され、後ろもまた固定されている。心に柔らかみが失せて、一つのことしか考えられなくなる。それが頑固者の危いところだ。普段のお前にも前と後ろしかない。だが、クルクル回っているお前にとって、前と思ったものは次の瞬間には後ろになり、後ろはたちまち前になったはずだ。神聖言霊術《カムイオロイタック》の教えはこれなのだ」

あっと思った。「馬鹿のようにクルクル」と言ったラチャシタエックの言葉に、思わず吹き出した。本当だ、馬鹿みたいだ。ひどい眩暈に脂汗を流し、ゲーゲー吐きながらも、わけも聞かずに馬鹿正直にクルクル回っていたのだ。見ようによっては、こんな滑稽な姿はまたとあるまい。

「ほんとだ。馬鹿みたいだ！」声を上げて笑った。笑い転げた。

「あの恐ろしい呪い人《アシトマップ》も、この老いぼれ爺も、結局は同じ穴の狢《むじな》なのだ」

「わかりました！」笑い涙を拭きながら、マサリキンは明るく答えた。「ありがとうございました。妖術というのは、人に一つの前しか見せない術なのですね。迷った時は、またクルクル回ります」

彼は山を下りた。今ごろイレンカシ師匠がじりじりしながら待っているだろう。迫り来るウェイサンペ帝国の脅威に備え、エミシ軍の体制を固めなければならぬ。だが、ひょっとしたら師匠もたまにはクルクル回りをしてみるべきなのかも知れない。あの方はいつも真っ直ぐ前しか見ないし、人にも前だけを凝視させようとする。

32　帝国軍襲来

足を乗せた所が、崖の上に突き出た雪庇《せっぴ》だった。カリパは雪煙と共に谷底に転落した。後は記憶がない。誰かが温かい濡れ手拭いで顔を拭いてくれているので目が覚めた。トヨニッパだった。土蜘蛛《つちぐも》の中だ。小さな鉄鍋が美味《うま》そうな匂いを立てている。雪の照り返しがまぶしい。もう昼か。

「目が覚めたか」

一本眉毛の下の目が優しかった。身を起こそうとしたが、体中が痛い。

「動くな。体中痣《あざ》だらけだ。生きていただけ、めっけ物だ」

体中痣だらけ？　こいつ、またわたしの体を見たのか！

「頭に大きな瘤、顔は鍋墨だらけ。その面《つら》でセノキミに会うのは考えものだな」と、猪が笑った。

「ずっと気を失っていたのか」

「そうだ。もう昼近い。譫言《うわごと》ばかり言うので心配したぞ。動くな。湯、飲むか」

痛む体を横向きにして、湯を入れた竹筒から飲ませてもらった。

「吐き気はしないか。眩暈《めまい》しないか。頭、痛くないか。手足、動かしてみろ。どこか痛むか？」

骨折はなさそうだ。あちこちの打ち身と足首の捻挫《ねんざ》だけだ。

「ここは深い谷底だから感じないが、上は吹雪だ。何日か、ここで養生しなければな」

急にいろいろ思い出した。そうだ。自分は肝心な時に、とんでもない失策をしてしまったのだ。

「済まないことをした。俺はアカタマリを殺せなかった」口惜し涙が溢れ、声が掠れた。

「いや、俺が飛び込んで一突きすれば済んだのに、お前にばかり任せた。俺は恥じている」

「夜、酌をさせられた。将軍が泥酔して寝込んだ時、奴の剣《つるぎ》を取って首を刺そうと突き下ろした。そうしたら寝ているアカタマリが目を見開いた。それが……金色の肌に銀色の髪の、あのアンガロスの、それはそれは優しい顔だった……」

トヨニッパの顔が引《ひ》き攣《つ》った。

「……驚いた途端に手が逸れて、剣《つるぎ》は首の横の板に刺さった。見たら、またアカタマリの寝顔に戻っていた。俺を信用して熟睡している者を殺そうとする自分がおぞましくて、殺せなかった。口惜しくて、奴の寝顔に俺の顔の鍋墨を塗りたくって逃げた。これからたくさんのエミシが死ぬ。みんな俺のせいだ」

「寝首を掻くなどという薄汚いことは、俺みたいな根性の腐った悪党のすることだ。お前には似合わない。アンガロスさまがお前を守ってくださったのだ、カリパ」

「親分《ニシパ》、俺の名を知っていたのか？」

「お前の仲間のクマとかいう奴が、あの時、そう呼んでいた。……ところで、クソマレ。お前、なぜ顔に鍋墨など塗っていた？　化け物かと思ったぞ」トヨニッパが真っ黒に汚れた濡れ手拭いを見せた。

「あんな糞野郎に夜伽《よとぎ》など命じられては迷惑だ。無闇に惚れられないように用心したのだ。さすがに手は出さなかったぞ」

猪面《いのししづら》が吹き出した。

「あの偉そうな面をした将軍、大恥を掻いたな。いつでも殺せるぞとばかり、抜き身を首の横に突き立てられる、女には逃げられる、おまけに面に鍋墨を塗りたくられた！」

二人で大笑いした。笑ったら少し気が楽になった。鍋が煮えていた。

「どうだ、鍋墨女。少し食べるか」

だいぶ気分が良くなったので、少し食べた。

「親分《ニシパ》は料理がうまいな。俺はいつも料理がへただと母に呆れられる。男の心を摑むには、まずヨシペ（胃袋）を満足させろと言われる」

「それは賢い教えだ。で、お前の得意料理は何だ？」

「焼き魚……」

猪が吹き出した。カリパの焼いた石斑魚《うぐい》の骨で死ぬほどひどい目に遭ったのだ。

「ま、誰にでも取り柄はあるものさ」

やがてトヨニッパが外に出て、せっせと働きだした。

「何をしている？」

「お前の厠《かわや》を作っている。お前も女だ。その辺で糞《くそ》や尿《ゆ》を泄《ま》るのは具合が悪かろう」

優しく気の利く男だなと嬉しかった。でも、夜は警戒した。また「マタパ！」などと抱きつかれては困る。なるべく離れようと思うのだが、窮屈な土蜘蛛の中だ。横になっても肩や腰が触れあう。腰帯はきつく結んだ。用心して膝もしっかり結んだ。それを見て、トヨニッパがからかった。

「おい、今夜は顔に鍋墨を塗らないのか」

「この前で懲りているだろう」

「十分にな。実はこの前、手下から聞いた。何でもお前は、鎮所のシノビに襲われて、そいつの金玉を潰したそうだな。それで連中は、お前のことを陰でヌッペネレメノコ（金玉潰し女）と呼んでいる」

こいつは何でも知っていると驚いた。それにしてもひどい綽名《あだな》だ。

次の日も吹雪は続いた。猪男は朝から狩りに出かけて行き、夕方、本物の猪を担いで戻って来た。皮を剝ぎ、大量の肉の薫製を作る作業に没頭した。

「なあ、親分《ニシパ》。なぜ、あんな矢文をヌペッコルクルによこしたのだ？」と、訊《き》いてみた。

「とんだ失敗だった」と、盗賊が頭を掻いた。「泥棒商売は欲を出し過ぎるとろくなことにならない」

吹雪は三日吹いてやんだ。足首の捻挫も治り、旅立ちに支障はない。冬空が青く晴れ上がり、雪の反射が眩しい。顔の前に黒い薄布を垂らし、雪目を防いだ。

「先を急ぎたい、頭《かしら》。俺は何としてもウェイサンペより早くオンネフルに駆けつけたい！」

「いいとも、送り届けてやる。しっかりついて来い」

カリパの俊足は並外れているが、野盗の親分はそれ以上だった。凍った崖を攀《よ》じ、尾根を駆け、夜は雪洞《ゆきほら》に眠った。二日目に東山道に出た。雪の下に硬く凍った馬糞《まぐそ》の列が北に続いていた。

「五日も遅れている。急ぐぞ、クソマレ」

背中に背負った猪肉《ししにく》の薫製を齧りながら、駆けに駆けた。何日目かにミヤンキの野に入った。空は晴れていて積雪は薄かったが、風が冷たい。払暁《ふつぎょう》、平野の向こうに鎮所が見えた。

「やっと追いついたようだ」雪の中の馬糞《まぐそ》がまだ軟らかい。

「奴らは鎮所で一休みする。介《スケ》から状況説明を受け、出撃の策を練るはずだ」

頭《かしら》の予想が外れた。馬糞の行列は鎮所には寄らず、真っ直ぐ北に向かっていた。アカタマリは介を必要としていないらしい。必要な情報は壬生若竹《ミブノワカタケ》から得ているのだろう。

「ヌペッコルクルの援軍は皆、冬支度のために北に帰った。もたもたしていると援軍が戻って来るから、地元の者しかいない手薄なところで始末しようという肚《はら》だな」

東山道は鎮所までだ。その先にあまり整備されていない道が北に続く。野を走り、丘を越えて、シナイの野に入った。薄雪の平原に蟻の行列のようなものが見えた。

近づくにつれて、軍鼓の音が野面《のづら》を渡って来た。先を行く鎮狄軍の青の旌旗《せいき》と後ろに続く征夷軍の黄色い旗の行列が、進路を東に転じた。その先にあるのは、シナイ地方の要衝《ようしょう》オンネフルだ。

「クロカパ砦にも寄らないな。この大軍で攻められたら、オンネフルはひとたまりもない。急ぐぞ」

駆けに駆けて、敵の最後尾に追いついた。皇軍《スメラミクサ》は嵐のように軍鼓を鳴らし、ビョービョーと法螺貝を吹き、速足で進んで行く。タンネタイの森の縁《へり》を足音を揃え、「えいえい」と声を上げながら、一万の軍勢が進撃して行く。まるで人間の洪水だ。二人は夕暮れの森に入り、街道を行く敵の軍列を横に見ながら走った。長い行列だ。鉾《ほこ》を担ぎ、小盾を持ち、弓矢を背負い、士気は旺盛だ。

オンネフルの裏手で、トヨニッパが囁いた。

「クソマレ、すまぬ。俺みたいな悪党と一緒ではお前のためにならない。ここで別れる。死ぬな。生きろよ！」

それだけ言うと、一陣の風と共に夕闇の森に消えた。

裏門からオンネフルに駆け込んだ。既にシナイ地方の全住民がオンネフルに避難して来ていて、柵の中はごった返していた。兄のシネアミコルが表門矢倉の上にいるのが見えた。

「来たぞ！」

物見矢倉《ものみやぐら》から叫び声がした。人々が一斉に柵に駆け寄った。夕陽《ゆうひ》に染まった冬枯れの野をこちらに向かう街道の彼方から、軍鼓の音が聞こえる。かなりの速歩《はやあし》、そしてとんでもない人数だ。調子を合わせた軍鼓の音が、強烈な威圧感で近づいてくる。乱れのない規律が全軍を支配している。

「配置につけ！」矢倉の上から兄の号令が聞こえた。人々が弾かれたように持ち場に走った。

留守の間に、ふるさとは様変わりしていた。村落《コタン》の周囲には三重の柵と水濠が繞《めぐ》らされている。一の門を破っても細い通路が水濠の間を横に延び、砦方の矢の雨に曝される。二の門を破っても遮蔽物《しゃへいぶつ》のない土塁の輪をさらに二十メートルほど折り返し、村落《コタン》に入る三の門に至る。そこに到達するまでに寄せ手は相当数が討ち取られるだろう。村落《コタン》の内部も柵と土塁で、複雑巧妙に四つに区切られている。裏手の深い森には逃げ道や隠れ場が用意してあるはずだ。

柵の中にいた戦士は、千百二十人。そして二千人ほどの女子供老人。とは言え、戦えそうな者は進んで武器を執《と》った。太刀や鉾を執って渡り合うのが難しくても、弓矢なら女でも十分に戦える。この日のために大量の毒矢と竹槍も用意してある。真剣に稽古もした。

「兄さん！」と、黄色い声を弾ませ、カリパは矢倉の上にいる兄に両手を振って飛び跳ねた。

「カリパ！」

矢倉から下りて来た兄が両腕を広げた中へ、相手がよろけるほどの勢いで飛び込んだ。

「ただいま、兄さん！」

「お前、生きていたのか。よかった！　マサリキンの身代わりになって女奴隷《メヤトゥコ》に身売りしたと聞いて、どんなに心配したか知れないぞ。奴はイレンカシ殿と一緒に、エミシ軍の再集結のために北の方を駆け回っている。疲れていようが、カリパ、早速頼みがある」と、涙目の兄が耳元で叫んだ。

「何でもする！　敵の百人ぐらいは今すぐぶち殺す！」

「そんなことはいい。女子供老人をウカンメ山に逃がしてくれ。お前が頼りだ。急げ！」

本当は兄と共に戦うつもりだった。だが、駄々をこねている場合ではない。

「俺はここで死ぬつもりはない。できるだけ長く敵を釘付けにして、危なくなったらウカンメへ走る。お前は父さん、母さん、俺の女房、子供らを戦場《いくさば》から少しでも離れさせろ！　頼んだぞ」

非戦闘員を裏手の森に集結させた。大柄で力持ちで男顔負け。武術に秀でて統率力があり、明るくテキパキしているカリパが帰って来たので、みんな大喜びだ。腰痛でよく歩けない父を背負ったら、ひどく軽くなっていた。母は元気だった。二千人ほどの幼老女衆《おんなしゅ》を率《ひき》いて森の中を走った。ウカンメ山までは三十六里（十九キロ）。途中にはフミワッカ川がある。月のない闇夜だった。父を背負い、母の手を引き、久しぶりにふるさとの森をひた走った。

カリパが去った。シネアミコルは矢倉に戻った。

寄せ手の数はものすごい。宵闇の中に無数の松明《たいまつ》と軍鼓の轟きが迫る。先頭部隊がオンネフルの防柵前で横一列に整列し、指揮をしている将軍の姿が朧《おぼろ》に見えた。月毛《つきげ》の馬に乗り、縦長の冑《かぶと》の先の赤い羽飾りが目立つ。続々と到着する部隊が悠々と野営の支度を始めた。

「降伏の勧告も宣戦の布告もなしか」と呟くのに、脇の副長が答えた。

「我々を人間扱いしていないのです。巻き狩りでもする感覚でしょう。明日の朝は問答無用に攻めかかり、我々を殲滅《せんめつ》するつもりでしょう。夜襲をかけますか」

「いや、この大軍相手では効果がない。柵《キ》は白兵の三倍の防御力がある。援軍が着くまで、少しでも時を稼ごう」

翌朝、軍鼓が、凍てつく薄明の静寂《しじま》を破った。数百羽の水鳥が、嵐のような羽音を立てて飛び立ち、寄せ手が動き始めた。どうやら攻撃の主体は青旗の鎮狄軍《ちんてきぐん》部隊のようだ。

シネアミコルは正門矢倉に登った。前には鎮狄軍の青旗、後ろに征夷軍の黄色い旗が並んでいる。敵軍に忍ばせたこちらの間者の報告では、皇軍《スメラミクサ》は脊梁山脈西側のエミシが蜂起したという情報を鎮所から受け、それを討つため、征討軍一万のうち四千を鎮狄軍として振り分けたという。鎮狄軍の将は阿部駿河《アベノスルガ》。帝国では伝説的名将とされる阿倍比羅夫《アベノピラプ》の孫だ。その孫の駿河は、不遇な散位《さんに》（位だけはあっても、それに見合う官職のない者）だったので、今が一世一代の出世の機会、張り切っているはずだ。多分、実戦経験のない鎮狄将軍に経験を積ませようと、征夷軍が後見して初戦を任せたに違いない。

「射よ!」敵将の声と共にシューシューと雨のように敵の矢が飛んで来た。彼らの弓は長弓で、エミシの短弓より射程が長く、威力もあり、中《あ》たれば胸から背中まで射貫かれる。

「ポチュンチョイ（破城槌《はじょうつい》）、かかれ！」敵将が叫んでいる。体の割りには、やたらと響く大声だ。太い丸太を抱えた十人の兵士が楯をかざして飛び出して来た。なるほど、あの重い丸太がぶつかったら、こちらの門はぶち壊される。一の門の前の橋に、破城槌を抱えた敵兵が殺到して来た。

「アーック（射よ）！」即効猛毒の矢だ。寄せ手がバタバタと倒れた。砦の中から喚声が上がった。

敵の部隊が脅えて尻込みするのに、敵将が叫ぶ。

「次、行け！」今度の小隊は何とか門の前まで辿り着いたが、全員が倒された。悲鳴が上がり、丸太を抱えた次の小隊が、恐怖のあまり後方に逃げ出そうとした。敵将の叫び声が聞こえた。

「督戦隊《とくせんたい》、前へ！」将軍の周りを囲む、首に青い布を巻いた部隊が鉾《ほこ》を構えて前に出た。何をするのかと見ていると、驚いたことに逃げて来た味方の兵を次々に刺し殺した。

33　オンネフルの死闘

「恥を知れ！」と、敵将が赤い鶏冠《とさか》を振り立てて叫んでいる。「敵に後ろを見せる臆病者は殺す！」

その言葉の通り、将軍の周りを囲む青首督戦隊が、最前線に置かれて、脅えて進めないでいる味方の兵士を一斉に鉾で突き刺した。何ということを！　見ていたシネアミコルは怒りに震えた。

側にウェイサンぺ並の大弓を引く射手がいた。

「お前の弓なら、あそこまで届くだろう。あの将軍を狙え。御挨拶だ」

「承知！」

大弓が弾け、矢は天空に弧を描き、カン！　と乾いた音がして、重い石鏃《いしやじり》が敵将の縦長の冑《かぶと》に中《あた》った。敵将が馬上に身を伏せ、青首が大楯で将軍をかばった。見ていた砦方がどっと笑った。

敵が次の手を繰り出した。大楯を組み合わせて細長い箱状にし、兵を完全に防護しつつ、破城槌《はじょうつい》を突進させた。これは有効だった。破城槌が何度もぶち当たり、遂に一の門が破られた。

水壕に左右を挟まれた遮蔽物のない細い土塁の上の通路を、督戦隊に煽られた死に物狂いの敵兵が突撃してくる。通路が剝き出しで細いので、一列で来る以外に方法がなく、彼らの小楯では砦側から雨のように射掛けられる矢は防ぎきれない。土塁の両側の水壕はたちまち敵兵の死骸で埋まっていった。脅えて尻込みすれば背後の督戦隊の鉾に貫かれる。敵兵は仲間の死骸を踏み越え、乗り越え、地獄の亡者のような雄叫びをあげて、死に向かって駆ける。

ここで皇軍《スメラミクサ》の兵数がものをいった。寄せ手の数十人が討ち取られたものの、昼近く、ついに第二関門が破られ、さらに三の門が激しい攻撃に曝された。殺到する寄せ手を毒矢の雨と矢毒《スルク》を塗った竹槍が迎えた。この戦闘で圧倒的な戦果を挙げたのは、女たちの弓兵と竹槍部隊だった。刀や鉾を振るう肉弾戦では女兵は男に敵わないが、弓矢なら十分に戦える。柵の材木の隙間から突き出す、毒を塗った長く鋭い竹槍も有効だ。激戦数時間、夕方近く三の門が突破された。

砦の中になだれ込んだ皇軍《スメラミクサ》の将は、自軍の圧倒的な人数を利用し、エミシ一人に対して必ず四、五人で取り囲んで討てと命じた。倒しても倒しても、きりのない人数が攻め込み、一人一人を取り囲んで討ち取ろうとする戦術の圧力に、オンネフル勢は次々と倒され、柵の中は地獄になった。

シネアミコルは最前線で奮戦した。女戦士たちを二番柵に退かせ、柵の隙間から毒矢を射続けさせた。老人や少年たちまでが一歩も引かずに戦った。彼らは退避組に参加せず、最後まで戦うことを選んだ者たちだった。十二、三歳の子供が、切っ先を火で炙って固め、擦り傷でも敵を殺す猛毒を塗った細く鋭い竹槍を待ち、母親と一緒に敵兵に向かって捨て身の攻撃をかけていた。体中を斬られ、刺されて血まみれになって倒れる母親の体を乗り越え、泣きながらも喚きながらも、遮二無二突っ込んで行く。

「イコイキ（敵《かたき》）、イコイキ！」

幼い甲高い声で泣き叫びながら、憎悪と悲しみに満ちた幼い戦士たちが敵に向かって行く。血に狂う敵兵の鉾で刺し殺され、首を刎《は》ねられ、あるいは襟首を摑まれて大地に叩き付けられ、踏み殺される。だが、ここは彼らが生まれ育ち、昨日まで楽しく暮らしていた自分たちの家だ。何としても守りたい。そんな小さな戦士たちの骸《むくろ》が血と泥にまみれて散乱した。死んだふりをして横たわり、己を跨いで行く敵兵を下から突き刺して仕留める者もいた。

武器を失った少年が敵兵の腿に齧《かじ》り付《つ》き、肉を食いちぎり、首を斬り落とされてもなお離れない姿を見た。目の前で子を殺された母親が怒りに狂い、何人もの敵を竹槍で刺し殺し、太刀で腹を抉《えぐ》られてもなお敵に抱きついて首に食いつき、死んでもなお嚙みついた口を離さない凄惨な死闘を見た。自らの爪に猛毒を塗り、それで相手を引っかいて殺そうとする老婆もいた。

砦とは言え、もともと人々が生活する村落《コタン》だ。たくさんの人家がある。敵はそこに火を放った。戦場は燃え上がる家屋と飛び散る血潮で、ますます凄惨な様相を呈した。殺す者と殺される者の絶叫に引き寄せられるようにして、敵将が血河屍山《けっかしざん》のただ中に踏み込んで来た。猛烈な血の臭いが鼻を打ち、人馬は地面に流れる血糊で足を滑らせた。

「勝利は目の前だ。奮えや、者ども！」敵将の雄叫びが響き渡る。力尽きて倒れた砦方の戦士に、血に酔った皇軍《スメラミクサ》が狂ったように鉾を刺し続ける。手を断られ、足を断られ、大量の血を傷口から噴出させながら事切れていく、敵味方の男たちの青ざめた顔が地面に転がっていた。

「鼠一匹たりとも残すな。皆殺しにせよ！」鬼のような形相で叫ぶ敵将の声が、乱戦の中に響きわたる。陣地のいちばん奥、四番柵の広場に面する大きな家屋が、オンネフルの司令部だ。その前で、シネアミコルは奮戦し続けていた。今や砦全体が火の海、骸《むくろ》に覆われた血の河だった。


その朝、マサリキンはイレンカシと一緒にイワイ地方の南端にいた。早朝の無風の空に狼煙《のろし》が上がり、「ウェイサンペがミヤンキの野に入った」と、告げていた。イレンカシは直ちに伝令を脊梁山脈沿いの諸部族に走らせた。あそこの谷、ここの丘から百人、三百人とそれぞれの部族の隊長に率いられた部隊が集結を開始した。

敵はまっしぐらにオンネフルを目指している。それを知ったイレンカシが「好機だ！」と膝を叩いた。敵の全勢力がオンネフルに取りかかっている今、鎮所までの通路はがら空きだ。ホルケウ軍団を率いて鎮所を襲う。守兵は精々数百人。鎮所を焼き払えば、皇軍《スメラミクサ》は退路を断たれ、自滅する。

「それならオンネフルはどうするのです？」と、マサリキンは驚いて訊ねた。

「オンネフルは巨獣を捕らえるための囮《おとり》だ」

「何をおっしゃる。今なら間に合います。オンネフルには優秀な戦士千二百人、そして非戦闘員が二千人もいる。これを見捨てるのですか」

「千二百人の戦闘員がいかに優秀であっても、一万の皇軍《スメラミクサ》には敵わない。我々が駆けつけた時にはオンネフルは灰になっている。マシャリキン、辛かろうが、これが戦《いくさ》だ。我らは鎮所を襲う！」

マサリキンは真っ青になって叫んだ。

「だめだ！　あそこには友がいる。恩人がいる。たとえこの身は死のうとも、見捨てられません」

「エパタイ（馬鹿者）！」イレンカシが大声で怒鳴りつけた。今までの慈愛に溢れる師匠とは似ても似つかぬ鬼のような形相だった。「大義、小義を滅す！　今、オンネフルに駆けつけても、こちらには一万人の敵軍とまともに衝突する準備も人数も整っていない。だが、敵の根城、鎮所はがら空きだ。今なら落とせる。敵にとってはこのほうがはるかに大きな衝撃だ。この七十五年余り、奴らが営々として築いてきたエミシモシリ征服事業の拠点が、これで壊滅するからだ。わしに従え！」

「いやです！」と、マサリキンは叫んだ。

「どんな理由があろうとも、大事な友を見捨てることなど、できません！　小さな正しさ、小さな優しさの積み重ねが、大きな正しさ、大きな優しさを生むのです。大きな正しさのために目の前の小さな優しさを捨てるなら、そんな正しさなど意味がありません」

　師匠の顔に怒りと失望の色が広がった。それを見たら、マツモイテックの山中で己の身が真っ二つに裂けた幻と同じ痛苦が襲って来て、体中の皮膚が、赤蛇《フレトッコニ》の形に膨れあがって来た。でも、そんなことは、もうどうでもよかった。そんな時に泣き叫びながら求めた䰠《サチリ》の威嚇声音も欲しいとは思わなかった。シネアミコルが助けを求めている……。かけがえのない人々がウェイサンペの鉾に貫かれようとしているのだ。死ぬなら、彼らと一緒だ。妖術の残渣《ざんさ》による苦痛よりも、この熱情のほうが遥かに強烈だった。

「やめろ！　この頑固者め！　ホルケウ軍団にはお前が必要だ。今オンネフルに行くのは無駄死にだ。大義は小義を滅すべし！　そんなにいい子ぶりたいのか」

その声を後ろに、マサリキンは駆けた。

「いい子ぶりたい？　何を言っているんだ。頑固者？　結構だ！　俺はオンネフルが大事なんだ！　命よりも大事なんだ！　師匠よりも大事なんだ！　今こそこの俺が、オンネフルのために命をかけるべき時なのだ。いや、違う。生き死になどはもうどうでもいい。俺はオンネフルで仲間のために、共に命をかけて戦いたいのだ」

待っていろ、愛《いと》しいカリパ！　シネアミコル！　クマ！　レサック！　優しかったパンケラおばさん、父親のようにいつも温かかったセームツおじさん、にこにこ顔の癒し人《トゥスップ》エーハンテ長老《エカシ》、村長《コタンコルクル》、そのほか、あそこで世話になったたくさんの優しい人々！　どうしてあの人たちを見捨てられようか。今、行くぞ！　大義？　そんなもの、糞喰らえ！　死ぬならオンネフルで死ぬ！　カリパの側で死ぬ！　エミシの秘密を敵に漏らした裏切り者として殺されるのなら、それでもいい。俺は彼らの側《そば》で死にたいのだ。

「オマン・ロー、トーロロハンロク！」

師匠の叫び声に背を向けて、冬枯れの野を駆けに駆けた。

だが……、遅かった。師匠の言った通りだった。短い冬の日が暮れて、夕闇が濃くなる地平線に黒々と横たわるタンネタイの森から黒煙と炎が上がっていた。オンネフルが燃えていた。近づくほどに戦いの喚声が聞こえてきた。カリパは逃げられただろうか。森の細道を疾駆した。

防柵の裏口に辿り着いた時には、短い冬の日は西の山峰に沈み、薄暗い森の木々を通して凄惨な叫び声が聞こえ、村落《コタン》が燃えていた。すでに柵《キ》が破られて敵兵が侵入している。開け放たれた裏口から戦士たちが負傷兵を担いで次々と脱出して来るのが見えた。女戦士たちも混じっている。

「隊長はどうした？　カリパはどうした？」大声で訊ねた。

「おお、マサリキン！　来てくれたのか」戦士たちが狂喜した。

「隊長は最後まで踏みとどまって、全員を退却させてから引き揚げるそうだ。俺たちはひとまず森の中に退く。態勢を立て直し、戦い続ける。森は俺たちの味方だ。敵は大軍だが、奴らは森の中の戦《いくさ》は苦手だ。クマもさっき駆けつけて、隊長と一緒に大暴れしているぞ」

「女子供は？」

「カリパが指揮を執り、昨夜のうちに脱出して、多分今ごろはウカンメ山だ」

「ヌペック・イコレ！」

戦士たちが冬枯れの森に消えた。森の中には多くの柵《キ》が結《ゆ》ってあり、至る所に土蜘蛛が掘ってある。この深い森全体が、ここの住民にとってはもう一つの砦だった。

……よかった。カリパはこの戦闘には巻き込まれていない。だが、赤髭が危ない！

裏口から柵の中へ飛び込んだ。四番柵の門が押し破られたところだった。柵《キ》の内側は火の海だ。雪崩れ込んでくる敵兵を迎えて、クマが戦っていた。シネアミコルの姿も見えた。最後の抵抗をしている殿部隊《しんがりぶたい》の中には竹槍で戦っている勇敢な女戦士の姿も混じっていた。だが、いるはずのレサックの姿が見えない。味方は無勢。敵の大軍に押し包まれて、次々に討ち取られていく。殺す者と殺される者との絶叫が、劫火《ごうか》の地獄に渦巻いていた。

「行くぞ、トーロロハンロク！」

ブヒヒヒヒヒ！

敵兵の目の前に飛び込んだ伝説の驄騟馬神《ソーゼンカムイ》が、四つの蹄を前後左右に蹴り出して敵を蹴殺して行く。

恐怖に駆られた敵兵が悲鳴を上げて逃げる。そこに待ちかまえているのは無慈悲な督戦隊の鉾先だ。それに追い込まれるように、後から後から半狂乱の兵が攻め込んでくる。

「脱出しろ！」と、赤髭が叫んでいた。出口に走る一行を追って、血走ったたくさんの目玉が、鉾を構えて突進してくる。シネアミコルが太刀を口に銜《くわ》え、手近の柵に立て掛けてあった長い竹槍を取って突き出した。竹槍が深々と腹に突き刺さり、敵が倒れる。すぐに次の兵が襲ってくる。柵に立て掛けてあるもう一本の竹槍を手に、首を突き刺した。次の敵が背後から駆け寄ってくる。竹槍はもうない。太刀を構えた。だが、隊長は既に疲労困憊して足許もおぼつかない。

ブヒヒヒヒヒ！

赤髭の前に黒い疾風が駆け込んだ。前肢の蹄が敵の頭蓋骨を割った。倒れた敵の体を、トーロロハンロクが全体重を乗せて踏み潰した。囲んでいた敵兵が、仰天して退いた。

「マサリキン！」クマが歓声を挙げて寄って来た。

「来い、こっちだ！　引け！」マサリキンは叫んだ。彼らが裏口へ駆けるのを見とどけ、馬首を返して押し寄せる敵兵に対峙した。恐怖の叫びを上げて逃げまどう敵兵の中を右に左に飛び跳ね、蹴り倒し、蹴り殺し、群がる軍兵を真っ二つに割って駆けた。

「討て、討て、あの者を討て！」大声で命令する声がした。振り向くと、青い軍旗の下、月毛《つきげ》の馬に乗り、美々《びび》しい甲冑に身を包んだ男が叫んでいた。やたらとでかい真っ赤な鶏冠《とさか》を冑《かぶと》の上に振り立て、血に酔った団栗眼《どんぐりまなこ》がこちらを睨んでいる。竦《すく》んでいた敵兵が喚《おめ》き叫んで突進して来た。

あれが将軍か。怒りが沸騰した。トーロロハンロクが物凄い声で嘶《いなな》いた。敵の足がピタリと止まった。伝説的な驄騙馬神《ソーゼンカムイ》への恐怖が、背後の青首への恐怖を凌駕《りょうが》した。

マサリキンは弓を取り、敵将めがけて一矢《いっし》を放った。途端に月毛が竿立ちになり、毒矢が馬の喉に深々と突き刺さった。乗り手が真っ逆さまに落馬した。青首どもが慌てて駆け寄る中、痛手《いたで》を負った馬が狂奔し、前肢をガクリと折って倒れ、激しい痙攣と共に動かなくなった。

「仕損じたか」

その有り様をちらりと眺めて舌打ちし、馬首を返して裏口に駆けた。追う者はいなかった。

下の巻

巻四　氷雪の檻

34　タンネタイの森
35　妖魔対決
36　鎮狄軍西へ
37　魚の尻尾
38　穴を掘る男
39　母の墓標
40　ウナルコ山の待ち伏せ
41　リクンヌップ
42　ウバシマッカムイの裳裾
43　センミナイ渓谷
44　氷の墓場

巻五　寒椿

45　雪山の恋歌
46　鎮狄軍降伏
47　谷川
48　雪の中の臭い花
49　エミシ敗走
50　裏切り
51　赤い椿
52　腸抉《わたくり》の鏃《やじり》
53　雪中彷徨
54　影武者
55　激突

巻六　白龍の舞い

56　正倉炎上
57　白龍、赤気に躍る
58　煩莫死流苦留
59　神火
60　飢餓と絶望
61　赤髭の軍使
62　征夷軍降伏
63　決闘
64　エシケリムリムの花
65　それぞれの凱旋
66　丹頂、北へ帰る

山浦玄嗣

1940年，東京市大森区山王の生まれ，生後すぐ岩手県に移住し，釜石市，気仙郡越喜来村（現・大船渡市）に育つ． 50年に同郡盛町（現・大船渡市）に移る．66年，東北大学医学部卒業．71年，医学博士．81年，東北大学抗酸菌病研究所助教授．86年，故郷の大船渡市盛町で山浦医院を開業．医師・言語学者・詩人・物語作家．故郷の大船渡市，陸前高田市，住田町，釜石市唐丹町（旧気仙郡）一円に生きている言葉，ケセン語を探究する．掘り起こされた，その東北の言語を土台として，新約聖書を原語ギリシャ語から翻訳した『ケセン語訳新約聖書四福音書』（イー・ピックス出版）を刊行．2013年には，イエスが生きた時代の，土と風の匂いが籠もる，独自の評伝『ナツェラットの男』（ぷねうま舎）執筆．
著書に，ケセン語研究が結実した『ケセン語入門』（共和印刷企画センター，1989），『ケセン語の世界』（明治書院，2007），『ケセン語大辞典』（上下，編著，無明舎出版，2000），詩集『ケセンの詩（うだ）』（1988），金を産出する故郷の歴史に材をとった物語『ヒタカミ黄金伝説』（共和印刷企画センター，1991），ケセン語訳聖書の注解書『ふるさとのイエス――ケセン語訳聖書から見えてきたもの』（キリスト新聞社，2003），『走れ，イエス』（2004），『人の子，イエス――続・ふるさとのイエス』（教文館，2009），そして福音書の新訳『ガリラヤのイェシュー』（イー・ピックス出版，2011）これを元にした注解書『イチジクの木の下で』（上・下，イー・ピックス出版，2015）などがある．

北の英雄伝
紅の雪原を奔《はし》れ、エミシの娘　上の巻

2024年4月25日　第1刷発行

著　者　山浦玄嗣《やまうらはるつぐ》

発行者　中川和夫

発行所　株式会社 ぷねうま舎
〒162-0805　東京都新宿区矢来町122　第二矢来ビル3F
電話 03-5228-5842　ファックス 03-5228-5843
http://www.pneumasha.com

印刷・製本　真生印刷株式会社

ISBN 978-4-910154-53-4　Printed in Japan

ナツェラットの男　山浦玄嗣　四六判・三一七頁　本体二三〇〇円

永遠をひろって　咲　セリ　四六判・一七六頁　本体一八〇〇円

なぜ悲劇は起こり続けるのか
——共生への道なき道を開く——
鈴木文治　四六判・二五六頁　本体二三〇〇円

現代説教集　姜　信子　四六判・二二四頁　本体二三〇〇円

妄犬日記　姜　信子　絵・山福朱実　四六判・一八〇頁　本体二〇〇〇円

天女《アプサラ》たちの贈り物《マーヤー》　鈴木康夫　四六判・二九〇頁　本体一八〇〇円

この女《ひと》を見よ
——本荘幽蘭と隠された近代日本——
江刺昭子　安藤礼二　編著　四六判・二二〇頁　本体一八〇〇円

跳訳　道元
——仏説微塵経で読む正法眼蔵——
齋藤嘉文　四六判・二四八頁　本体二五〇〇円

人類史上、かつてない試練
——エコロジーの、社会的なカタストロフを前に——
オレリアン・バロー　五味田　泰　訳　四六判・一八四頁　本体一八〇〇円

—— ぷねうま舎 ——

表示の本体価格に消費税が加算されます

2024年4月現在